TIM ECKHAUS

MOST UND MORD

Kriminalroman

emons:

Bibliografische Information der Deutschen Nationalbibliothek
Die Deutsche Nationalbibliothek verzeichnet diese Publikation in der Deutschen Nationalbibliografie; detaillierte bibliografische Daten sind im Internet über http://dnb.d-nb.de abrufbar.

FSC
www.fsc.org
MIX
Papier | Fördert gute Waldnutzung
FSC® C083411

Umschlagmotiv: arcangel.com/Galya Ivanova
Umschlaggestaltung: Nina Schäfer, nach einem Konzept von Leonardo Magrelli und Nina Schäfer
Umsetzung: Tobias Doetsch
Gestaltung Innenteil: DÜDE Satz und Grafik, Odenthal
Lektorat: Christiane Geldmacher, Textsyndikat Bremberg
Druck und Bindung: CPI – Clausen & Bosse, Leck
Printed in Germany 2023
ISBN 978-3-7408-1645-2
Originalausgabe

Dieser Roman wurde vermittelt durch die Literaturagentur Lesen & Hören, Berlin.

1

Der schwere Duft des Spätsommers hatte sich auf die Hügellandschaft gelegt, und die Birnbäume trugen pralle Früchte, als Leo Matschler in das Mostviertel einfuhr. Trotz der malerischen Umgebung, die in sonnigem Eifer nichts als Frieden und ländliche Behaglichkeit vermittelte, wuchs die Angst in ihm. Er musste sich mit einem Blick in den Rückspiegel vergewissern, dass er ein gestandener Mann war, in seinen Dreißigern – und längst kein Kind mehr. Nicht das Kind, das hier aufgewachsen und in seiner Schulzeit unablässig gequält worden war.

Erwachsen war er, doch er musste im kalten Rechteck des Spiegels feststellen, dass er ungewöhnlich blass aussah – die Ereignisse der letzten Tage in Wien hatten ihn mehr gestresst als gedacht.

War die Kündigung richtig gewesen?

Er hatte keine Wahl gehabt. Das »Goldganserl«, ein einstmals respektables Restaurant im Schatten des Stephansdoms, hatte seine besten Zeiten hinter sich. Dort nicht mehr Küchenchef zu sein war doch schon lange ein Wunsch von ihm gewesen. Der Anruf seiner Mutter, der ihn hierhergeholt hatte, war zum richtigen Zeitpunkt gekommen.

Es war nicht mehr weit bis Waidingen, und Leo dachte schon, er hätte die Angst im Griff. Doch nach einer der schlangengleichen Kurven sah er den kleinen Wald. Das Grün der Bäume erweckte eine seiner übelsten Kindheitserinnerungen. Er wusste, dass es nicht half, sich dagegen zu wehren, also ließ er alles geschehen, während sein Mittelklassewagen sich gegen die Steigung des nächsten Hügels stemmte …

Es passiert in genau diesem Wald, auf einer Lichtung.

Zwei seiner Klassenkameraden halten seine Arme und Beine fest, drücken sie in den mit Fichtennadeln übersäten

Lehmboden. Ein dritter Junge fixiert seinen Kopf. Der vierte, der Anführer der Bande, hält ihm einen gläsernen Krug vor die Lippen. »Jetzt wirst du endlich trinken«, sagt dieser Junge, der größte und stärkste, und schwenkt den Krug, sodass etwas von der glänzenden gelblichen Flüssigkeit herausschwappt.

Der kleine Leo, die körperlichen Veränderungen der Pubertät noch weit vor sich, hat plötzlich den Geruch von Most in der Nase. Vergeblich versucht er sich mit aller Kraft freizustrampeln, spannt jeden seiner kindlichen Muskeln an. Er spürt, wie ihm die Röte ins Gesicht schießt. Jetzt drückt der Junge, der seinen Kopf hält, noch fester. Es fühlt sich an, als würde Leo in einen Schraubstock gezwängt. Seine Schläfen füllen sich mit stechendem Schmerz, und für einen Moment ist da die grauenhafte Vorstellung, sein Schädel könnte platzen.

Der Anführer lässt den Krug mit dem Most vor Leos bebendem Gesicht kreisen. Für Leo ist dieses Getränk flüssig gewordene Abscheu, Gift, eine tiefe Demütigung. Er presst die Lippen aufeinander. Sie sollen die Türen eines Tresors sein, den die anderen niemals aufbrechen können.

Der Anführer drückt den Krug fest gegen Leos Mund, bis er schmerzt. Dann klatscht eine Ohrfeige auf Leos Wange. Und noch eine.

Leo weiß, dass er diesen Kampf nicht gewinnen kann. »Hör auf«, flüstert er.

Als der Anführer kurz innehält und den Krug ein klein wenig zurückzieht, in der Erwartung, nun leichtes Spiel zu haben, und sich auch der Griff um Leos Kopf lockert, nutzt Leo seine Chance.

Mit einer raschen Bewegung dreht er sich zur Seite, rollt sich weg. Wie ein um sein Leben fürchtender Käfer krabbelt er ein paar Meter, rappelt sich auf, wankt, kann es selbst nicht glauben, den eisernen Händen entronnen zu sein. Er sieht seinen überraschten Peinigern einen Moment in die Augen. Dann setzt der Fluchtinstinkt ein, und Leo beginnt zu rennen.

Die anderen jagen nach wenigen Sekunden hinter ihm her

wie ein Rudel blutgieriger Hunde. »Du wirst uns nicht entkommen!«, ruft der Anführer in einem Rausch von Macht.

Die Bluthunde hinter ihm laufen schnell, ihre Schritte trommeln durch den Wald. Aber Leo ist keinen Deut langsamer. Und er ist schlauer. Er nutzt eine Gabelung des Weges, versteckt sich hinter einer dicken Fichte. Die Zeit der Verwirrung, in der sich die Hohlköpfe umsehen, genügt, um den alten Baum hinaufzuklettern.

Er kann sie nun von oben betrachten. Sie sind unter ihm, sie suchen ihn, vergeblich. Leo atmet schwer und schaut hoch. Er ist der Sonne schon nahe. Durch knorrige Äste und Nadeln strahlt sie zu ihm durch. Sie will ihn beruhigen und ihm zeigen, dass er es schaffen kann.

Dann ist die Erinnerung vorbei.

Leo richtete sich im Fahrersitz auf, presste die Lippen zusammen und wischte sich über die Stirn. Er atmete durch. Genoss die Gewissheit, der Bande entkommen zu sein. Das Gefühl, sich nie gebeugt zu haben in den vielen Schlachten damals, erfüllte ihn mit grimmiger Kraft.

Aber nun wieder kämpfen?

Warum sollte er das tun – war es ein Fehler gewesen, hierherzukommen?

So ganz in Gedanken übersah er beinahe, dass er gerade das mit dunklen Flecken übersäte Ortsschild passierte: Waidingen. Mehr stand da nicht. Kein »Willkommen« oder »Schön, dass Sie hier sind.«

Waidingen war bloß zwei Autostunden von Wien entfernt. Dennoch fuhr Leo nur ganz selten aus der lebendigen Großstadt an diesen Ort, der ausschließlich von Landschaft umgeben war, und wenn, dann um seine Eltern zu besuchen. Mit den Leuten im Ort wollte er nichts zu tun haben.

Auch jetzt verspürte Leo den Impuls, einfach durch die lose Ansammlung von Einfamilienhäusern mit ihren Hecken und strebsam errichteten Gärten durchzufahren. Ohne stehen zu bleiben. Ohne sich mit der Volksschule oder der Kirche oder dem kleinen Laden, der alles anbot, was man für ein durchschnittliches Leben in Waidingen so brauchte, auseinanderzusetzen.

Doch nach der Kurve und noch vor der Straße, die einen weiteren Hügel hinauf zu seiner Mutter führte, wartete der »Mostler«. Das Gasthaus mit seinem langen Dach und den kleinen Fenstern hatte für Leo immer etwas Geducktes, Feiges gehabt. Als würde es, wenn man ihm zu nahe kam, hochspringen und flüchten.

Leo drosselte das Tempo. Es gab da eine Frau im Mostler, den einzigen interessanten Menschen hier: Andrea Pichler. Leo lächelte. Ob sie auch noch so oft an ihn dachte wie er an sie? Jung waren sie gewesen, sechzehn Jahre bloß. So verliebt, doch hatten sie sich eine Fernbeziehung nicht vorstellen können. Es hatte geendet, als er seine Kochlehre in Wien begonnen hatte.

Vielleicht war es die Aufbruchsstimmung, in der sich Leo befand, weil er seinen Job hingeschmissen hatte, vielleicht aber auch die Tatsache, dass er schon seit einem Jahr Single war – auf jeden Fall stellte Leo den Wagen am kleinen Platz vor dem Mostler ab und betrat das Gasthaus.

Stickige, von vielen Menschen überwärmte Luft schlug ihm beim Öffnen der abgegriffenen Eingangstür entgegen. Er kannte die säuerliche Note, die sich ohne jede Scham verbreitete, nur zu gut: der Geruch von Most. In seiner Küche liebte er ihn, er hatte ihn sogar zum Markenzeichen seiner Kochkunst erhoben: Mostsuppe, Mostbratl, Mostschober gehörten zu den Köstlichkeiten, mit denen er sich in der großen Stadt einen Namen gemacht hatte.

Hier aber kam ihm der Geruch von Most vulgär und bösartig vor.

Das Getränk hatte zwei Gesichter. Leo war stolz darauf, dass er über seinen Schatten gesprungen war, das Folterinstrument seiner Jugend umgedeutet und dem Most ein anderes, charmanteres Antlitz verliehen hatte.

Im engen Vorraum, in dem Hüte und Jacken an Wandhaken aufgespießt waren, drangen ein vielstimmig geschrienes »Prost!« und das Klirren von aneinandergeschlagenen Gläsern an sein Ohr.

Als er in die große Wirtsstube trat, verstand er, was den Lärm verursachte.

Etwa ein Dutzend Männer mit aufgeregt geröteten Gesichtern saß rund um den wuchtigsten Tisch im Raum, die meisten ein Glas Most vor sich, ein paar wenige tranken Bier. An den anderen Tischen, zum größten Teil ebenso besetzt, ging es ruhiger zu. Nicht alle der Frauen und Männer kannte Leo, aber am Tisch neben der feuchtfröhlichen Männerrunde saß der Gemischtwarenhändler Oskar Kloiber. Mit dem jetzt alt und grauhaarig gewordenen Mann verband Leo einige der wenigen schönen Erinnerungen an das Dorf. Als Kind hatte er von Oskar immer wieder Süßigkeiten bekommen, wenn er im Laden vorbeigeschaut hatte. Oskar saß allein und stierte gedankenverloren in das Glas Most vor sich, das er schon zur Hälfte geleert hatte.

Oskar hatte Leo gar nicht bemerkt, deshalb wollte er ihn ansprechen. Schon ging er auf ihn zu, als sich ein breitschultriger Kerl vom großen Tisch erhob und das Wort an Leo richtete.

»Ja, spinne ich denn? Bist du nicht der Matschler Leo?«

Leo erkannte die Stimme sofort, dieses gepresste Vibrato: Rudi Steiner, sein Feind aus Schulzeiten. Der Anführer der Jungenbande, derjenige, der Leo gequält hatte, als er ein Kind gewesen war.

Sie hatten ihn nicht bloß zwingen wollen, endlich Most zu trinken. Sie waren wie ein ständiger Alptraum gewesen, aus dem man nicht aufwachte. Rudi und seine Kumpane hatten Leo unzählige »Streiche« gespielt, seine Schultasche versteckt, sein Jausenbrot gestohlen, seinem Fahrrad die Reifen aufgeschlitzt, ihn verprügelt. Sie alle gemeinsam gegen ihn.

Es brachte Leos Herz in unangenehme Wallung, Rudi hier zu sehen, und die Ohrfeigen, die er von ihm kassiert hatte, brannten plötzlich wieder auf seiner Wange. Er hatte sich nie gut gegen Rudi verteidigen können, immer war der körperlich stärker gewesen. Auch jetzt machte er einen trainierten, fitten Eindruck, schlank, muskulös und braun gebrannt. Sicherlich hätte er Leo, der in den letzten Monaten zum Teil aus Frust über die Arbeitsbedingungen im Goldganserl etwas Speck angesetzt hatte, locker die Nase eingeschlagen.

Leo sah sich die Runde an: Die meisten anderen an Rudis Seite waren genau die Flaschen, die damals schon mit ihm gemeinsame Sache gemacht hatten. Sie starrten Leo nun feindselig an.

»Da hast du mich richtig erkannt, Rudi«, sagte Leo, bemüht, seine Stimme ruhig zu halten.

Rudi grinste schief und sagte: »Darf ich bekannt machen: Das ist der Feitelverein.« Stolz sah er sich in seiner Runde um, offensichtlich war er das Oberhaupt dieses Vereins, unter dem sich Leo nicht wirklich etwas vorstellen konnte.

»Meine Mutter«, sagte Leo, »hat mir erzählt, du bist Polizist geworden?«

Rudi antwortete nicht gleich, vielmehr legte sich ein prüfender Ausdruck auf sein Gesicht. Leo hatte sich bemüht, seine Frage ohne jede Ironie vorzutragen.

»Ja, ich bin Polizist. Und du rührst in Kochtöpfen, wie man hört?«

Brutales Gelächter ertönte von den anderen Mitgliedern des Feitelvereins, was Rudi dazu ermutigte, gleich eins draufzusetzen: »Wien ist doch eine grausliche Stadt, nur Dreck und Huren, wie kannst du dort leben?«

»Vielleicht steht der Leo aber auf Dreck und Huren«, brüllte ein anderer aus der Runde.

»Lange habe ich gedacht«, sagte Rudi mit einem Grinsen, »der Leo steht eher auf Mannsbilder.«

Wieder lachten alle.

»Da hast du dir umsonst Hoffnungen gemacht«, sagte Leo.

Er bemerkte, dass einige der Feitelvereinsmitglieder gern noch einmal losgelacht hätten, aber sich nicht trauten. Nur einer konnte angesichts der schlagfertigen Antwort ein Prusten nicht zurückhalten. Er erntete sofort einen bösen Blick von Rudi und machte eine entschuldigende Geste.

»Schau einmal nach dahinten«, sagte Rudi und deutete an das andere Ende des Wirtsraumes.

Als Leo sich umdrehte, sah er eine Frau die Treppe herunterkommen. Sie hatte tiefschwarzes Haar, trug ein grünes Dirndl und lächelte strahlend herüber, als sie Leo erkannte. Es war Andrea, was Leos Herz einen Freudentanz hüpfen ließ. Ihr Anblick war wunderbar, wie der eines Engels, der aus dem Himmel herabstieg. Natürlich kam sie nicht aus dem Himmel, sondern sie wohnte, wie Leo von seiner tratschenden Mutter schon vor einiger Zeit erfahren hatte, nach wie vor – so wie damals, als Leo noch im Ort gewesen war – im oberen Stockwerk. Zusammen mit ihren Eltern, die das Gasthaus besaßen.

»Das fesche Madl, das du da siehst, wird meine Frau werden!«, verkündete Rudi. »Wir sind verlobt.«

Leos Herz stellte den Freudentanz augenblicklich ein, er stemmte die Hände in die Hüften und rief: »Wie bitte?«

Gern hätte Leo weitere Details erfahren – selbst wenn er schon lange nicht mehr mit Andrea zusammen war, fühlte er eine tiefe Verbundenheit –, doch in diesem Moment zeigte der Feitelverein, was er draufhatte. »Feitel aussa!«, rief Rudi laut. Das hatte große Wirkung. Alle Mitglieder des Vereins ließen ihre Getränke links liegen, fassten in ihre Hosentaschen, holten Taschenmesser in verschiedenen Längen heraus und klappten sie in beeindruckender Geschwindigkeit auf. Die funkelnden Klingen streckten sie in die Höhe, ein martialischer Gruß, der Leo einen eiskalten Schauer über den Rücken jagte.

Leo sah hinüber zum Nebentisch. Dort hatte Oskar das seltsame Ritual des Feitelvereins missbilligend betrachtet. Er schüttelte den Kopf, wollte seinen Most wieder an die Lippen setzen – doch da traf sein Blick Leo zum ersten Mal.

In dem Augenblick, als Erkennen das Gesicht des alten

Mannes zeichnete und sich Leo sicher war, dass in Oskars Gehirn seit Ewigkeiten vergessene Bilder eines kleinen blonden Jungen namens Leo erstrahlten, geschah es.

Oskar wurde bleich.

Er begann schwer zu atmen, griff sich an die Brust. Seine Augen wurden groß, sein Mund ging auf, als wollte er schreien. Doch es fehlte ihm die Luft dazu. Seine Hand krallte sich um das Glas Most, dann, als jede Kraft aus den Fingern gewichen war, wurde sein Griff weich. Sein Oberkörper kippte nach vorne und schlug dumpf auf der Tischplatte auf. Sein Kopf knallte auf das Mostglas, das hinabfiel und am Boden zersplitterte.

Oskar lag verdreht mit leeren Augen auf dem Tisch, sein weißes Haar hob sich wie Asche vom braunen Holz ab.

Es wurde still im Raum. Für lange Sekunden starrten alle die leblose Gestalt an. Dann schüttelten die Ersten ihre Starre ab und stürmten zu Oskar Kloiber, dem Mann, bei dem sie immer einkauften.

Auch Leo stürzte los. Doch Rudi blieb ungerührt vor ihm stehen. Für eine Sekunde hatte Leo das Verlangen, mit aller Macht in ihn hineinzurennen, ihn niederzureißen, trampelnd über ihn hinwegzulaufen. Dennoch tat er es nicht. Rudi war zu groß, zu stark, er hatte sich wie eine Wand vor ihm aufgebaut. Leo wich aus. Während der paar Schritte zu Oskar spürte er Rudis brennenden Blick im Rücken.

Dann war er endlich beim Tisch, von dem Mostgeruch ausging. In Leos Vorstellung ragten die hölzernen Beine nicht bloß aus einer hellgelben Lacke, sondern aus einem Sumpf voller Tod und Verwesung. Er drängte sich an den anderen vorbei, die versuchten, Oskar mit Rufen und Rütteln wach zu bekommen.

Leo legte seine Hand an den faltigen, trockenen Hals. Suchte nach einem Puls. Doch da war keiner mehr.

2

»Los, helft schon«, herrschte Leo den am Nebentisch sitzenden Feitelverein an. Zwei der Kerle ließen sich nach kurzem Zögern und einem Seitenblick zu Rudi dazu hinreißen, aufzustehen. Gemeinsam nahmen sie Oskar, der mehr wog, als Leo gedacht hatte, und legten ihn auf den von braunen Fliesen bedeckten kalten Boden.

Während Ulrike Nonn, die Frau des Dorfarztes, mit zitternden Fingern auf einem für sie viel zu großen Handy die Nummer ihres Mannes anrief, begann Leo mit der Herzdruckmassage. Immer wieder und wieder presste er seine Hände gegen Oskars Brustbein, spürte, wie es nachgab und zurückkam. Leo forschte in Oskars Gesicht, ob da irgendeine Regung zu erkennen war, doch es behielt diesen leblosen, etwas überraschten Ausdruck. Fahl war seine Haut plötzlich, sie hatte nichts mehr mit dem rosigen Teint zu tun, an den Leo sich von früher erinnern konnte.

Der Laden, die aus Kindersicht so hohen Regale mit den bunten Süßigkeiten und Oskars gütiges Lächeln – all das verblasste mit den Minuten, schien mit der Lebenskraft des alten Mannes aus dieser Welt zu verschwinden.

Wenig später war auch Dr. Nonn eingetroffen. Der gedrungene Mittsechziger, der Leo in seiner Kindheit die eine oder andere Spritze verpasst hatte, was man als Kind nicht verzeiht, musste wohl schon am Ende seines Berufslebens stehen. Dennoch hatte er eine zielstrebige und professionelle Art, sich über die Situation einen Überblick zu verschaffen. Er lobte in kurzen Worten, dass Leo gleich mit der Herzdruckmassage begonnen hatte, und übernahm die Reanimation – wobei er abwechselnd nicht nur Herzdruckmassage, sondern auch Atemspende durchführte. Dazu setzte er einen Beatmungsbeutel und eine Kunststoffmaske ein, die er eilig über Oskars Mund stülpte.

Mit jedem Drücken und Loslassen von Oskars Brustbein stand dem Arzt mehr Schweiß auf der Stirn. Regelmäßig überprüfte er, ob der Puls endlich zurückgekehrt war.

Nach etwa zwanzig Minuten wurde Dr. Nonn immer langsamer, wie eine Dampfmaschine ohne Dampf, und der Mediziner musste erkennen, dass er hier kein Wunder mehr vollbringen konnte. Er richtete sich auf, wischte sich den nassen Film von der Wange und bestätigte Oskars Tod.

Andrea, die wie alle anderen die Reanimationsversuche des Arztes mit bangem Warten mitverfolgt hatte, verzog erschrocken das Gesicht.

»Wie kann das nur sein?«

Leo stellte fest, dass sich Andreas Stimme mit den Jahren kaum verändert hatte. Er hatte ihren weichen, warmen Klang immer geliebt, auch wenn ihm in diesem Augenblick bewusst wurde, wie lange er ihn nicht vernommen hatte.

»Es war sein Herz«, kommentierte der Arzt knapp, kurzatmig und mit verschobener Brille. »Mehr erfahren nur die Angehörigen.«

Es dauerte nicht lange, bis Oskar abgeholt wurde. Zwei Träger des hiesigen Bestattungsunternehmens hoben den für immer Entschlafenen hoch – ohne jede Mühe, wie eine Selbstverständlichkeit, vielleicht dachten sie schon an ihren Feierabend –, legten ihn auf eine mit Rollen versehene Bahre und nahmen die kalte Leiche mit. Leo sah ihnen nach – wie das auch alle anderen im Mostler taten. Keiner der Gäste war gegangen, die Schaulust hatte sie hiergehalten.

Er atmete tief durch. Ihm war, als hätte er eben etwas Wertvolles wiedergefunden, das ihm im nächsten Augenblick entrissen worden war. Oskar zu sehen, sein vertrautes, aber gealtertes Gesicht, hatte ihn für einen Moment zurückkatapultiert in eine Zeit, in der er wenige Freunde gehabt hatte, in der nur wenige ihm Wärme und Zuneigung geschenkt hatten. Oskar war jemand Besonderes in seinem Leben gewesen. Leo wurde klar, wie viel ihm Oskar bedeutet hatte, und er verfluchte sich gleichzeitig dafür, sich nicht zumindest manchmal bei ihm gemeldet zu haben. Mit seinem Fortgang aus Waidingen hatte er ihn aus den Augen verloren. Immer waren andere Dinge wichtiger gewesen, und nun war es zu spät.

Die Ruhe danach währte nicht lange. Gleich nachdem Oskars Leichnam wegtransportiert und Dr. Nonn gegangen war, um in seiner Ordination den Totenschein auszustellen, kamen im Mostler erste Spekulationen auf.

Leo war erstaunt, wie laut und wirr es mit einem Mal im Gasthaus zuging. Alle redeten durcheinander.

»Wahnsinn, der Oskar. Er ist doch so fit gewesen«, sagten die einen.

»Fit? Offensichtlich war er herzkrank!«, warfen die anderen ein.

Und einer war sich sicher: »Ich weiß, dass er Patient bei Dr. Nonn war.«

»Glaub ich nicht, dass der so krank war, der war doch gut zu Fuß. Es wundert mich, dass er umfällt, wenn er praktisch gesund ist«, meinte sein Freund.

»Komisch, gleich nachdem er den Most getrunken hat.«

Es ging eine ganze Zeit so weiter, die Lautstärke steigerte sich – Leo wollte sich schon die sensiblen Ohren zuhalten –, bis Frau Nonn sagte: »Vielleicht war ja der Most vergiftet.«

Daraufhin wurde es erst mal ganz still. Alle rückten ein wenig vom Tisch ab, auf dem Oskar gestorben war, und stierten auf die Lacke aus Most.

»Gift?«, fragte Andrea. »Hier im Mostler? Spinnst du? Wer sollte so etwas tun?«

Frau Nonn, die sich im Dorf gern »Frau Doktor« nennen ließ, obwohl sie nicht studiert, sondern geheiratet hatte, sah Andrea nachdenklich an. Dann schickte sie ihren Blick durch die Reihen, als könnte sie mit Röntgenstrahlen erkennen, wer zu so einer Tat fähig wäre.

»Wer? Die Zofia Zaluski zum Beispiel«, sagte sie schließlich.

Es ging ein Raunen durch die Wirtsstube.

»Das ist jetzt nicht dein Ernst«, sagte Leo.

»Warum nicht?«, beharrte Frau Nonn mit hochgezogenen Augenbrauen. »Ich war gestern bei Oskar einkaufen und habe mitbekommen, dass sie einen wilden Streit hatten.«

»Echt?«, wollte Rudi wissen.

»Ja, die Zaluski und der alte Kloiber.«

»Worum ging es?«

»Na, sie hat behauptet, dass Oskar sich zu ihren Ungunsten verrechnete.«

»Und dann?«

»Dann hat sie zum Schreien angefangen und ihm den Tod gewünscht.«

Leo schüttelte den Kopf. »Ich kenne die Zofia noch von früher, die ist keine Mörderin.«

Frau Nonn funkelte Leo böse an. »Du hast doch keine Ahnung. Du lebst schon lange nicht mehr hier. Was bei uns so vorgeht, weißt du alles nur aus zweiter Hand, von deiner Mama.«

Rudi nickte. »Die Zaluski ist eine unheimliche Frau. Wohnt da oben am Hügel, redet mit keinem, macht irgendwas mit ihren Giftkräutern.«

»Ach, hör doch auf«, sagte Leo. »So ein Blödsinn.«

Rudi richtete sich auf, blickte nach hinten zu seinem Feitelverein und starrte dann Leo kalt an. In leisem, bedrohlichem Ton fügte er hinzu: »Es ist ja die Frage, warum das genau jetzt passiert.«

Leo hielt Rudis Blick stand. »Wenn du etwas sagen willst, sag es mir ins Gesicht.«

Rudi setzte wieder dieses schiefe Grinsen auf. »Ich behaupte gar nichts. Es ist nur so: Du kommst hierher, und Oskar stirbt.«

»Du weißt, dass ich Oskar sehr gern mochte.«

»Ja, aber manche Dinge ändern sich.«

Leo war sprachlos. Wie viel Unsinn kann ein einzelner Mensch reden?

»Außerdem«, fuhr Rudi fort, »warst du immer gut mit

der Zofia Zaluski. In der Volksschulzeit habt ihr euch oft gemeinsam herumgetrieben. Ihr wart befreundet, kann man sagen.«

»Erstens ist das lange her, und zweitens muss ich mich sicher nicht rechtfertigen.«

Rudi sah ihn mit einem zur Schau gestellten Gefühl der Überlegenheit an. Offensichtlich meinte er, Leo in die Defensive gedrängt zu haben.

»Du und die Zaluski«, sagte Rudi. »Vielleicht hast du der Hexe heute ja irgendwie geholfen, Oskar loszuwerden.«

»Hör auf, sie Hexe zu nennen.«

Leo blickte sich um. Es war, als ob sich eine Mauer vor ihm aufgebaut hätte. Eine lebende Mauer von in sich verzahnten Menschen, die plötzlich durch einen gemeinsamen Glauben in hitziger Eintracht zusammengehalten wurden. Zofia Zaluski – ein Name wie ein böses Omen.

Leo hatte keine Lust mehr, sich dem Irrsinn auszusetzen. Ihm brannten die Fußsohlen, ein Gefühl, das sich bei ihm immer dann einstellte, wenn er dringend an einem anderen Ort sein wollte. Diese Wand aus Ablehnung erinnerte ihn an früher, an genau die Gründe, warum er damals das Dorf verlassen und sich eine neue Existenz irgendwo anders aufbauen hatte müssen.

»Ihr spinnt«, stieß er hervor. Er wollte nur weg von dieser glotzenden, bösen Meute, die noch nie auf seiner Seite gestanden war. Im Hinausgehen suchte er den Blick von Andrea, doch sie sah verlegen zu Boden, während Rudi ihn triumphierend angrinste.

Mit raschen Schritten verließ Leo den Mostler.

3

Während Leo viel zu schnell die Straße zu seiner Mutter hinauffuhr, brodelte die Wut in ihm. Wie verblödet die Leute hier waren. Gleich einer Herde Schafe liefen sie dem erstbesten Ruf nach, ließen sich einspannen, für jeden Zweck.

Er schlug aufs Lenkrad. Ein Mensch war gestorben! Jemand, der ihm früher viel bedeutet und der immer noch einen Platz in seinem Herzen hatte. Keiner im Ort zeigte Bedauern, dass Oskar sein Leben verloren hatte, alle wollten lieber Schuldige suchen!

Nach der letzten Biegung der schmalen Straße, die in seiner Kindheit statt mit Asphalt mit Schotter bedeckt gewesen war, erreichte Leo den Mosthof.

Der zweistöckige Vierkanthof, der auf eine über hundertjährige Geschichte in Leos Familie zurückblicken konnte, hatte eine Renovierung nötig. Früher hatten die steinernen Mauern und das dunkelrote Ziegeldach leuchtend gestrahlt, nun wirkten sie blass.

Die dichten Birnbäume rund um den Hof bildeten ein Begrüßungskomitee aus früheren Zeiten. Das sich zaghaft einstellende Gefühl, heimgekommen zu sein, dämpfte die Wut in Leo, konnte sie aber nicht ganz löschen.

Seine Mutter kam gleich aus dem alten zweiflügeligen Holztor gelaufen, als sie sah, dass sich sein Auto näherte.

Leo stellte den Wagen auf dem Parkplatz neben dem großen Mostfass ab. Von dem hatte sein Vater immer mit Stolz behauptet, es sei das erste gewesen, in das die Vorfahren Most gefüllt hatten.

Seine Mutter lächelte ihn an, als er aus dem Auto stieg. Die beiden umarmten sich. Franziska fühlte sich weich an, wie ein großes Polster. Sie war auch ziemlich füllig geworden in den letzten Jahren, aber das stand ihr gut. Sie strahlte etwas Gesundes aus.

»Mein Lieblingssohn«, sagte sie und drückte Leo fester.

»Und dein einziges Kind.«

»Endlich bist du wieder einmal hier«, sagte Franziska und klang plötzlich vorwurfsvoll.

Er ließ seine Mutter los und trat einen Schritt zurück. »Ihr könntet mich aber auch mal besuchen kommen.«

Sie zog die Stirn in Falten. »Na, jetzt wohl nicht mehr.«

Leo dachte an den Anruf zurück, mit dem sie ihn nach Waidingen geholt hatte. Ihre gestammelten Worte waren zunächst rätselhaft gewesen. Sie hatte durch ihr Weinen und Schluchzen hindurch in mehreren Ansätzen ausgedrückt, dass »Joseph von uns gegangen« sei. Leo hatte – dort im verlassenen Roten Salon des Goldganserls, wo er den Anruf entgegengenommen hatte – für einen furchtbaren Moment geglaubt, sein Vater Joseph sei gestorben. Doch dann hatte seine Mutter sich in dem ganzen Jammern, das durch den Handylautsprecher gedrungen war, so weit verständlich gemacht, dass klar wurde: Sie hatte sich nur zweideutig ausgedrückt.

»Mama«, begann Leo und blickte zu den Birnbäumen, auf die er als Kind so gern geklettert war, »du kannst nicht sagen ›von uns gegangen‹, wenn keiner gestorben ist. Ich habe mich echt erschrocken.«

»Wenn er von uns weggeht, heißt es doch: Er ist von uns gegangen.«

»Nein.«

»Doch.«

»Du hättest mir einfach mitteilen sollen, dass Vater nach Frankreich gereist ist, um den Cidre zu studieren.«

»Ausgerechnet Cidre. Das passt doch gar nicht zum Mosthof.«

»Ein weltoffenes Flair könnte euch nicht schaden. Wir haben den Birnenmost, die Franzosen den moussierenden Apfelwein.«

Franziska schaute ihn mit zusammengekniffenen Augen an. In dem Punkt hatte Leo sie nie verstanden. Sie wollte nicht einsehen, dass das immer gleiche Angebot – nämlich der typische Birnenmost der Region und ein paar eher karg eingerichtete Zimmer – auf die Dauer nicht genügte. In einem internationalen Umfeld, wo die nächste Sensation nur ein paar Flugstunden entfernt war.

»Für ein halbes Jahr ist er weg?«, fragte er.

Sie sah zu Boden. »Genau. Vielleicht hat ja alles einen anderen Grund.«

»Was meinst denn?«

»Wahrscheinlich hat der Saukerl eine Geliebte in Frankreich.«

Leo verzog das Gesicht, das schien ihm unglaubwürdig. Die beiden hatten gerade eine Krise, das hatte er bei den wenigen Telefonaten und Besuchen mitbekommen, seine Eltern stritten viel mehr als früher. Aber eine Geliebte in Frankreich traute er seinem Vater dann doch nicht zu. Er hoffte zumindest, dass es nicht so war, denn für ein Kind bedeutete es immer einen Schlag in den Magen – egal, in welchem Alter –, wenn die Eltern es mit der Treue nicht so ernst nahmen. Worauf konnte man sonst noch bauen?

Franziska lächelte. »Danke, dass du mir helfen wirst. Ich wüsste nicht, was ich ohne dich täte. Aber du hättest nicht gleich deine Stelle kündigen müssen, weißt du?«

»Ach, mir hat schon länger nichts mehr gepasst im Goldganserl.«

»Dieser neue Manager?«

»Der Pletzky, genau, ein unguter Typ. Er wollte das Einkaufsbudget um dreißig Prozent kürzen, stell dir das vor! Wenn du so billig einkaufst, kannst du bloß noch einen minderwertigen Fraß kochen.«

»Die Leut werden doch immer geiziger. Unsere Gäste wollen für ein Zimmer praktisch nix mehr zahlen. Die kommen mit irgendwelchen Angeboten aus dem Internet und verlangen, dass wir auch so billig sind!«

Preisdruck überall, dachte Leo und kratzte sich am Hinterkopf. Im Goldganserl und im Mosthof spürten alle die toxische Mischung aus steigenden Kosten und einer Kundschaft, die nicht bereit war, viel für ihr Vergnügen auszugeben. Man musste etwas Besonderes bieten. Vermutlich genau aus diesem Grund befand sich der Vater auf der Suche nach neuen Einkommensquellen, und wenn die in französischem Cidre zu finden waren.

»Aber gehen wir doch endlich rein«, schlug die Mutter vor und lächelte einladend. »Du siehst hungrig aus.« Sie hatte ihre Hand auf seinen Rücken gelegt, als sie ihn in den Mosthof geleitete.

In der Stube, die im Stil eines alten Bauernzimmers eingerichtet war, setzten sie sich. Dieser Raum ändert sich nie, dachte Leo. Die gehäkelten Vorhänge und die braune Eckbank schienen aus der Zeit gefallen und mit dem Kruzifix an der Wand eine ewige Dreifaltigkeit zu bilden.

»Most magst immer noch nicht, oder? Der letztjährige ist sehr gut«, sagte Franziska mit einem Augenzwinkern. Leo ärgerte die Frage. Sie wusste, dass er nie Most trank. Sie hatte sein gespaltenes Verhältnis zu diesem Getränk mit der Zeit akzeptiert. Er verwendete Most nur zum Kochen, benutzte ihn – da hatte er die Kontrolle. Aber er wollte ihn nicht trinken. Niemals, egal, wie sehr man ihn drängte.

»Sind Gäste im Haus?«, fragte er. Die Mutter hatte acht Gästezimmer, die sie vermietete, doch Leo hatte keine anderen Wagen auf dem Parkplatz gesehen.

»Anfang der Woche kommen wieder welche«, sagte sie. »Könnten mehr sein, aber du weißt eh.«

Kein ermutigendes Zeichen, dachte er. Zu den besten Zeiten des Hofs hatte es hier nur so gebrummt vor Städtern, meist aus Wien oder Deutschland, die ein paar Tage im idyllischen Mostviertel verbringen wollten.

»Ich habe ein anderes Problem«, sagte er.

»Hunger?«

»Nein.«

»Warum bist du eigentlich so spät gekommen? Ich hatte dich früher erwartet.« Sie zeigte auf den Herd, wo erkaltete

Bratwürste in der Pfanne einer ungewissen Zukunft entgegensahen.

»Oskar Kloiber ist tot.«

Sie brauchte einen Moment, bis sie die Bedeutung der Worte verstanden hatte. Ihr Mund öffnete sich zu einem ungläubigen O. »Oskar?«, fragte sie mit zitternder Stimme. »Unser Oskar?«

»Unser Oskar. Ich kann es selbst kaum glauben.«

Sie stand auf und begann auf und ab zu laufen.

»Wann ist denn das passiert?«, fragte sie schließlich.

»Vor drei Stunden. Darum bin ich nicht früher hier gewesen.«

Da Franziska ihren Sohn weiterhin verstört und fassungslos anblickte, schilderte Leo ihr die Ereignisse im Mostler. »Er ist vor meinen Augen gestorben«, schloss er. »Es war ein Herzanfall.«

»Gott im Himmel!«, flüsterte sie und faltete die Hände. »Das ist doch unglaublich. Oskar! Ich war erst letzte Woche bei ihm einkaufen. Da hat er gar nicht krank gewirkt.«

»Angeblich hatte er gesundheitliche Probleme und war bei Dr. Nonn in Behandlung. Aber die Deppen da unten denken, Oskar wurde vergiftet.«

Franziska schnappte nach Luft. »Gift? Ein Mord? Wen verdächtigen sie?«

»Stell dir vor, die Zofia Zaluski.«

Er hatte das mit einem halben Lachen gesagt, es war für ihn immer noch eine kaum ernst zu nehmende Anschuldigung. Zofia hatte einen heftigen Streit mit Oskar gehabt, aber deswegen griff man doch nicht gleich zum äußersten Mittel und mordete.

Franziska lachte nicht. Sie hatte immer schon ihre Fühler im Dorf gehabt. Was dort lief, war von elementarer Bedeutung für sie. Sie war eng verwoben mit der Gemeinschaft, die anderen waren ihr Lebenselixier, der Boden, aus dem ihre Wurzeln entsprangen. Es war eines der ganz großen Probleme gewesen, die Leo in seiner Kindheit gehabt hatte. Dass er immer alles in einer Weise machen musste, dass niemand im Dorf blöd reden konnte. Der gute Ruf war das Allerwichtigste für die Mutter gewesen und ihr häufigster Satz: »Was werden denn die anderen denken?«

»Die Zaluskis«, sagte Franziska mit einem Achselzucken, »also Zofia und schon ihre Mutter, die Dana, waren halt nie irgendwo dabei. Haben sich nicht um andere Leute gekümmert. Kein Wunder, dass Zofia verdächtigt wird.«

Leo starrte Franziska fassungslos an. »Du findest das normal, oder wie?«

Seine Mutter blickte erstaunt drein. »Wieso verteidigst du sie? Du kennst sie in Wahrheit auch nicht. Ihr seid euch im Volksschulalter höchstens ein paarmal begegnet.«

»Na ja, du spielst das herunter. Wir haben uns eine Zeit lang oft gesehen. Oft genug, um zu wissen, was für ein Mensch aus einem wird. Jedenfalls ist sie keine Mörderin.«

Die Mutter stieß die Luft aus. »Willst du sicher nichts essen?«

»Weißt du«, sagte er trotzig, »wen sie noch verdächtigen?«

Sie schüttelte den Kopf.

»Mich!«

Jetzt änderte sich ihr Ausdruck. Aus einem Die-Zaluski-ist-halt-seltsam-Gesicht wurde ein Gibt-es-doch-nicht-Gesicht.

»Dich? Aber wieso …?«

»Weil ich nicht eingestimmt habe in den Chor, dass es die Zofia gewesen sein soll. Und weil ich zur falschen Zeit am falschen Ort war. Hat schon gereicht.«

Jetzt hielt es Franziska nicht mehr auf dem Stuhl. Verstört lief sie ein paar Meter ziellos durch die Küche, um sich dann mit verschränkten Armen vor dem Fenster zu platzieren.

»Die können doch nicht meinen Sohn und diese Hexe in einen Topf werfen. Du bist Küchenchef in Wien.«

»War ich.«

»Ist doch egal, auf jeden Fall bist du was Besseres als die Zaluski.«

»Ich glaube ja …«, sagte Leo und stand ebenfalls auf, »…

dass du dich vor allem um deinen eigenen Ruf sorgst. Einen Sohn unter Mordverdacht zu haben muss echt peinlich sein.«

Er ging zur Tür.

»Wo willst du denn hin?«, fragte sie und hielt ihn am Arm fest. Aber er riss sich mit einer erbosten Bewegung los.

»Ich fahre jetzt zur Zofia Zaluski. Sie soll wissen, was geschehen ist.«

Leo drehte sich nicht mehr um, als er den Hof verließ. Er hörte, wie Franziska die Haustür zuknallte, dann stieg er in sein Auto.

4

Der Hof der Zaluskis lag am grünen Hügel gegenüber, daran konnte sich Leo erinnern. Allerdings gab es hier jede Menge grüne Hügel, und so kam es, dass er sich zunächst verfuhr und am Hof des Mostbauern Edi Rager landete. Edi starrte ihn mit großen Augen an, doch Leo legte rasch den Rückwärtsgang ein und entkam so den neugierigen Blicken.

Schließlich, am richtigen Hügel, fand Leo den kleinen Hof. Er sah so aus, wie er ihn in Erinnerung hatte. Er war als Kind ein paarmal hier gewesen, hatte mit Zofia, die ihn aufgrund ihrer Andersartigkeit interessiert hatte, Zeit verbracht – was jedes Mal das Missfallen seiner Mutter hervorgerufen hatte.

Leo stieg aus dem Wagen und schritt auf den Hof zu. Wenn auch das Erscheinungsbild und der verschlafene Gesamteindruck des Gebäudes sich wenig verändert hatten, so gab es doch im Detail Neues zu entdecken. An den Holzwänden hatte sich Moos in den Fugen zwischen den Dielen festgesetzt. Das fleckig grau gedeckte Dach hatte einige zerbrochene Schindeln. Vor dem Hof war ein beeindruckender Garten angelegt. Blumen, Kräuter und üppige Sträucher erzeugten einen bunten Reigen aus Hunderten Farben.

Von Zofia fand Leo keine Spur. Er klopfte an die Holztür, aber niemand reagierte.

Er wollte es noch einmal versuchen, als ihn eine raue weibliche Stimme von hinten ansprach: »Wer sind Sie denn?«

Leo wirbelte herum. Da stand eine schlanke, etwas ausgezehrte Frau, die ein weites Kleid aus brauner Jute trug. Ihr gewelltes brünettes Haar war mit einem Tuch zusammengebunden, im Arm hielt sie einen Korb mit Pilzen. Sie sah Leo mit funkelnden grünen Augen an.

Nachdem der erste Schreck nachgelassen hatte, versuchte er ein Lächeln.

»Hallo, Zofia. Kennst du mich noch?«

Die Frau kniff die Augen zusammen. »Irgendwie kommst du mir bekannt vor.«

»Leo. Leo Matschler.«

Ihr Gesicht hellte sich auf. »Jetzt weiß ich's wieder. Du warst ein Kind aus der Gegend hier.«

Er zeigte auf eine alte Eiche, die neben dem Garten wuchs. »Wir haben zusammen gespielt. Ich kann mich erinnern: Wir hatten eine Zielscheibe an diesem Baum befestigt und haben dann mit Pfeil und Bogen darauf geschossen.«

Auf Zofias Gesicht zeigte sich ebenfalls ein angedeutetes Lächeln, das aber wieder verschwand, als sie sagte: »Viele Kinder haben mich damals nicht besucht.«

Leo schwieg, dann fragte er: »Wohnt deine Mutter auch noch hier?«

Sie schüttelte den Kopf. »Sie ist leider schon vor längerer Zeit von uns gegangen.«

Von uns gegangen, dachte er. In diesem Fall dürfte das eindeutig sein. »Tut mir leid zu hören.«

»Ja, ich vermisse sie. Es ist nicht so einfach, den Hof ohne sie zu führen.«

Sie blickte zu Boden, in Gedanken versunken.

Leo trat von einem Bein auf das andere. »Es gibt da etwas, das du wissen solltest. Ich komme gerade aus Waidingen.«

»Waidingen«, wiederholte Zofia voller Verachtung.

»Ja, können wir das drinnen besprechen?«

Sie zögerte einen Moment, musterte ihn. Sie dachte wohl, dass er sich sehr verändert hatte, dann sperrte sie die Tür auf, ging wortlos hinein. Leo folgte dem Korb mit den Pilzen.

Im Inneren des Hofes dominierte ebenfalls dunkles Holz. Er war erstaunt, wie alt dieses Gebäude wirkte, daran konnte er sich nicht erinnern. Zofia führte ihn in den ersten Stock, sie kamen an einer Werkstatt vorbei, wo sie offensichtlich Tinkturen und Säfte aus Kräutern herstellte. Getrocknete Gräser und Blüten in Gläsern, Waagschalen, Töpfe. Es sah aus wie in einer historischen Apotheke, und es roch nach Heu und Gewürzen. In einem Regal mit alten Büchern bemerkte er ein in abgegriffenes Leder gebundenes Werk von Hildegard von Bingen. Von ihr hatte er schon gehört.

Auf dem Balkon, von dem aus man den großzügigen Garten überblicken konnte, setzten sie sich auf eine Holzbank.

Neben ihnen stand auf einem niedrigen Steintisch ein Stövchen, in dem die gelbe Flamme einer Kerze brannte. Die Hitze hielt eine Kanne mit duftendem Tee warm. Zofia schenkte Leo eine Tasse ein. »Ohne Tee geht es bei mir nicht. Ich bereite ihn morgens zu und trinke ihn den ganzen Tag über.«

Er nahm die Tasse mit einem dankbaren Nicken entgegen und schaute in den Garten hinab. »Im Dorf sagen sie, dass du eine Naturheilerin bist, stimmt das?«

Zofia, die sich zu ihm gesetzt hatte und sich auch einen Tee eingoss, lächelte nur. »Das ist nicht, was sie sagen. Sie benutzen ein anderes Wort.«

»Ja, leider«, gab er zu. »Tun sie das schon länger?«

»Seit Jahren. Ich will eigentlich gar nichts mehr von denen hören.«

»Kann ich verstehen. Aber heute ist etwas passiert, das du nicht ignorieren kannst.«

Sie kostete einen Schluck vom Tee. »Eine Mischung aus gerösteter Zichorienwurzel, Zimt und Orange«, sagte sie und sog den Duft über der Tasse ein.

»Oskar Kloiber ist gestorben, du weißt, der Gemischtwarenhändler.«

Mit einem Mal weiteten sich Zofias Augen. Ihre Stirn legte sich in Falten, und sie setzte die Tasse ab. Ein beunruhigter Gesichtsausdruck, der nur aus einer plötzlichen Erkenntnis stammen konnte.

»Der Traum«, flüsterte sie.

Leo war überrascht von ihrer Reaktion. Was denn für ein Traum? Da sie nur mit zusammengepressten Lippen ins Leere starrte, sprach er vorsichtig weiter.

»Oskar«, sagte er, »ist vor meinen Augen im Mostler zusammengebrochen. Wir haben versucht, ihn wiederzubeleben. Der Arzt war da. Aber es war vergeblich.«

Zofia sagte immer noch nichts, weiter den abwesenden Ausdruck im Gesicht. Langsam wurde es Leo unheimlich.

»Es war Herzversagen«, schloss er.

Wie in Trance schüttelte Zofia den Kopf. »Nein. Es war Mord.«

Fassungslos betrachtete er sie. »Wieso Mord? Wie willst du das wissen?«

Für einen furchtbaren Moment dachte er, er habe einen Fehler gemacht. Hatte diese ihm in Wahrheit längst unbekannt gewordene Frau Oskar tatsächlich ermordet? Die Starre, in die sie verfallen war, hatte etwas Erschreckendes, sicher nichts Normales. Plötzlich dachte er, dass der Tee seltsam bitter geschmeckt hatte. Sein Magen zog sich zusammen.

»Ich habe«, sagte Zofia mit großer Eindringlichkeit, »heute Nacht im Traum gesehen, dass Oskar von einem roten Hund zerfleischt wurde. Das ist in der Traumsymbolik eindeutig ein Zeichen dafür, dass jemand umgebracht wird.«

Das klang jetzt nicht nach Geständnis, dachte er, und sein Magen lockerte sich.

»Stimmt es, dass du ihn gestern gesehen hast?«, fragte er.

»Ja, ich war bei ihm einkaufen. Er hat sich verrechnet.«

»Du hast ihm den Tod gewünscht. Das weiß das ganze Dorf.«

Eine Falte bildete sich auf Zofias Stirn. »Also, das war ja nun wirklich nicht so gemeint.«

Leo zuckte mit den Schultern. »Das Problem ist halt, dass die da unten jetzt denken, dass du ihn ermordet hast.«

Sie lachte heiser auf. Es war ein Lachen, das von den negativen Erfahrungen aus vielen Jahren hier genährt war.

»Warum wundert mich das nicht?«, fragte sie. »Die Hexe hat Oskar aus Rache vergiftet. Was für eine schöne Geschichte, was für ein schönes Märchen.«

»Es geht noch weiter!«, rief er und spürte, wie die Wut wieder zurückkam. »Ich soll dir dabei geholfen haben. Voll logisch: Denn Oskar ist zeitgleich mit meinem Erscheinen im Mostler gestorben.«

Sie stieß die Luft aus. »Sie sind so furchtbar. So bösartig.«

»Ich will das jedenfalls nicht auf mir sitzen lassen«, sagte Leo entschlossen.

Zofia wandte den Kopf ab und strich mit einer fahrigen Bewegung durch ihr Haar. Ihre Finger zitterten. Ihre Stimme klang brüchig, als sie ihn schließlich wieder ansah und sagte: »Aber was willst du tun gegen ihr blödes Gerede?«

Leo starrte in den Himmel. »Du glaubst, dass hier ein Mord geschehen ist. Vielleicht stimmt das. Ich will herausfinden, was wirklich passiert ist. Das bin ich nicht nur uns beiden, sondern auch Oskar schuldig!« Als sie schwieg, fügte er hinzu. »Bist du dabei? Willst du mit mir diesen Mist hier aufklären? Den Idioten das Maul stopfen?«

Er konnte ihren inneren Kampf fühlen. Sie hatte viel mitgemacht, sie war eine Ausgestoßene, so wie er es hier gewesen war. Sie fragte sich wohl, ob es sinnvoll wäre, die Stimme zu erheben. Wozu sich überhaupt mit dem Mob im Dorf beschäftigen, so enttäuscht und erschöpft, wie sie war.

»Die geben uns doch keine Chance«, sagte sie leise. »Egal, was wir tun.«

»Dir ist es lieber, dich hier zu verstecken, als etwas zu unternehmen?«, fragte er.

Statt einer Antwort stellte Zofia die Tasse mit dem Tee ab. »Ich sollte dir etwas zeigen.«

Als sie wenig später aus dem Haus kamen, lief ein kleiner Cocker Spaniel mit hellbraunem Fell auf sie zu. Er begrüßte Leo schnüffelnd, dann sprang er freudig an Zofia hoch.

»Na du«, sagte sie und streichelte dem Hund über den Kopf. »Warst du wieder im Wald?«

»Ist das deiner?«, fragte Leo. Er beugte sich hinunter und kraulte das weiche Fell des Hundes, was sich dieser nur zu gern gefallen ließ.

»Tiere gehören niemandem, aber ja, ich sorge für ihn.«

»Lebt nur er bei dir hier oben?«

»Er ist der Einzige, auf den ich mich verlassen kann.«

»Wie heißt er?«

Sie wurde ernst. »Er hat keinen Namen. Namen sind was für Menschen. Ich nenne ihn Hund.«

Es ist, was es ist, dachte Leo. Warum einem Tier einen menschlichen Namen geben, wenn man mit Menschen keine guten Erfahrungen gemacht hat?

Der Hund ohne Namen spitzte die Ohren und ließ von Zofia ab. Er hatte wohl irgendein anderes Tier im Garten bemerkt, denn er rannte wie ein Pfeil los und hinein in die Büsche.

Als Leo seinen Blick wieder Zofia zuwandte, erkannte er, dass sie sich unbemerkt ein großes Stück entfernt hatte. Wie hatte sie denn das so rasch hinbekommen? Sie befand sich plötzlich vor der Hauswand. Als er verwundert näher kam, entdeckte er neben ihr auffällige Kratzer in der Holzwand.

»Was ist das?«, fragte er. Bei genauerem Hinsehen konnte er in den inzwischen dunkel gewordenen Rillen einen Schriftzug ausmachen: »Hexe«. Doch da stand noch mehr. »Verschwinde von hier!!!«

Ungläubig starrte Leo Zofia an, deren Miene wie versteinert war.

»Wann ist das passiert?«, fragte er und fuhr die Buchstaben mit den Fingern nach. Es fühlte sich an, als wäre schon etwas Moos darübergewachsen. »Das ist doch nicht erst heute eingeritzt worden.«

»Nein. Ist zwei Wochen alt. Wenn das heute entstanden wäre, stünde da ›Mörderin‹.«

Sie hatte Sinn für schwarzen Humor, das musste er ihr lassen.

Noch einmal studierte er die eingravierten Linien. »Könnte mit einem Messer gemacht worden sein«, murmelte er. »Oder mit einem … Taschenfeitel.«

In Leo blitzte ein brutales Bild auf, das sich bereits tief in sein Gedächtnis gegraben hatte: der Feitelverein, geeint im Mostler, und seine perverse Parade von gezückten Messern.

»Hast du gesehen, wer das getan hat?«, fragte er.

Sie schüttelte den Kopf. »Es war in der Nacht. Die müssen leise gewesen sein. Ich habe nicht gehört, dass jemand bei mir war. Ich schlafe wie ein Baby, außer ich habe Alpträume.«

»Und dein Hund? Hat der nicht angeschlagen?«

»Er war im Haus. Er ist wie ich. Wenn er schläft, schläft er.«

Leo blickte sich um. Da war kein Zaun, jeder hätte sich dem Hof in der Nacht nähern können. Es war fast schon zu einfach, sich heranzuschleichen, um eine gewalttätige Botschaft in die hölzernen Wände zu ritzen, ohne bemerkt zu werden.

»Ist dir sonst etwas aufgefallen?«

»Ich habe am nächsten Tag ein Foto gemacht, um nichts zu vergessen.«

»Zeig mir das Bild.«

Nach kurzem Zögern – die Sache belastete sie sichtlich – verschwand sie im Haus und kehrte gleich darauf mit einer ungewöhnlich großen Kamera zurück.

»Die meisten Menschen machen ihre Schnappschüsse ja nur noch mit dem Handy«, sagte Leo angesichts des massiven Apparats und des unhandlichen Teleobjektivs. War das ein analoges Liebhaberstück oder schon digital?

»Fotografieren ist mein Hobby. Vögel, Blumen, Tiere – ich liebe das. Mit dieser kleinen Beobachtungshilfe kann ich genauer in die Welt hineinsehen. In jedem Schmetterling, in jeder Blüte stecken Millionen von Wundern, ist dir das überhaupt bewusst? Und ich mag mein Handy nicht.«

»Wieso das denn?«

»Ich hasse die Strahlung.«

Dazu verkniff sich Leo jeden Kommentar.

Zofia holte das richtige Foto aufs Display – es musste sich um die erste digitale Kamera handeln, die je auf den Markt gekommen war –, und Leo nahm den Apparat von ihr entgegen. Er lag verdammt schwer in der Hand.

Das Foto zeigte die Wand mit der eingeritzten Botschaft. Doch es war auch ein Stück des Rasens auf dem Bild. Und genau in diesem grünbraunen Bereich fiel Leo ein Detail auf.

Mit plötzlich erwachter Neugier zoomte er die Stelle heran. Es war ein Stiefelabdruck. Er war wegen der Unschärfe nicht überall deutlich erkennbar, aber es ließ sich ein Muster von verschieden großen Rauten erahnen, die fließend ineinander übergingen.

»Wenn wir den Besitzer dieses Stiefels finden«, sagte er, »haben wir denjenigen, der sich an deiner Wand zu schaffen gemacht hat.«

Sie betrachtete das Bild. »Der Abdruck ist mir gar nicht aufgefallen. Ich habe nur auf die eingeritzten Zeichen in meiner Hauswand geachtet. Du hast ein scharfes Auge.«

»Eigentlich ist meine Nase besser«, sagte er. »Aber als Koch musst du mit allen Sinnen arbeiten.«

»Du bist Koch geworden?«

»Ja, in Wien habe ich meine Lehre gemacht. Zuletzt war ich dort in einem guten Restaurant Küchenchef. Hat aber nicht geklappt.«

»Was ist passiert?«

Er zuckte mit den Schultern. »Sie hatten ein Problem mit meinem Qualitätsanspruch. Ich wollte immer das Beste einkaufen. Das war ihnen meist zu teuer. Doch meine Nase ist mein Ratgeber, nur ihr folge ich.«

»Verstehe. Wenn ich einen Kräuterauszug herstelle, dann verlasse ich mich auch auf meine Nase. Das Aroma verrät mir, ob eine Tinktur gelungen ist.«

Leo nickte mit einem Lächeln. »Es scheint, dass wir beide feine Nasen haben. Somit sind wir doch gut als Schnüffler geeignet.«

Nun lächelte auch Zofia. Es war ein schwaches Lächeln, aber eines, das etwas Hoffnung in sich barg.

»Lass es dir durch den Kopf gehen. Wir sollten aufklären, was hier läuft. Wir müssen die Schuldigen finden.«

Während sie ihn nachdenklich ansah, öffnete er die Autotür. »Ich komme morgen früh wieder, dann erwarte ich deine Entscheidung.«

5

Die Nacht im Mosthof brachte nur wenig Schlaf.

Leo war innerhalb der historischen Mauern aufgewachsen, doch er hatte längst kein eigenes Reich mehr hier – irgendwann war sein Kinderzimmer in ein Gästezimmer umgewandelt worden. Er sei zu selten heimgekommen, um einen Raum nur für ihn zu rechtfertigen und Kapazitäten zu verschwenden, hatte Franziska gemeint. So schnell war man aus betriebswirtschaftlichen Gründen abgemeldet. Nun war er auch in seinem ehemaligen Zuhause ein Fremder.

In der Finsternis der Nacht und eingehüllt in den Geruch von Zirbenholz, der vom Bett ausging, wirbelten die Ereignisse des Tages in seinem Kopf herum. Immer wieder sah er seine Hände auf Oskars Brustkorb beim Versuch, dem kalten Körper neues Leben zu geben.

Als er dann doch kurz einschlummerte, träumte er. Sein Traum-Ich führte einmal mehr eine Herzdruckmassage durch. Plötzlich schossen Fontänen von Blut aus dem Mund des alten Mannes. Leo wachte mit Schweiß auf der Stirn auf, sein eigenes Herz schlug ihm bis zum Hals, zum Glück, und zwar heftig.

Auch das Frühstück war alles andere als erholsam. Seine Mutter fragte ihn zwischen Kaffee, Fünf-Minuten-Ei, Speck und Schwarzbrot ohne Unterlass aus, was er denn bei der Zaluski gemacht habe, und strapazierte damit seine Nerven. Als sie begriff, dass Leo keine Auskunft geben wollte, hörte sie mit der investigativen Quälerei auf und begann zu jammern, wie unangenehm dieser Verdacht gegen Leo sei, sie traue sich zurzeit selbst kaum ins Dorf.

Leo war froh, endlich aus dem Mosthof rauszukommen. Seine Mutter stand unter Spannung, und natürlich wusste er, warum. Sie hatten nicht über Leos Vater gesprochen. Beide hatten das Thema gemieden. Leo wusste, dass das ein ganz und gar seltsames Verhalten war. Sie hätte ihn anrufen müssen, ihn fragen, wie es ihm in Frankreich gehe. Aber seine Mutter konnte stur sein, und sie war sauer auf Joseph. Und er selbst? Warum versuchte er nicht, seinen Vater zu erreichen? Vielleicht nahm er ihm seine Abreise doch wesentlich übler als gedacht.

Auf dem Weg zu Zofia fragte er sich, was das Alleinleben mit einem machte. Er war seit einem Jahr allein, Franziska erst seit zwei Wochen. Aber vielleicht war das ja der eigentliche Grund, warum sie ihn hergerufen hatte. Mit der Arbeit wäre sie zurechtgekommen, doch nicht damit, allein zu sein. Das Alleinsein war ein Monster, das zuerst nur sanft an dir knabberte und dann immer mehr Fleisch aus dir herausbiss.

Zofia lebt schon seit Langem allein, dachte Leo, als er bei ihrem Hof ankam. Wie ging sie damit um?

Gerade schien sie nicht unter dem Alleinsein zu leiden. In Gummistiefeln und Arbeitshosen bewegte sie sich eifrig durch ihren Garten vor dem Haus und goss die Kräuter mit einer alten Zinkkanne. Zofia war eine Einheit mit diesem Garten – mit ihm verschmolzen, als wäre sie dort mit ihren Pflanzen aus der Erde getrieben und hätte die quadratische Welt, die mit einem alten Holzzaun umgrenzt war, niemals verlassen. Sobald sie Leos Schritte hörte, sah sie hoch.

»Du erwartest eine Entscheidung von mir«, sagte sie und stellte die Kanne behutsam ab. »Ich werde mein Bestes geben und mitmachen bei deiner heiligen Suche nach der Wahrheit. Aber ich kann nichts versprechen.«

Leo nickte zufrieden. Sie konnten es gemeinsam schaffen. Er fühlte sich etwas weniger allein.

Während der Autofahrt ins Dorf hinunter wurde Zofia immer schweigsamer, je mehr Höfe sie passierten und je näher sie Waidingen kamen. Sie starrte, die Finger in den Gurt verkrallt, ein Loch in das Armaturenbrett.

»Etwas sträubt sich in mir«, sagte sie schließlich. »Für mich ist das Dorf eine fremde Welt.«

»Du hast damals schon nicht hineingepasst«, antwortete Leo, während sein Wagen mit einem monotonen Brummen der Straße folgte, die sich zwischen vereinzelten Birnbäumen dahinschlängelte.

»Tja, als Kind einer Ausländerin …«

»Hast du mir davon jemals mehr erzählt? Ich kann mich nicht erinnern. Mir war es schon immer egal, woher jemand kommt.«

Sie sah zum Fenster hinaus. Er spürte, wie sehr sie sich zwingen musste, ihre Gedanken in einen Lebensabschnitt zu lenken, an den sie keine guten Erinnerungen hatte. Nach einiger Zeit erst sprach sie, sehr leise und mit Mühe.

»Meine Mutter kam vor vierzig Jahren aus Polen nach Waidingen. Dana hat als Erntehelferin geschuftet. Es war harte Arbeit, stundenlang Birnen zu pflücken – für den blöden Most.«

»Kam sie damals allein?«

»Nein. Ein Mann war aus Polen mitgekommen. Ein mieser Kerl. Er hat sie geschlagen und ziemlich bald sitzen gelassen.«

»Er war aber nicht dein Vater.«

Aus den Augenwinkeln konnte er sehen, dass sie die Braue hochzog. »Du bist ja ein Meisterdetektiv. Da ich erst Mitte dreißig bin, war der Typ schon jahrelang weg, bevor ich das Licht der Welt erblickte.«

Er musste grinsen. »Ich habe mir oft vorgestellt, wie es wäre, als Detektiv zu arbeiten. Da kannst du genauso kreativ sein wie bei einem fünfgängigen Menü. Es kommt darauf an, die richtigen Dinge zusammenzufügen.«

Sie nickte, immer noch die Augenbraue spöttisch erhoben.

»Wo«, fragte er, »war dein Vater die ganze Zeit, den habe ich damals nie zu Gesicht bekommen?«

Mit einem Mal wurde sie ernst. »Darüber will ich nicht sprechen.«

Er bremste den Wagen ab. »Wir sind ohnehin schon da.« Tatsächlich hatten sie den Mostler erreicht, der sie wie immer feig und geduckt empfing.

Als Leo aus dem Wagen stieg, erwartete er, dass auch Zofia aussteigen würde. Doch sie bewegte sich nicht, hatte einen störrischen Gesichtsausdruck aufgesetzt.

»Was ist?«, fragte er.

»Ich dachte, ich kann es. Aber es geht nicht.«

Als er ihre verkrampft ineinander verschränkten Arme sah, verstand er.

»Kein Problem. Dann sicherst du den Eingang. Falls ein möglicher Täter flüchten will.«

Sie wirkte nun böse. »Machst du dich etwa über mich lustig?«

»Absolut nicht. Wir beide werden diesen Fall aufklären. Wir sollten uns Soko Waidingen nennen.«

Sie stieß verächtlich die Luft aus. »Ja genau. Soko Waidingen.«

»Soko Waidingen«, bestätigte er.

»Selbst wenn wir die Wahrheit rausfinden – was wird uns das bringen? Du glaubst doch nicht, dass sie uns dann hier mögen. Vermutlich hassen sie uns sogar noch abgrundtiefer. Was erwartest du?«

»Wenn sie uns nicht mehr als Mörder bezeichnen, wäre das schon mal ein Anfang.«

Sie verzog das Gesicht. »Ich gehe da auf keinen Fall rein.«

»Wenn ich Hilfe brauche, rufe ich«, sagte er und wandte sich dem Mostler zu.

Doch aus der Garage daneben näherte sich ihm eine Frau mit raschen, kurzen Schritten. Leo hatte sie schon so lange nicht mehr gesehen, dass er einen Moment brauchte, um die kleine, zierliche Person, die eine Flasche Most in der Hand trug, zu erkennen. Es war Andreas Mutter Erika.

Sie hatte ihn sofort erkannt. »Was denn, du?«, fragte sie.

»Hallo, Erika«, sagte Leo.

Sie lachte. Und plötzlich war sie wieder da, die Erinnerung: Erika hatte schon damals, als Leo mit Andrea zusammen gewesen war, immer dieses Lachen aufgesetzt, wenn sie ihm begegnet war. Es hatte etwas Künstliches und wirkte, als ob sie versuchte, sich mit diesem Lachen vor ihm zu schützen. Er wusste natürlich, dass sie schon damals jemand anderen für ihre Tochter haben wollte. Nicht den kauzigen Typen, der Dorffeste mied und keinen Most trank.

»Was machst du in Waidingen?«, wollte sie wissen. Für Leo klang in dieser Frage mit: Ich hoffe, du willst nicht allzu lang bleiben.

»Ich helfe meiner Mutter am Hof«, sagte er.

Erika lächelte anerkennend. »Das ist gut. Jetzt braucht Franziska sicher jemanden, in der schwierigen Situation.«

»Wie meinst du das?«

»Na, wenn einem der Mann ins Ausland abhaut, das ist nicht schön.«

»Beziehungen sind nicht immer einfach«, antwortete Leo und war sich sicher, dass sie wusste, worauf er anspielte. Auf die vielen Male, wo sie wie ein Schatten aufgetaucht war, wenn Andrea und er endlich mal eine ruhige Minute gehabt hatten. »Hallo, Kinder, ich bringe euch Orangensaft und Kuchen ins Zimmer.« Natürlich waren es Schweinsbraten-Brote und Birnensaft gewesen. Und sie keine Kinder mehr …

»Ich bin heute aus einem ganz anderen Grund hier.« Er ließ den Blick über die fleckige Fassade des Mostlers gleiten. »Ich nehme an, Andrea hat dir alles erzählt?«

Erika bemühte sich immer noch um ein Lächeln, aber es fiel ihr sichtlich schwer. »Das war eine blöde Sache mit dem Oskar. Der Arme.«

»Wo warst du gestern?«

Für einen Moment sah sie ihn prüfend an. Sie wusste – so gut kannte er die Buschtrommeln im Ort – alles, was gestern in ihrem Gasthaus geschehen war. Wie er Zofia verteidigt hatte und dass nun nicht nur die »Dorfhexe«, sondern auch er selbst ins Visier der werten Gemeinschaft geraten war. Vielleicht hatte ja er Oskars Lebenslicht ausgeknipst.

Warum also sollte Erika so jemandem Auskunft geben? Normalerweise war es umgekehrt – nämlich dass der Verdächtige Fragen zu beantworten hatte.

»Ich war«, sagte sie dennoch, »gestern in St. Pölten. Mit meinem Mann. Wir haben bei einer größeren Tischlerei nachgefragt, ob sie uns ein Angebot für neue Eckbänke machen wollen.«

»Und, wollen sie?«

»Freilich, wäre ja ein großer Auftrag. Aber Leo, was fragst du denn das alles?«

»Weil ich mehr über Oskars Tod wissen will.«

»Wieso?«

Er seufzte. »Komm schon«, sagte er, »du weißt doch genau, was sich gestern hier abgespielt hat. Und dass sie total blöd auf mich losgegangen sind, weil ich die Zofia Zaluski nicht verteufelt habe.«

Sie ließ verlegen den Blick über den Asphalt streifen, da entdeckte sie, dass im unweit geparkten Wagen jemand saß. Als sie genauer hinsah, weiteten sich ihre Augen erschrocken.

»Hast du die etwa mitgebracht? Das kann ja nicht dein Ernst sein.«

Leo stemmte die Hände in die Hüften. »Ihr seid doch echt alle gleich. Es ist nicht zu fassen.«

»Die kommt mir auf keinen Fall ins Gasthaus«, schnappte Erika. Fast unmerklich hatte sie sich vor den Eingang des Mostlers geschoben. Sie versperrte Leo mit einem Lachen im Gesicht den Weg. »Das musst du schon einsehen, das geht gar nicht, nach dem, was gestern passiert ist.«

»Ja, was bitte ist denn passiert?« Er spürte, dass die Wut in ihm hochstieg. »Oskar ist gestorben. Das ist alles, was wir wissen.«

Sie schwieg.

»Ist Andrea drinnen?«, fragte er. »Sosehr es mich gefreut hat, dich wieder einmal zu sehen – aber eigentlich wollte ich mit deiner Tochter sprechen.«

Etwas verlegen drehte sie die Mostflasche in der Hand. »Du weißt schon, dass sie inzwischen verlobt ist?«

»Ja, mit dem Rudi, dem Deppen.«

Sie sah ihn groß an. »Das kannst du echt nicht sagen, immerhin ist er der Sohn vom Bürgermeister.«

Er überlegte, ob er die Frage nachschießen sollte, ob Dummheit vererbbar sei, entschied sich aber dagegen. Stattdessen legte er seine Hand auf ihre Schulter.

»Lässt du mich zu Andrea?«, fragte er eindringlich. »Oder bin ich hier nicht mehr erwünscht?«

Erika wollte schon wieder lachen, doch sie schaffte nur ein flüchtiges Zittern um die Mundwinkel. »Warum nicht?«, sagte sie, warf einen scheuen Blick zum Wagen, in dem Zofia saß, und öffnete mit einem Ruck die Tür zum Mostler.

6

Erika und Leo durchquerten den Wirtsraum, der bis auf ein paar Berufstrinker, die schon am Vormittag über einem Most hingen, völlig leer war. Bei der Gruppe mit den bereits glasigen Augen und geröteten Wangen saß Andreas Vater Bernd. Er gehörte dazu, aber auch wieder nicht. Noch nicht. Leo hatte Bernd lange nicht mehr gesehen, er war rundlicher geworden, etwas aufgeschwemmt. Er hatte schon damals ganz gern gesellig getrunken. Leo hoffte, dass er nun nicht wesentlich tiefer ins Glas sah. Wer in einem Gasthaus lebt, hat es nicht weit bis zum Zapfhahn. Leo grüßte ihn kurz, und er grüßte wenig interessiert zurück.

Leo betrachtete im Vorübergehen Oskars Tisch, dessen Beine inzwischen vom Most befreit worden waren, und die braunen Fliesen. Alles wieder trocken, als wären die Geschehnisse von gestern zusammen mit dem Most wie ein Fluch verdampft. Er musste daran denken, dass hier am Vortag ein Mensch gestorben war, dem er nicht hatte helfen können.

»Die Andrea ist oben«, erklärte Erika knapp.

Leo nickte und nahm die Treppe, die Holzdielen knarrten unter seinem Tritt. Er bemerkte Bernds Blick, der Unverständnis ausdrückte. Immerhin drang Leo in den Wohnbereich ein, wo er mit Erika lebte und in dem auch Andrea ihr Zimmer hatte. Bestimmt fragte Bernd sich, was Leo dort oben zu suchen hatte. Aber da Erika nicht einschritt, ließ er es gut sein und griff zu seinem halb geleerten Glas Most.

Als Leo oben im ersten Stock stand, im engen Flur, den ein ausgestopfter Eberkopf zierte, konnte er niemanden ausmachen.

»Hallo, Andrea?«, rief er.

Nichts rührte sich. Der Eberkopf starrte ihn prüfend an und zeigte seine Hauer.

»Andrea?«, rief er nochmals. »Ich bin es, Leo!«

Völlig überraschend ging eine Klapptür in der Decke des Flurs auf. Eine Leiter schob sich herab. Schritt für Schritt, auf den metallenen Sprossen ein helles Klappern erzeugend, erschienen schlanke Beine in Jeans, dann eine beige Bluse mit Blumenmuster. Bevor sie ihn ansah, ließ Andrea die Metallleiter wieder zurückgleiten, worauf sich die Luke wieder verschloss. Schon war für den flüchtigen Blick nicht mehr erkennbar, dass dort oben ein Raum verborgen sein musste.

»Wo kommst du denn her?«, fragte Leo erstaunt.

Andrea wirkte aufgeregt, sie blinzelte, und der Blick aus ihren glänzenden haselnussbraunen Augen wanderte unruhig hin und her.

»Leo«, sagte sie, als wüsste sie nicht, was sonst zu sagen sei.

Er konnte nicht anders, als sie zu betrachten – ihre Gestalt, ihr Haar, ihr Gesicht –, und mit einem Mal schien es ihm, als würde etwas, das völlig unter dem Staub der Zeit versteckt gewesen war, zum Vorschein kommen. Ein Gefühl der Vertrautheit, der Nähe, des Erkennens kämpfte sich an die Oberfläche. Er spürte wieder, wie er damals ihren Körper berührt, die nackte Haut erkundet hatte, wie fasziniert er von ihrem Duft gewesen war. Die Intensität dieser Zeitreise überraschte ihn. Sein Herz begann schneller zu schlagen.

»Deine Mutter hätte mich beinahe nicht zu dir gelassen«, sagte er.

Sie musste grinsen. »Fast wie damals, oder?«

Er nickte. »Wie damals.«

Sie sahen sich in die Augen, aber Andrea wendete den Blick rasch wieder ab. Leo wusste: Sie war verlobt, zu viele Erinnerungen konnten Probleme nach sich ziehen. Es wäre schön gewesen, alles sagen zu können und sich gegenseitig über ihre Leben auf den aktuellen Stand zu bringen. Aber dies war nicht der richtige Moment. Er hatte andere Fragen.

»Gestern hättest du mir ein wenig helfen können«, sagte er mit einem Stirnrunzeln. »Die stellen Zofia Zaluski und mich als Mörder hin, und du sagst nicht viel dazu.«

Sie trat verlegen von einem Bein auf das andere. Sie lebte

hier, dachte er, auch für sie war es schwer, Partei für eine Person zu ergreifen, die einen so schlechten Ruf in der Gemeinschaft hatte. Das galt für Zofia, aber leider genauso für ihn selbst.

»Ich habe doch eh gesagt, dass ich nicht an einen Mord glaube, als Frau Dr. Nonn davon angefangen hat.«

»Erstens ist sie keine Frau Doktor, und zweitens kann ich mir gut vorstellen, was sie gegen die Zofia hat.«

Sie nickte. »Sie hat sie sogar einmal angezeigt.«

»Tatsächlich?«

»Ja, wegen Kurpfuscherei. Wahrscheinlich sieht sie die Zofia als Konkurrenz zu ihrem Mann, weil sie mit Kräutern heilt und sich angeblich viele Menschen rund um Waidingen von ihr behandeln lassen.«

Er dachte nach. Da war schon mal jemand, der Interesse daran hatte, dass Zofias Name noch weiter in den Dreck gezogen wurde.

»Aber«, sagte Andrea, »der Most kann nicht vergiftet gewesen sein.«

»Woher weißt du das so sicher?«

»Komm mit.«

Sie brachte ihn in den modrigen Keller des Gasthauses. Dort war deutlicher als in den anderen Stockwerken, die restauriert worden waren und deren Wände zumindest hin und wieder Anstriche bekamen, zu erkennen, dass der Mostler schon viele Jahrzehnte auf dem Buckel hatte. Graue Flecken, Risse und Blasen im Verputz waren allgegenwärtig.

In einem der Kellerräume wurden die Getränke aufbewahrt. Leo sah Kisten mit Wein, Bierfässer, aber vor allem ein großes Regal, in dem Flaschen mit Most aufgereiht waren.

Er nahm eine davon, las das Etikett. »Die sind ja vom Edi Rager, wieso kauft ihr nicht die von meiner Mutter?«

»Zu teuer«, sagte Andrea. Der Sparwahn hatte auch hier zugeschlagen.

Er stellte die Flasche mit einem demonstrativen Seufzer zurück in das Regal.

»Wer hat Oskar eigentlich den Most gebracht?«

»Das war ich. Ich hatte Servierdienst.«

»Aber ich habe dich nicht beim Servieren gesehen. Als ich gekommen bin, bist du gerade die Treppe vom ersten Stock heruntergegangen.«

»Ich hatte Pause gemacht.«

»Wieder im Dachboden, hinter der geheimen Luke? Was ist denn da oben?«

Sie stemmte die Hände in die Hüften. »Sag mal, du stellst ja eine Menge Fragen.«

»Ja, entschuldige. Eine habe ich noch.«

Andrea sah ihn mit zusammengekniffenen Augen an.

»Hast du«, fragte Leo rasch, »die Flasche, aus der du Oskar eingeschenkt hast, von hier geholt?«

»Ja, das wollte ich dir zeigen – deswegen habe ich dich ja überhaupt in den Keller geführt, was hast du denn gedacht?«

Er zuckte mit den Schultern und grinste schelmisch, was ihm einen tadelnden Blick einbrachte.

»Ich habe die Flasche geholt, bin rauf zum Ausschank, habe dort das Glas gefüllt. Aber es war kein Gift drin.«

Er sah sie nur interessiert an.

»Bevor du mich fragst«, sagte sie, »woher ich denn das weiß, sag ich es dir lieber gleich: Ich habe nicht nur Oskar eingeschenkt, sondern auch dem Feitelverein.«

»Das heißt, es haben einige Leute Most aus derselben Flasche getrunken?«

»Genau.«

»Und da der Rudi einen Saumagen hat, aber wohl nicht gegen Gift immun ist«, sagte Leo, »kann das nur eins bedeuten: Das Gift war nicht in der Flasche.«

»Da war gar kein Gift – nirgendwo! Nicht hier bei uns im Mostler!«, protestierte Andrea.

Er wog nachdenklich den Kopf. »Es könnte Oskar aber nachträglich in den Most geschüttet worden sein.«

Sie winkte ab. »Nein. Unmöglich. Ich habe am Ausschank die Gläser befüllt, sie auf ein Tablett gestellt und bin damit direkt zu Oskar und dem Feitelverein.«

»Du hattest den Most ständig im Auge«, brummte Leo vor sich hin. »Bis zu dem Zeitpunkt, als du die Pause gemacht hast. Da hätte jemand Gift in sein Glas tun können.«

Er fragte sich, ob er das selbst für wahrscheinlich hielt. Immerhin hatte Oskar sein Glas vor sich gehabt, und es hatte ja auch noch eine Menge anderer Gäste gegeben. Da hätte ein Mörder sehr schnell sein müssen, um bei verdächtigen Handlungen nicht gesehen zu werden.

»Am nächsten war der Feitelverein an Oskar dran«, sagte er und fügte aus einer dummen Laune heraus hinzu: »Besonders der Rudi.«

Andreas Augen weiteten sich, und auf ihrer Stirn bildete sich eine Zornesfalte. »Jetzt reicht es aber. Du wirst mir sicher nicht meinen Verlobten mit reinziehen, nur weil du ihn nicht magst.«

»Andrea, ich –«

»Los, du gehst jetzt.« Sie zeigte zum Kelleraufgang.

Leo, der seine Wortwahl bereits bereute, trottete zur Treppe. Der Moment war vorbei, über andere Dinge zu sprechen, Persönliches. Ein kalter Luftzug kam die Treppe herab, als er seinen Fuß daraufsetzte.

7

Andrea öffnete die Eingangstür des Mostlers und schob Leo auf den Platz hinaus. Ihre Hand im Rücken vermittelte ihm, er sei ein Müllsack, der vor die Tür gestellt wurde. Die Heftigkeit, mit der sie ihn hinaustrieb, verursachte ihm ein flaues Gefühl im Magen. Warum wollte sie ihn so rasch aus dem Haus haben?

Leo war enttäuscht, doch er hatte Wichtigeres zu tun. Gleich würde er über den rissigen Asphalt gehen, zur im Auto wartenden Zofia. Er würde ihr berichten, dass es kaum vorstellbar sei, dass der Most vergiftet worden war.

Doch in diesem Moment bog mit raschen, federnden Schritten ausgerechnet Rudi ums Eck. Er trug eine eng geschnittene Polizeiuniform. Offensichtlich befand er sich im Dienst und wollte dem Mostler einen Besuch abstatten, entweder um Andrea zu sehen – oder aber für ein Gläschen Most. Im Dienst zu sein stellte in der Gegend keinen Verhinderungsgrund für ein wenig Mostgenuss dar.

Rudis Gesicht zeigte Erstaunen, Leo schon wieder zu sehen. Er blieb mitten im Schritt stehen, als wäre er einem Tier begegnet, von dem er nicht wusste, wie gefährlich es war.

»Du schon wieder?«, fragte Rudi.

Leo spürte, dass Andrea viel zu rasch ihre Hand von seinem Rücken nahm. Als wäre diese Hand eine Taube, die unter Rudis Adleraugen flüchtend davonflatterte.

»Ich gehe wieder rein«, sagte Andrea leise, es war fast ein Flüstern. Leo suchte ihre Augen, doch ihr Blick war gesenkt, als sie die Tür hinter sich zuzog.

Ohne Andrea fühlte er sich plötzlich allein, aber er wollte sich das auf keinen Fall anmerken lassen. Leo stellte sich also breitbeinig hin und fixierte Rudi. »Ich gehe, wohin ich will, Herr Inspektor.« Logischerweise hatte Rudis Uniform, das Blau mit den Streifen, das österreichische Wappen mit dem

Adler und vor allem die Pistole im Gurt, ihn zu dieser Aussage veranlasst. Polizisten hatte Leo noch nie ernst nehmen können.

»Was genau willst du hier?«, fragte Rudi und richtete sich auf. Sicherlich war es nur Zufall, dass er seine Hand auf der Pistole im Halfter ruhen ließ.

»Ich denke nicht, dass dich das was angeht.«

»Manchmal kehren die Täter ja an den Ort ihres Verbrechens zurück. Ist das der Fall?«

»Weißt du, Rudi, wir sind keine Teenager. Was du damals mit mir gemacht hast, das funktioniert heute nicht mehr.«

»Ach, hör auf – wenn du mich siehst, kriegst du doch genauso vollgeschissene Hosen wie früher.«

»Jetzt ist alles anders.« Leo musste das sagen, obwohl es nicht der Wahrheit entsprach. Es reichte, Rudis Stimme zu hören, und schon fand sich das Kind in ihm wieder von vielen Armen gegen den Boden gedrückt, die Nase voll ekelerregendem Mostgeruch.

»Du bist allein«, sagte Leo und freute sich, wie ruhig seine Stimme klang. »Ohne deine ganze Bande bist du ein Niemand.«

Ein wenig zuckten Rudis Gesichtszüge, doch er atmete durch, behielt die Kontrolle.

»Und dein Papa ist auch nicht da. Der hat es ja schon immer für dich gerichtet. Aber nur Kind vom Bürgermeister sein, weißt du, das ist halt keine Leistung.«

Jetzt begannen Rudis Kiefer zu malmen. Sein Gesicht wurde rot. »Wenn ich dir eine scheuere, wird es niemand gesehen haben.«

In diesem Moment hörte Leo eine Autotür laut zuknallen. Das Scheppern klang verdächtig nach seiner eigenen kleinen Karre. Den blechernen Sound erkannte er aus Hunderten heraus.

Rudi hatte sich umgedreht. Es war Zofia, die mit weiten Schritten und erhobenem Haupt auf sie zukam.

»Ach, sieh an, die Zaluski«, sagte Rudi laut.

»Die Hexe – hast du vergessen«, zischte Zofia, und ihre grünen Augen funkelten bedrohlich.

»Das hast du gesagt.«

»Und du hast es gedacht.«

»Du weißt nicht, was ich denke – oder beherrschst du schwarze Magie?« Er verschränkte die Arme vor der Brust und grinste breit.

Sie blieb in einigen Metern Entfernung stehen, äffte sein Grinsen nach. »Hast du mein Haus beschädigt?«

Für einen Moment war er wie erstarrt, dann drohte er ihr mit dem Finger. »Wenn du so einen Scheiß behauptest –«

»Warte!« Zofia legte in übertriebener Geste die Hand an ihre Ohrmuschel. »Du säuselst so. Ich kann dich kaum hören. Kannst du näher kommen?«

Verärgert stapfte Rudi auf sie zu. »Du bist doch –«

»Stopp!«, rief Zofia und streckte die flache Hand von sich, als wollte sie einem Güterzug Einhalt gebieten. »Bleib da stehen. Leo, hast du dein Handy dabei?«

Nach einer Sekunde Verzögerung, in der er erst verstehen musste, was da vor sich ging, nickte er. »Klar.«

»Siehst du den Abdruck?« Sie deutete auf den Boden. Leo erkannte, dass Rudi, um sie zu erreichen, durch eine Pfütze getrampelt war. Genau wie sie das wohl geplant hatte. Beim Weiterlaufen hatte er mit seinen schwarzen Stiefeln mehrere Profilabdrücke hinterlassen. Als dunkles, feuchtes Muster hoben sie sich deutlich vom Grau des Asphalts ab.

»Mach ein Foto«, sagte Zofia.

Diesmal reagierte Leo schneller und machte eine Aufnahme der Abdrücke mit dem Smartphone.

Rudi begriff jetzt erst. »Seids deppert?«

»Danke für die Mitarbeit«, sagte Leo, steckte das Handy ein und ging auf Zofia zu. Gemeinsam stiegen sie in den Wagen, und als sie wegfuhren, konnten sie Rudi sehen, wie er immer noch mit verdutztem Gesicht dastand, als hätte der Platz eben ein neues Denkmal bekommen.

Nach einer kurzen Fahrt, auf der sie sich wieder und wieder über Rudis verdattertes Gesicht amüsierten, kamen sie bei Zofias Hof an. Der Hund ohne Namen hatte sie schon erwartet. Er lief schwanzwedelnd auf sie zu, seine Augen blitzten freundlich, und er bellte aufgeregt.

Leo lächelte. »Bist du sicher, dass er keinen Namen braucht? Du magst ihn doch, wie ich bemerkt habe.«

Zofia umarmte ihren Liebling. »Er ist mein Ein und Alles. Aber ich fand es nicht richtig, ihm einen Namen zu geben. Es ist, als würde ich ihm ein Etikett aufdrücken, das zeigt, dass er mir gehört. In der Natur geben sich die Tiere doch auch keine Namen.«

»Nennen wir ihn Solo«, sagte Leo.

Sie blickte den Cocker Spaniel nachdenklich an. »Der Einsame? Nein, das passt nicht. Er ist für mich das Gegenteil von Einsamkeit. Er vertreibt die Einsamkeit. Sagen wir lieber Amicus zu ihm.«

»Amicus – das ist gut, ich schätze, er ist ein treuer Freund.«

»Das ist er«, bestätigte Zofia, wuschelte durch das Fell des Tieres und drückte ihren Kopf gegen seinen Hals. »Ich taufe dich hiermit auf den Namen Amicus.« Der Hund hörte aufmerksam zu, vielleicht hatte er alles verstanden, und der Name gefiel ihm.

Sie richtete sich auf. »Ich hole die Kamera, wir können die Bilder vergleichen.«

Während Zofia im Haus war, dachte Leo an Andrea. Das Wiedersehen hatte ihn aufgewühlt. Ihre wunderschönen Augen, ihr sanft geschwungener Mund. Er hatte auch früher schon oft an sie gedacht, aber nun erkannte er, dass die Version von Andrea, an die er sich erinnert hatte, der Vergangenheit angehörte. Im Vergleich zum manchmal ungeschickten, schüchternen sechzehnjährigen Mädchen war sie aufgeblüht. Dennoch hatte er das Gefühl, wenn er an ihren immer noch oft zu Boden gewandten Blick und die vorsichtigen Bewegungen dachte, sie habe nicht alles aus sich gemacht, nicht ihr ganzes Potenzial entfaltet. Lag es an dem Dorf, das sie behinderte, so wie es ihn kleingehalten hatte, oder an Rudi? Eine Zornesfalte bildete sich auf Leos Stirn. Wie hatte es nur dazu kommen können, dass sie sich ausgerechnet mit diesem Kerl verlobt hatte?

Als Zofia wieder herauskam, die Digitalkamera in der Hand, sagte sie: »Ich zeige dir jetzt den Platz, an dem meine Seele am besten zur Ruhe kommt.«

Sie ging voraus, und Leo folgte ihr in den Kräutergarten. Es war ein üppiges Paradies, hier blühte und gedieh alles. Manches kannte Leo, da es gern in der Küche verwendet wurde: Petersilie, Schnittlauch, Oregano, Minze, Basilikum, Lavendel, Salbei, Zitronenmelisse. Daneben in einem Beet Liebstöckel, Thymian, Kümmel, Rosmarin. Anderes wiederum hätte er nicht benennen können.

»Was ist das hier?«, fragte er, als sie an einer hohen, stacheligen Pflanze mit violetten Blüten vorbeigingen.

»Eine Mariendistel«, sagte Zofia und strich über den Stängel, so sanft, dass ihr die Stacheln nichts anhaben konnten. »Ihre Extrakte unterstützen die Leber.«

»Und die hier?« Er zeigte auf einen gut drei Meter hohen Strauch. Die hängenden kelchförmigen Blüten waren beeindruckend und dufteten nach Vanille.

»Eine Engelstrompete. Fass die auf keinen Fall an, die enthält Alkaloide und Atropin, ist hochgiftig. Vor allem die schönen Blüten.«

Erstaunt sah er das gefährliche Gewächs an. »Wozu hast du das Ding?«

Zofia hielt kurz inne. »Jedenfalls nicht, um Menschen damit umzubringen. Sie gefällt mir einfach.«

Sie nahmen auf zwei verwitterten Holzstühlen mitten im farbenprächtigen Garten Platz. Ein kleiner Brunnen, wo sich Wasser aus dem Mund einer Engelsfigur in eine flache Schale ergoss, erzeugte ein angenehm plätscherndes Geräusch. Die Sonnenstrahlen wärmten ihre Körper. Hier herrschte eine beruhigende Atmosphäre, die in wenigen Augenblicken jede Anspannung fortspülte und neue Kraft verlieh. Zofia zog sich wohl hierher zurück, wenn ihr die Anfeindungen des Dorfes zu viel wurden.

Leo lächelte. »Das hast du gut gemacht, Rudis Fußabdruck sicherzustellen.«

Sie blickte nachdenklich vor sich hin. »Der Rudi, mit dem stimmt was nicht.«

»Ja, der ist total unterbelichtet.«

Sie schüttelte den Kopf. »Das meine ich nicht. Seine Aura ist stachelig.«

»Aura?«

»Jeder Mensch ist von einer Aura umgeben, wusstest du das nicht?«

Er hatte von solchen Begriffen wie Aura und Chakren gehört. Aber er war eher ein pragmatischer Typ. Was er sah, glaubte er. Beim Kochen war er ähnlich: Was schmeckte, durfte ins Menü. Er wählte seine Zutaten nach dem kulinarischen Effekt aus und nicht nach einer Philosophie.

»Diese Aura«, sagte er vorsichtig, darum bemüht, nicht sarkastisch zu klingen, »kannst du die sehen?«

»Es ist kein Sehen mit den Augen, eher ein Fühlen.«

»Und Rudi?«

»Er ist wie ein Durstiger, der nie genug zu trinken bekommt.«

Eigentlich, dachte Leo, trinkt Rudi sicher nicht zu knapp. Mit seinem Feitelverein dürfte er, wie die meisten im Mostviertel, einem guten Schluck nicht abgeneigt sein. Aber das hatte Zofia mit großer Sicherheit nicht gemeint.

»Was genau fehlt ihm?«

»Ich weiß nicht. Aber das finden wir noch raus.«

Leo griff in die Hosentasche und hielt gleich darauf sein Handy hoch. »Jetzt lass uns mal die Fotos vergleichen.«

Mit einem raschen Fingertipp schaltete Zofia die Digitalkamera ein. Am Display erschien der in die Erde gepresste Stiefelabdruck, den sie vor ihrem Haus aufgenommen hatte. Leo hielt das Handy daneben, mit den nassen Spuren, die Rudis Sohlen am Asphalt hinterlassen hatten.

Sie verglichen aufmerksam, zoomten das eine und andere Detail heran.

»Hmmm«, summierte er schließlich. »Mit zwei Abdrücken wäre es einfacher. Wir könnten feststellen, wie schwer der Typ war und ob es derselbe war – je nachdem, wie tief sich der Abdruck in die Erde eingegraben hat.«

Sie blickte zwischen den Displays hin und her. »Es sieht sehr, sehr ähnlich aus. Das Muster ist praktisch das gleiche. Die Schuhgröße sowieso.«

»Ja, aber hier zum Beispiel. Siehst du diese Kante? Da ist was herausgebrochen, das passt gar nicht. Und der schräge Teil, den gibt es beim anderen Abdruck nicht mal.«

»Na gut, muss ja nicht sein, dass alle Teile von Rudis Stiefel nass wurden. Wenn da was trocken geblieben ist, macht es keinen Abdruck.«

Sie bemühten sich lange, doch es war schwierig. Die Bilder wurden grobkörniger, wenn man sie vergrößerte, die digitale Auflösung stieß rasch an ihre Grenzen. Sie waren hier in keinem kriminaltechnischen Labor, sondern in einem Kräutergarten.

»Einen echten Beweis haben wir nicht«, sagte Leo und ließ das Handy sinken.

»Aber seine Aura passt zu einem Menschen, der anderen schadet«, sagte Zofia eindringlich. »Rudi ist böse, verstehst du?«

Er zuckte mit den Achseln. »Das wird einen Richter nicht überzeugen. Vielleicht war es ja auch jemand anderer im Feitelverein, wir müssten mehr Stiefel untersuchen.«

»Es ist auf jeden Fall ein Polizeistiefel«, sagte sie. »Wir kennen den Abdruck von Rudis Stiefel, und der vor meinem Hof ist zumindest sehr ähnlich. Gibt es noch mehr Polizisten in diesem Feitelverein, von dem du sprichst?«

»Ich denke schon. Es würde auf jeden Fall zu Rudis Umfeld passen. Aber ich bin hier so gar nicht auf dem letzten Stand, wer welchen Beruf in Waidingen hat – wir sollten versuchen, mehr über die Mitglieder des Vereins herauszufinden.«

Sie stand von der Bank auf, streckte sich in die Sonne. »Hilfst du mir, Lavendel zu pflücken? Ich möchte Lavendelseife machen, die hat eine tolle beruhigende und pflegende Wirkung. Die kann ich immer gut auf dem Markt verkaufen.«

»In Waidingen etwa?«

Sie lachte bitter auf. »Nein, dort sicher nicht. Aber außerhalb des Dorfs habe ich meine Fans. Da läuft es ganz gut. Ich arbeite mit Bio-Hofläden zusammen und verkaufe auch selbst. In Seitenstetten zum Beispiel gibt es jede Woche einen Bauernmarkt, da biete ich meine Produkte an.«

»Klingt gut!«

»Reich werde ich damit nicht, das kannst du dir vorstellen. Aber zusammen mit den Spenden, die mir die Menschen für meine Energiearbeit zur geistigen und körperlichen Gesunderhaltung geben, komm ich über die Runden.«

Energiearbeit zur geistigen und körperlichen Gesunderhaltung, dachte Leo. Eine saubere, juristisch wohl wasserdichte Formulierung. Wie oft war sie schon dem Vorwurf der Kurpfuscherei ausgesetzt gewesen? Hatte ihr in einem der Verfahren ein Anwalt dazu geraten, diese Bezeichnung zu wählen? Da Heilung und Therapie in Österreich ja bekanntermaßen den Ärzten vorbehalten waren?

»Gerne helfe ich dir, den Lavendel zu ernten«, sagte er und richtete sich auf. »Bekomme ich dann ein Stück Seife? Die duftet sicher herrlich.«

Sie grinste. »Schauen wir mal, wie du dich beim Ernten anstellst, dann reden wir weiter.«

Später bewegten sie sich durch die bläulichen Blüten des Lavendels. Zofia hatte ihn in dichten Reihen in einem kleinen Feld angelegt. Leo hatte den Duft dieser Pflanze immer schon gemocht, auch jetzt stieg er ihm angenehm in die Nase, als er die Stängel, ganz wie Zofia ihn angewiesen hatte, eine Handbreit unterhalb der Blüte abschnitt und in den bereitgestellten Korb legte.

Er beobachtete Zofia. Sie tat dasselbe wie er, doch ihr war in jeder Bewegung eine tiefe Beziehung zu den Pflanzen anzusehen. Sie schnitt mit achtsamer Miene, als könnten sich die Blüten in einer geheimen Sprache mit ihr unterhalten. Und in dieser Sprache schien Zofia dem Lavendel zu sagen, wie sehr sie ihn für seinen Duft schätzte.

»Woher weißt du das alles über Naturheilkunde und so?«, fragte er und legte die violetten Blüten in den Korb.

»Das Praktische hat mich meine Mutter gelehrt«, antwortete sie mit einem versonnenen Lächeln. »Mit Büchern habe ich mir die theoretischen Grundlagen beigebracht.«

Er hielt inne, immer noch auf dem Boden kniend: »Du hast bisher deinen Vater nie erwähnt. Kann mich auch nicht erinnern, ihn früher hier gesehen zu haben. Als Kind spricht man ja über andere Dinge – aber jetzt interessiert es mich: Wo war dein Vater in all der Zeit?«

Zofia richtete sich auf und warf das Messer, mit dem sie eben noch sorgsam den Lavendel geschnitten hatte, in die Erde, sodass die Klinge im Braun stecken blieb. Ihre Stimme zitterte. »Wieso denkst du, dass dich das was angeht?«

Auch Leo erhob sich. »Wenn wir zusammenarbeiten wollen, dann sollte ich dich neu kennenlernen. So wie du heute bist.«

»Das glaube ich nicht. Du musst keines meiner Geheimnisse erfahren!«

»Wieso Geheimnis? Ich will bloß wissen, warum dein Vater sich nicht um dich gekümmert hat.«

»Was bringt dir das?«

»Hast du vergessen, dass wir uns versprochen haben, die Wahrheit herauszufinden? Alles kann wichtig sein, ich habe ja noch nicht mal verstanden, warum die Leute hier so gegen dich eingenommen sind!«

Zofia starrte Leo wütend an und verschränkte die Arme vor der Brust. »Gut, du willst wissen, wieso mein Vater mir nichts beigebracht hat?«

Er presste die Lippen aufeinander.

»Mein Vater«, stieß sie hervor, »war nicht da. Nie. Ich kenne ihn nicht einmal!«

Betreten blickte er zu Boden. Was meinte sie?

»Meine Mutter war allein hier. Auf dem Hof. Der Kerl, mit dem sie nach Waidingen gekommen ist, hat sie verlassen, das weißt du ja.«

Er nickte.

»Sie war einsam. Irgendwann kam die Einladung einer ehemaligen Schulfreundin, aus dem Kaff, in dem meine Mutter aufgewachsen ist. Nahe Krakau. Meine Mutter war Anfang zwanzig und dachte, es sei doch wieder mal nett, ein paar Tage in der polnischen Heimat zu verbringen.«

Sie hob den Korb mit Lavendel auf, drückte ihn an sich, bevor sie weitersprach.

»Diese Freundin nahm sie mit auf eine Party im Zentrum von Krakau. Ein riesiges Clubbing mit Tausenden Menschen. Es war eine schicke Fete, gar nicht die Leute, die meine Mutter sonst so kannte. Auch reichere Typen. Es wurde viel Champagner getrunken. Und gekokst, hat sie mir erzählt. Sie war schon vollkommen benebelt. Beim Tanzen hat sie diesen Mann kennengelernt und ist mit ihm in irgendeinen abgelegenen Winkel gegangen.«

Leo schluckte. »Hat er sie zu etwas gedrängt?«

Zofia lachte bitter auf. »Er hat sie zu gar nichts gedrängt. Meine Mutter ließ sich einfach von dem Abend hinreißen. Sie hatte Lust auf ihn. Er war jung, sah super aus. So hat ihn Dana beschrieben, an mehr konnte sie sich wegen des Alkohols und des Koks nicht mehr erinnern. Ist doch seltsam, wenn das alles ist, was man über seinen Vater weiß.«

Er sah sie mitfühlend an. »Hat Dana später versucht, den Mann zu finden?«

»Selbstverständlich! Sie hat alles probiert, was sie konnte. Aber sie hatte nicht mal seinen Namen, kein Foto, nichts. Aussichtslos.«

Zofia sank in sich zusammen und deutete hinüber zum Hof. »Dort drinnen hat meine Mutter mich zur Welt gebracht. Hausgeburt.«

Leo bemerkte, dass ihre Augen feucht wurden. Er kam zu

ihr und legte seine Hand auf ihre Schulter. »Das ist kein Start ins Leben, den man sich wünscht.«

»Später wurde es auch nicht besser.« Sie wischte sich eine Träne aus den Augen. »Bisher finde ich diese Inkarnation ziemlich enttäuschend.«

»Trotzdem hast du viel daraus gemacht. Du hilfst Menschen, wieder gesund zu werden.«

Ein dünnes Lächeln legte sich um ihre Lippen. »Vielleicht sollte ich mehr an mich denken und nicht nur an die anderen. Für die bin ich doch bloß eine Kurpfuscherin, Hexe und Mörderin.«

Leo nahm den Arm von ihrer Schulter. »Wir werden denen zeigen, wer wir sind. Oskar wird nicht umsonst gestorben sein.«

Sie sah ihm lange in die Augen. Sie hatte einen Moment gebraucht, um sich zu sammeln, doch die Kraft war in ihr Gesicht zurückgekehrt. »Wie willst du weiter vorgehen?«

»Wir müssen rausfinden, was Oskar kurz vor seinem Tod getan und gedacht hat. Was ihn beschäftigt hat. Ob er sich verändert hat, wie krank er wirklich war. Alles kann wichtig sein. Wir müssen mit jemandem reden, der Zeit mit ihm verbrachte.«

»Ich kenne eine Angehörige«, sagte Zofia, »Jasmin Kloiber. Sie ist Oskars Enkelin. Sie stellt wie ich auf dem Seitenstettener Markt aus.«

»Kann man mit ihr reden? Immerhin ist ihr Großvater gestorben …«

»Selbst wenn sie morgen nicht persönlich anwesend sein sollte, weiß dort sicher jemand, wo man sie findet.«

»Sehr gut.« Leo hielt die Hand hoch. »Soko Waidingen.«

»Soko Waidingen«, sagte Zofia leise und schlug sanft ein. In diesem Moment kam Amicus in den Garten gelaufen und sah neugierig zu ihnen hoch.

8

Vom Markt in Seitenstetten hatte Leo schon oft durch seine Mutter gehört, aber er besuchte ihn zum ersten Mal. Er fand im weitläufigen Garten des barocken Stiftes statt, das die kleine Marktgemeinde, die bloß dreitausend Einwohner zählte, in jeder Hinsicht dominierte. Das ausgedehnte gelbe Bauwerk war wie ein Vermächtnis aus früheren Zeiten, als der Glaube an Gott noch dazu geführt hatte, dass die Menschen riesige Gebäude in die Landschaft stellten.

Das wunderbare Angebot an Lebensmitteln und Kunsthandwerk faszinierte Leo. Der Geruch nach frischem Brot und Bauernschinken, der ihm in die Nase stieg, machte Appetit. Ziellos und neugierig lief er von einem Stand zum nächsten. Das musste man der Region schon lassen: Kulinarisch war sie unübertroffen. Beim Essen kannte er sich aus, da machte ihm keiner was vor.

Zofia ging an seiner Seite. Sie grüßte den einen oder anderen Standbetreiber, alle grüßten freundlich zurück. An vielen Tagen hatte sie mit einigem Erfolg ihre Kräuter und Salben, Tinkturen und Säfte hier verkauft, wie sie Leo mit Stolz erzählt hatte. In Seitenstetten hatte sie keine Feinde, hier wurde sie so akzeptiert, wie sie war: als eine kräuterkundige Frau.

Dennoch, dachte Leo, hatte sie etwas Geheimnisvolles, Magisches an sich.

Abergläubische Menschen konnten an ihrem weiten Kleid, dem zu einem Zopf gebundenen Haar und dem Medaillon, das über ihrer Brust baumelte, möglicherweise hexenhafte Züge erkennen.

»Wo ist denn Oskars Enkelin?«, fragte Leo, als sie Zofias Stand erreicht hatten, dessen Verschlag noch geschlossen war. Sie hatten vereinbart, dass sie sich zunächst um den Fall Oskar kümmern würden, später erst würde Zofia ihren Stand für den Verkauf öffnen.

Zofia sah sich um. »Ich kann sie nicht entdecken. Normalerweise stellt sie hier neben mir aus. Wir haben uns immer sehr gut unterhalten. Sie ist ein offener Typ. Hat ihre Probleme, aber kommt so über die Runden.«

»Seltsam, meine Mutter hat mir nie von ihr erzählt … Was vertreibt sie auf diesem Markt? Ist sie Bäuerin, macht sie Schinken oder Käse?«, fragte Leo.

»Nein, Jasmin züchtet vierblättrigen Klee. Sie ist jung, achtzehn Jahre. Sie hat gerade erst ihre Matura gemacht.«

»Klee? Alle mit vier Blättern? So etwas gibt es?«

»Ja, so etwas gibt es. Komm jetzt mit, wir suchen Jasmin.«

Während sie aufmerksam weitergingen, fragte Leo: »Wie stand sie zu Oskar?«

Zofia verlangsamte ihren Schritt. Ihr Blick wurde traurig.

»Was ist?«, fragte er.

Sie zögerte, bevor sie sprach. »Es ist eine schlimme Geschichte. Es gab einen schweren Autounfall, als Jasmin zwölf Jahre alt war. Zwischen Waidingen und St. Pölten. Ihre Eltern waren in dem Wagen. Sie schafften es beide nicht.«

»Was? Wieso hat meine Mutter das nie erwähnt?«

Ein Schulterzucken war alles, was er als Antwort erhielt.

»Und Oskar?«

»Er lebte allein, schon seit vielen Jahren, seit er sich von seiner Ehefrau getrennt hatte. Er fühlte sich seinem verstorbenen Sohn Markus und dessen Frau Hannah verpflichtet. Also nahm er Jasmin bei sich im Haus auf.«

»Sie ist ab dem zwölften Lebensjahr bei Oskar aufgewachsen?«

»Ja. Aber sie ist irgendwann ausgezogen, hat sie erzählt. Sie wohnt seit zwei Jahren hier in Seitenstetten.«

Leo nickte. Er rechnete nach: Als Jasmin das Haus des Großvaters verlassen hatte, war sie sechzehn Jahre alt gewesen. Eine Übergangszeit: nicht erwachsen, doch ein Alter, in dem die Entwicklung als Mensch förmlich explodiert. So war es auch bei ihm gewesen. Mit sechzehn war auf einmal alles eng geworden. Die grünen Hügel hatten ihn erdrückt, der Mosthof schien zu schrumpfen und ihn wie eine Spielzeugburg, der er längst entwachsen war, einzuschließen und gefangen zu halten. Dennoch: Leo fragte sich, ob das die ganze Erklärung war oder ob es einen Vorfall gegeben hatte, etwas zwischen Oskar und seiner Enkelin, das ihren Auszug ausgelöst hatte.

»Ah, da drüben ist ja Jasmins Stand«, sagte Zofia und deutete an den Anbietern von Honig, Wollmützen und Salami vorbei auf das andere Ende des Marktes.

Dort bewunderte Leo die liebevoll gestalteten Keramiktöpfe, aus denen Büschel von Kleeblättern ihre Köpfe streckten. Er zählte: Tatsächlich, jeder Klee hatte vier Blätter. Hier war immer Silvester. Ein aus Ton gemachtes Schild zeigte an: »Jasmin Kloiber«. Doch die Glücksklee-Produzentin war nicht anwesend.

Hinter dem Stand befand sich eine junge Frau mit schwarzem Haar, die im selben Alter wie Jasmin sein musste und sich als ihre ehemalige Klassenkameradin namens Nora vorstellte. »Jasmin hat mich gebeten, sie heute bedarfsweise zu vertreten«, sagte Nora und zog an ihrer Zigarette. »Ihr Großvater ist gestorben – sie hat voll die Krise. Wenn ihr sie finden wollt – sie ist im Innenhof des Stiftes. Weint wohl wieder.«

»Danke«, sagte Zofia und wandte sich schon zum Gehen ab, aber Leo ließ Nora nicht aus den Augen.

»Sag mal«, fragte er sie in beiläufigem Ton, »Jasmin ist offensichtlich traurig. Aber hast du auch den Eindruck, sie war überrascht, dass ihr Großvater gestorben ist? Oder hat sie es irgendwie … weiß nicht, erwartet oder kommen sehen?«

Nora zog die Stirn in Falten. »Was ist denn das für eine komische Frage? Klar war sie überrascht. Sie hat mich angerufen und ins Telefon geheult, ihr Großvater sei im Gasthaus tot zusammengebrochen. Glaubst du etwa, dass der alte Herr das vorhatte und Jasmin vorher informiert hat? Damit sie nicht überrascht ist?«

»Äh …«, stammelte Leo. Diese junge Dame war ganz schön tough.

»Wer seid ihr, Polizisten oder so was?«

»Nein. Mach dir keine Gedanken. Wir sind schon wieder weg.«

Sie waren ein gutes Stück vom Stand entfernt, als Zofia Leo zuraunte: »Was sollte das denn?«

Er setzte einen unschuldigen Blick auf. »Na ja, wir müssen langsam anfangen, wie echte Ermittler zu denken.«

»Indem du eine Schülerin über eine andere Schülerin ausfragst?«

»Jasmin hat die Schule schon abgeschlossen. Mit achtzehn setzt die volle Strafmündigkeit ein.«

»Sofern etwas vorliegt.«

Leo blieb stehen und wurde ernster. Zofia sah ihn erwartungsvoll an.

»Wir fischen im Trüben«, sagte Leo. »Und wir sind keine Profis. Aber wenn ich etwas weiß«, er machte eine bedeutungsschwangere Pause, »dann Folgendes: Ein Mord hat immer einen Grund. Er nutzt jemandem. Selbst bei Affektmorden – da ist die Erleichterung im Vordergrund, die Person los zu sein. Auch eine Erbschaft kann ein Motiv darstellen. Das trifft bei Jasmin zu – sie erbt von Oskar, ihr Vater ist ja bereits verstorben. Somit hat sie ein Motiv und ist grundsätzlich verdächtig. Immer das Motiv suchen!«

Zofia blickte ihn misstrauisch an. »Bist du bestimmt ein Koch und kein Kriminalbeamter?«

Er grinste. »Ganz sicher. Ich denke nur laut.«

»Na, wenn du beim Kochen auch so gut bist, dann haben sie ja in diesem Goldganserl-Restaurant jetzt echt ein Problem, einen würdigen Nachfolger zu finden.«

Hatte sie eben eine ordentliche Menge Ironie in die Stimme gelegt?

Sie erreichten den beeindruckenden Innenhof des Stiftes. Kein Wunder, dass die Benediktinermönche ihn gern den Vierkanthof Gottes nannten.

Dort, am Rand des geschwungenen Brunnens, in dessen Mitte eine Steinstatue über grünes Wasser herrschte, saß Jasmin. Sie war ein schlankes Mädchen mit blondem Haar und einem Tattoo auf der Schulter, die aus dem ärmellosen Shirt ragte.

Sie starrte gedankenverloren in das Türkis des Wassers und sah erst hoch, als die beiden so nah vor ihr standen, dass ihr Schatten auf sie fiel. Ihre engelsgleichen blassblauen Augen, die unter blonden Stirnfransen hervorlugten und vom Weinen an den Rändern etwas gerötet waren, wanderten unruhig hin und her. »Kann ich was für euch tun?« Ihre Stimme klang weich und verletzlich. Es schwang mehr erlebtes Leid darin, als es bei einem Mädchen in ihrem Alter zu erwarten gewesen wäre. Leo betrachtete das Tattoo: Es zeigte eine Explosion und ein Herz, das in der Mitte auseinandergerissen wurde. Hatte sie den Autounfall ihrer Eltern auf der Haut verewigt?

»Hallo, Jasmin«, sagte Zofia.

»Hallo.«

Da Zofia darum kämpfte, dem Mädchen die richtigen Worte zu schenken, sprang Leo ein.

»Jasmin, ich bin Leo, ein Bekannter von Zofia. Ich habe früher hier gelebt und bin jetzt zu Besuch bei meiner Mutter. Dein Großvater hat mir viel bedeutet. Mein Beileid.«

Sie blickte ihn nur einen Moment wortlos an und ließ wieder den Kopf hängen.

Beileid zu wünschen kam ihm schal vor. Aber was hätte er sonst sagen sollen? Dass sie als blutige Anfänger nun Mordermittlungen anstellten und sich erst mal ein Bild machen wollten, wer denn alles von Oskars Tod profitierte?

Zofia richtete ihre Handflächen wie Antennen auf Jasmin aus. Sie schloss für einen Moment die Augen, sog die Luft ein. Dann legte sie die Hand auf Jasmins Schulter und sagte: »Deine Aura ist getrübt. Es tut mir leid, was mit deinem Großvater passiert ist.«

Jasmins Finger begannen noch stärker zu zittern. »Ja, danke, es war echt ein Schock für mich.«

Leo setzte sich neben Jasmin auf den Brunnenrand. »Oskar

war einer meiner wenigen Freunde im Dorf, als ich noch in Waidingen wohnte. Als Kind.«

Sie sah ihn aus ihren traurigen Augen an. Alles an ihr schien um Hilfe zu rufen. Stand sie immer noch unter Schock? Oder war sie schon vor Oskars Ableben so gewesen? Jemand, der nach dem Tod der Eltern orientierungslos geblieben war. Jetzt wieder eine nahestehende Person zu verlieren musste eine unglaubliche Belastung für sie sein. Sie wirkte nicht wie eine, die ihren Großvater umbrachte, um an ihr Erbe zu kommen.

»Wie ging es Oskar, bevor er …?«, fragte Leo, brach aber mitten im Satz ab. Sie verstand schon.

»Ich habe ihn das letzte Mal vor etwa einem Monat gesehen. Da wirkte er sehr gesund. Wir haben gemeinsam eine kleine Wanderung gemacht, auf dem Hochkar. Zwei Stunden waren wir unterwegs.«

»Hat er da über Herzprobleme geklagt?«

»Nein, überhaupt nicht. Ich war total überrascht, als man mir gesagt hat, was im Mostler passiert ist.«

Zofia runzelte die Stirn. »Hatte er gar nichts mit dem Herzen?«

»Na ja, er hat Herztabletten genommen. Die hat ihm Dr. Nonn verschrieben. Aber die nahm er schon lange. Immer die gleichen. Gleiche Dosierung. Es ging ihm gut.«

Es war warm hier, die Sonne heizte den Innenhof des Klosters zunehmend auf. Leo hielt die Hand in das Wasser des Brunnens. Es fühlte sich angenehm kühl an.

»Hast du von den neuesten Gerüchten gehört?«, fragte Zofia.

Jasmin schüttelte den Kopf. »Welche Gerüchte? Seit ich nicht mehr in Waidingen wohne, bekomme ich von dort kaum mehr was mit.«

Waidingen ist wie ein Glashaus, dachte Leo, es dringt einfach nichts nach draußen. Eine abgeschlossene Welt, in der Wahnsinn und Verlogenheit bestens blühen konnten.

»Das Gerücht«, fuhr Zofia fort, »besagt, dass ich deinen Großvater ermordet habe. Vergiftet.«

Ein erschrockener Ruck ging durch Jasmin. Sie starrte Zofia entsetzt an.

»Warum bitte solltest du das tun?«

»Weil ich Streit mit Oskar hatte. Und dieser Gentleman hier«, sie deutete auf Leo, »soll mir dabei geholfen haben.«

Fassungslos ließ Jasmin den Blick zwischen den beiden hin- und herwandern. Ihre Verblüffung machte sie noch jünger, sie wirkte wie ein kleines Kind.

»Ich kann mir vorstellen, dass du verwirrt bist«, sagte Leo. »Aber du musst zugeben, es wirft Fragen auf. Oskar war in guter Verfassung. Wie konnte er eines natürlichen Todes sterben?«

»Und dann …«, sagte Zofia, »hatte ich auch noch einen Traum, der von einem Mord handelte.«

»Na ja«, warf er ein, »du hast von einem roten Hund geträumt.«

Sie nickte ernst, als hätte sie genau das eben gesagt.

Jasmin schüttelte den Kopf. »Mord?« Ihre Augen wurden feucht. Falls es stimmte und wirklich ein Verbrechen geschehen war, würde das der Sache noch eine weitere grausame und kalte Note geben, dachte Leo. Jasmin hätte ihren Großvater nicht nur verloren. Jemand hätte ihr einen der wichtigsten Menschen in ihrem Leben mit Gewalt entrissen.

»Es wäre«, sagte er ganz leise und vorsichtig, »toll, wenn du uns helfen könntest, die Sache aufzuklären.«

Jasmin wischte sich die Tränen aus dem Gesicht. Sie nickte. »Ja, ich möchte nicht, dass hier blöde Gerüchte herumschwirren. Vor allem wegen dir nicht, Zofia.« Sie machte eine Pause, dachte nach. »Heute werde ich nichts mehr am Stand verkaufen. Ihr könntet mich zum Haus meines Großvaters begleiten.«

»Du hast einen Schlüssel?«, fragte Zofia.

»Natürlich, ich habe sogar noch ein Zimmer dort. Wenn ich will, kann ich jederzeit bei ihm übernachten, hat er immer gesagt.«

»Hast du das oft gemacht?«

»Manchmal – wenn in der Nähe von Waidingen ein Feuerwehrfest oder was Ähnliches stattgefunden hat und ich nicht zurück nach Seitenstetten fahren wollte.« Sie seufzte. »Er hat dann für mich gekocht. Ich denke, er hat sich jedes Mal sehr gefreut, wenn ich ihn besucht habe. Ich hätte das öfter tun sollen. Gehen wir, ich will hier weg. Nora kann heute für mich einspringen, ich frage sie.«

9

Oskars Haus lag unweit des Zentrums, falls man im Zusammenhang mit Waidingen von einem Zentrum sprechen konnte. Leo war sich nicht sicher, ob das für eine so überschaubare Menge von Gebäuden überhaupt zulässig war. Jedenfalls war es nicht allzu weit weg vom Mostler, der mit seinem geraniengeschmückten Platz davor die Mitte der Ortschaft darstellte.

Das Haus macht von außen einen sauberen Eindruck, dachte er, als sie auf die weiß getünchte Fassade zuschritten, aus der ein Balkon mit schwarz gestrichenem Geländer ragte. Gepflegt auch der Garten, der Rasen geschnitten, die Büsche begradigt. Ein bunter Keramikzwerg, der den mit Kieselsteinen bedeckten Weg durch den Garten und hin zum Haus bewachte, reckte seinen Daumen nach oben: Alles gut.

Nachdem Jasmin mit zitternden Fingern die Tür aufgeschlossen hatte, drang der Geruch von Putzmittel in ihre Nasen.

»Oskar hatte es gerne ordentlich«, sagte sie mit einem traurigen Lächeln. »Ich muss mit meiner Schlamperei ein Alptraum für ihn gewesen sein.«

Sie traten in den Wohnbereich, der aufgeräumt, aber auch unspektakulär war. Eine in Schwarz und Weiß gehaltene Küche, eine Essgruppe. Alles in einem Raum. Etwas weiter hinten, in einer nur durch einen Mauervorsprung abgetrennten Ecke, wartete eine Ledercouch. Sie stand einem Fernseher in einem Wandverbau aus Kirschholz gegenüber. An den weißen Wänden hingen Fotoposter von verschiedenen Stimmungen am Meer. Sie zeigten keine Menschen und vermittelten in ihrer leeren Schönheit ein Gefühl von Einsamkeit.

Jasmin, in der Mitte des Raumes verweilend, ließ den Kopf sinken.

»Ist es schwer für dich, hierherzukommen?«, fragte Leo.

»Geht schon.«

Zofia betrachtete sie. »Wann ist das Begräbnis?«

»Kommenden Dienstag. Wir halten es klein. Nur ein paar Verwandte haben sich angesagt, und wir erwarten ein paar Leute aus dem Dorf.«

Leo überlegte, während in ihm widersprüchliche Gefühle um die Oberhand stritten, ob er auch an der Bestattung teilnehmen sollte. Doch es schien ihm nicht richtig. Zu lange hatte er keinen Kontakt mehr zu Oskar gehabt. Es wäre die reine Scheinheiligkeit gewesen, nun vor seinem Grab aufzutauchen. Und noch etwas schreckte ihn ab. Er würde sich mehr als unwohl fühlen, von den Menschen dort angestarrt zu werden. Als derjenige, der Oskar gerüchteweise auf dem Gewissen hatte. Nein, die Familie Matschler würde nur durch seine Mutter vor Oskars Grab vertreten sein, während der Pfarrer ausladende Reden schwingen würde. Wenn Leo etwas für Oskar tun konnte, dann war es, die Wahrheit über seinen Tod herauszufinden. Nicht mehr und nicht weniger.

Zu Leos Erstaunen breitete Zofia ihre Arme aus, schloss die Augen und bewegte sich im Raum auf und ab.

»Was machst du?«, wollte er wissen.

»Ich kann immer noch seine Präsenz fühlen.«

Das ging Leo schon zu sehr ins Feinstoffliche, da kam er nicht mit. Aber wenn sie meinte, hier einem Geist nachspüren zu müssen, dann ließ er sie gewähren. Er glaubte nicht daran, dass die Lebenden mit den Toten kommunizierten. Doch als offener Mensch wusste er, dass viele Wege ans Ziel führten. Er hielt Zofia für eine intuitive Frau, vielleicht würde sie durch ihre unkonventionelle Art auf irgendetwas Interessantes stoßen. Im besten Fall würde sie, wenn sie sich selbst in den richtigen Zustand brachte, sogar entscheidende Hinweise zu Oskars Tod erhalten.

Oskar aber schien nicht auskunftsfreudig, was Zofia mit den Worten ausdrückte: »Er will nicht mit uns reden.« Sie ließ die Hände wieder sinken. »Er ist sauer.«

Jasmin blickte sich verwirrt im Raum um. Es war wohl der

Wunsch, dass an dem, was Zofia gesagt hatte, etwas dran sein könnte, dass sie leise fragte: »Warum?«

Noch einmal hörte Zofia in sich hinein. »Er wurde von einem anderen Menschen aus diesem Leben gerissen.«

Also, dachte Leo, nun doch von sarkastischen Gedanken beherrscht, haben wir einen roten Hund im Traum und einen Geist – was die Theorie einer Ermordung zweifellos belegte. Was brauchte man mehr? Okay, die Polizei würde mehr wollen, die startete keine Ermittlungen, wenn man ihr mit so was kam.

Er ging hinüber zur Wand, an der im Regal neben dem Fernseher Videokassetten aufgereiht waren. Niemand verwendete mehr VHS-Kassetten. Selbst DVDs waren schon seit Jahren veraltet. Auch in Waidingen. In Zeiten von Streaming-Angeboten schienen die handbeschrifteten schwarzen Plastikrechtecke, auf die Oskar offensichtlich Kabarettprogramme aufgenommen hatte, aus der Zeit gefallen. Er las auf den sauber markierten Etiketten die Namen aller großen österreichischen Kabarettisten wie Josef Hader, Michael Niavarani, Lukas Resetarits. Er konnte sich nicht erinnern, dass Oskar ein besonders humorvoller Mensch gewesen wäre. Fürsorglich ja, aber für eine Spaßkanone hatte er ihn nicht gehalten. War Oskar mit den Jahren heiterer geworden? Oder war das Gegenteil wahr – hatte sich sein Leben in einer immer undurchdringlicheren Einsamkeit verdüstert, und er hatte sich mit diesen lustigen Aufnahmen aufheitern wollen?

Dicht am Regal mit den Videokassetten stand ein Tischchen, auf dem Fotos von zwei Menschen in silberne Rahmen gefasst und mit Trauerschleifen geschmückt waren. Ein Mann und eine Frau im mittleren Alter, die ihre Köpfe zusammensteckten und beide ein entspanntes Lächeln zeigten.

»Sind das deine Eltern?«, fragte Leo Jasmin.

»Ja, das sind Mama und Papa.«

Leo warf ihr einen mitfühlenden Blick zu. Was hatte dieses Mädchen nicht alles mitgemacht.

Neben dem Foto war eine weitere Aufnahme aufgestellt. Es zeigte Oskar und Jasmin Hand in Hand beim Schlittschuhlaufen. Mitten im Leben, mitten im Spaß.

»Jetzt gerade ist Oskar wütend, denn er wäre gern noch länger auf der Welt gewesen«, stellte Zofia mit geschlossenen Augen fest. »Aber dahinter spüre ich Schwingungen von früher. Schöne Erinnerungen an eure Zeit. Dein Großvater hat dich sehr gerngehabt.«

Jasmins Miene wurde traurig. Sie legte die Hand auf das Foto, das sie und Oskar zeigte. »Ich habe ein schlechtes Gewissen«, murmelte sie. »Ich war so oft unausstehlich. Vor allem zu der Zeit, als ich neu in das Haus kam.«

»Aber deine Eltern waren gerade erst verstorben«, sagte Leo, »da warst du doch völlig überfordert. Noch dazu als Zwölfjährige.«

Selbst ohne den Schicksalsschlag wäre sie in der Pubertät gewesen. In der Pubertät und unfreiwillig im Haus des Großvaters leben zu müssen – eine Mischung mit Sprengkraft.

»Ich habe ihn oft schlecht behandelt«, sagte Jasmin. »Mit ihm gestritten. An seine Gefühle habe ich nie gedacht, dabei hatte er seinen Sohn verloren.« Sie rückte Oskars Bild gerade. »Später ging es eine Zeit lang echt gut zwischen uns. Aber dann, am Schluss, wollte ich nur noch weg. Was habe ich ihm da nicht alles an den Kopf geworfen. Es war schlimm.«

Die Vergangenheit ist vorbei, dachte Leo. Sie lässt sich nicht mehr ändern.

»Dürfen wir uns hier ein wenig umsehen?«, fragte er.

Jasmin runzelte die Stirn. War es ihr mit einem Mal unangenehm, die beiden hergeführt zu haben? Sie hatte nichts Verbotenes getan, aber Zofia hatte sie verunsichert. War Oskars Geist tatsächlich verärgert? Sie nickte schließlich.

Auch Zofia hatte möglicherweise Bedenken. Doch bevor sie im Jenseits nachfragte, ob es Oskar denn recht sei, dass sie hier in seinen Sachen schnüffelten, gab sie Leo ebenfalls ein Nicken.

Leo und Zofia bewegten sich durch den Raum, ohne zu

wissen, wonach sie suchten. In einigem Abstand hinter ihnen folgte die sich vorsichtig umblickende Jasmin.

Oskar war nicht nur an Kabarettisten interessiert gewesen. Er dürfte auch Opern geschätzt haben. Nahe der Couch türmte sich eine ganze Sammlung von gepflegten Schallplatten neben einem Abspielgerät auf. Dahinter fand sich das Foto einer blonden Frau an der Wand. Es war in einem Hafen gemacht worden, im Hintergrund waren Schiffe und Masten erkennbar. Die Frau kam Leo bekannt vor – eine der schwammigen Erinnerungen aus seiner Kindheit sagte ihm, dass er sie gemeinsam mit Oskar gesehen hatte.

»Wer ist das?«, fragte Leo Jasmin, die nun neben ihm vor dem Bild stand und es betrachtete.

»Emma. Meine Großmutter.«

»Wo ist sie jetzt?«

»Sie hat Oskar verlassen und ist nach der Scheidung nach Hamburg zurück. Wo sie geboren wurde und aufgewachsen ist. Zum Begräbnis wird sie vermutlich kommen. Ich habe keinen Kontakt mit ihr.«

»Warum hat sie ihn verlassen?«

Jasmin zuckte mit den Schultern. »Hatten sich auseinandergelebt. Sie ist viel jünger als er. Als ich hier eingezogen bin – nach der Sache mit meinen Eltern –, war Oskar schon sieben Jahre lang allein.«

Es musste schrecklich für ihn gewesen sein, dachte Leo, seinen Sohn und die Schwiegertochter zu verlieren. Und dann die neue, unwahrscheinlich schwierige Aufgabe, sein zwölfjähriges Enkelkind zu betreuen. Ein Mädchen, tiefer traumatisiert als er selbst.

»Weiter«, sagte Zofia.

Aufmerksam suchend durchstreiften sie die Küche. Sie gefiel Leo. Sie war schlicht, hatte aber sehr gute Geräte zu bieten. Das war das Wichtigste beim Kochen, der Herd, das Backrohr. Die Gerätschaft durfte einem nicht den Braten verderben.

Alles in diesem Stockwerk schien makellos aufgeräumt.

Es gab keine Hinweise darauf, was Oskar gemacht hatte, bevor er in den Mostler gegangen war. Hatte er gewusst, was ihm bevorstand? Dass er das Haus zum letzten Mal verlassen würde? Hatte er deshalb seine Sachen in so schöne Ordnung gebracht – um der Nachwelt keinen Grund zu geben, schlecht über ihn zu reden? In Waidingen war alles möglich.

Im oberen Stock sahen sie sich im Badezimmer um. Mit einigem Widerstreben, denn es war schon ein echter Eingriff in die Privatsphäre, öffnete Leo den Spiegelschrank. Darin befanden sich ein Nassrasierer, Schaum in der Dose, eine Zahnbürste. Ein paar Medikamente.

»Hat er hier seine Pillen aufbewahrt?«, fragte er.

»Ja«, sagte Jasmin. Sie schob die Medikamentenschachteln ein Stück hin und her und runzelte die Stirn.

»Was ist?«

»Hier fehlt etwas. Sein Herzmedikament. Er hatte es in einer kleinen silbernen Dose.«

»Hast du ihm geholfen, Überblick über seine Pillen zu bewahren? Er war ja nicht mehr der Jüngste. Kanntest du dich aus damit?«

Die Frage hatte etwas in Jasmin ausgelöst. Sie sah Leo mit einem tieftraurigen Blick an, als hätte er eine Wunde in ihr wieder aufgerissen. »Darüber will ich nicht sprechen. Gehen wir weiter.«

Sie betraten das Schlafzimmer. Ein Einzelbett, sehr hoch, vermutlich um das Einsteigen zu erleichtern. Die Vorhänge wirkten schwer, dunkel. Oskar war kein Freund von morgendlichem Sonnenlicht gewesen.

Mit einem Mal griff sich Zofia an die rechte Schläfe, als wäre ebendort ein unsichtbarer Pfeil eingedrungen. »Irgendetwas ist in diesem Raum.«

Jasmin blickte sie erstaunt an. Auch Leo verstand nicht, was sie meinte: Was sollte hier schon Beachtenswertes sein? Das Schlafzimmer eines älteren Herrn war ja meist kein Ort spannender Entdeckungen.

»Tatsächlich«, sagte Jasmin und druckste herum, »gibt es

in diesem Raum etwas Besonderes. Ich weiß aber nicht, ob ich es euch verraten darf.«

»Du kannst uns vertrauen«, sagte Leo.

Ein Blick zu Zofia, die nickte.

»Gut, seht mal da hinter dem Bild nach.«

Jasmin zeigte auf eine Wüstenlandschaft, in Öl gemalt. Leo schob den Rahmen ein wenig zur Seite.

Hinter dem Bild kam eine rechteckige metallene Fläche zum Vorschein, die das Weiß der Wand unterbrach. Als Leo das Bild schließlich beherzt ganz vom Haken nahm und neben das Bett stellte, zeichnete sich ein kleiner Tresor ab, der nahtlos in der Wand eingelassen war.

»Ich habe Oskar mal heimlich beobachtet«, gab Jasmin zu, sichtlich ohne besonders stolz darauf zu sein. »War in einer blöden Phase. Und da habe ich gesehen, dass er etwas reingegeben hat. Konnte leider nicht erkennen, was es war.«

»Zofia, wie konntest du von diesem Safe wissen?«, fragte Leo.

»Ich wusste nicht konkret davon«, erklärte sie, »aber Oskar hat mir ein Zeichen gegeben. Es war hier mehr Energiedichte als in anderen Räumen.«

Leo konnte ein Kopfschütteln nicht unterdrücken.

»Was ist?«, fragte Zofia mit deutlichem Ärger in der Stimme. »Hältst du das für Unsinn?«

»Bitte entschuldige. Aber ich glaube, was ich sehen, riechen, schmecken kann – Oskars Geist erfüllt keine dieser Anforderungen.«

»Und wieso hatte ich nur in diesem Raum das Gefühl, dass hier etwas Bedeutendes zu finden ist?«

Er seufzte. »Es ist bekannt, dass manche Menschen die Körpersprache von anderen besonders gut lesen können. Vermutlich hast du wahrgenommen, dass Jasmin sich hier ein klein wenig anders verhalten hat – weil sie vom Tresor wusste.«

Sie zuckte mit den Schultern. »Mir ist es gleich, wie du darüber denkst. Ich weiß, was ich weiß.«

»Wenn du mit solchen esoterischen Dingen hausieren gehst, dann darfst du dich nicht wundern, dass die im Dorf blöd über dich reden.«

Sie stemmte die Hände in die Hüften. »Ach so, ich bin also schuld? Nur weil ich Dinge wahrnehme, die für dich nicht existieren, darf man mich ausgrenzen?«

Er schwieg, so hatte er das natürlich nicht gemeint.

Ihr Gesichtsausdruck zeigte echten Zorn. »Dann kannst du ja gleich Hexe zu mir sagen, du bist keinen Deut besser als all die anderen!«

»Ach, komm schon, es tut mir leid, kein Grund, dich so aufzuregen.«

Zofia machte eine wegwerfende Geste. Leo legte eine geistige Notiz an: Deine Ermittlungspartnerin neigt zu Jähzorn.

Um ihr etwas Zeit zu geben, sich wieder abzukühlen – sie würde hoffentlich seine Bemerkung doch noch richtig verstehen –, betrachtete er den Tresor genauer. In der Mitte der grauen Metalltür war eine Öffnung für einen Schlüssel. Sonst war da keine Vorrichtung, kein Zahlenschloss oder Ähnliches.

»Weißt du, wo Oskar den Schlüssel aufbewahrte?«, fragte er.

Jasmin verneinte. Sie war blass geworden, es wurde ihr alles zu viel.

»Wir werden gehen«, sagte Zofia. »Danke dir für alles.«

Leise begann Jasmin zu schluchzen. Sie hatte all ihre Kraft zusammengenommen, doch jetzt konnte sie nicht mehr. Sie setzte sich auf das Bett des Großvaters und verbarg das Gesicht in den Händen.

»Ich«, stieß sie unter Tränen hervor, »habe ihn so enttäuscht. Das letzte Mal, als wir uns gesehen haben, war echt miese Stimmung. Wegen meiner Aufnahmeprüfung.« Sie schluchzte wieder, von Weinkrämpfen gebeutelt.

»Welche Aufnahmeprüfung?«, fragte Leo.

»Für das Medizinstudium in Wien. Ich möchte Ärztin werden. Mein Großvater hat das super gefunden, und er hat mir die Daumen gedrückt. Aber ich habe es nicht geschafft.«

»Du Arme! Wann war das?«, fragte Zofia vorsichtig.

»Das Ergebnis des Testats bekam ich vor circa sechs Wochen. Ich habe ihm davon erzählt, als wir vom Hochkar abstiegen.«

Sie wischte sich die Tränen aus den Augen. »Ich habe gespürt, wie traurig er war. Er setzte den restlichen Weg ins Tal hinunter nur einen Fuß vor den anderen. Hat kein Wort mehr gesagt. Versteht ihr? Er ist tot, und das letzte Bild, das er von mir hatte, war das einer Versagerin.«

Sie ließ den Kopf hängen, ihre Finger verkrampften sich ineinander.

»Du bist keine Versagerin«, sagte Leo, der in der Zeitung vom gefürchteten Aufnahmeverfahren der medizinischen Fakultäten gelesen hatte. Der Test ging über viele Stunden und prüfte Wissen, Intelligenz und Merkfähigkeit ab. Hatte man einen schlechten Tag, war die Zukunft als Ärztin verbaut. »Das ist eine total schwere Prüfung. Nur einer von zehn kommt da durch.«

»Ich verstehe, dass du dich furchtbar fühlst«, sagte Zofia. Sie ging auf Jasmin zu und schloss sie in eine Umarmung.

Jasmin schlang ihre Arme um Zofia wie eine Ertrinkende um einen rettenden Baumstamm, denn sie war in diesem Moment der einzige Mensch, der für sie da war.

10

Am Abend saß Leo mit der Mutter in der Küche am klobigen Esstisch, der Leo immer schon zu groß für den Raum erschienen war. Sie genossen einen ausgezeichneten Mostbraten mit Röstkartoffeln auf mit Blumen bemalten Tellern. Leo hatte gekocht, wobei es für ihn gar nicht so leicht gewesen war, an gutes Fleisch zu kommen. Zum Glück gab es im nächstgelegenen Ort einen Fleischhauer, der was von seinem Handwerk verstand.

Franziska hatte sich darüber gefreut, von der Küchenarbeit befreit zu sein. Leo wusste, dass er schon seit Jahren einen besseren Mostbraten als seine Mutter hinbekam. Aber gleichzeitig war er ihr für tausend Dinge dankbar, denn von ihr hatte er als Kind gelernt, worauf er beim Kochen zu achten hatte.

Während er in die zarten Fasern schnitt, dachte er über die Ursprünge seiner Liebe zum Kochen nach. Er war natürlich nie dazu gezwungen worden, einen Kochlöffel in die Hand zu nehmen. Es war eine Leidenschaft, die früh in ihm herangewachsen war. Er hatte alles wissen wollen – welches Fleisch zu nehmen war, welche Gewürze, wie lange der Braten im Rohr bleiben musste, wann man ihn übergießen sollte. Seine Mutter hatte ihm alles geduldig erklärt.

Zugleich hatte er sich mit dem Kochen aber weiter von den anderen Klassenkameraden entfernt. Er war leider – der Wahrheit musste man ins Auge sehen – in seiner Kindheit der einzige Junge mit Interesse fürs Kochen gewesen. Vielleicht war das heute anders – aber damals interessierten sich die heranwachsenden Jungs für Baumhausbauen, Fußball und Mopeds. Und bald fürs Saufen. Dass er da nicht mitgemacht hatte, hatte ihn gleich an die erste Stelle auf der schwarzen Liste von Rudi und seinen Kumpanen gesetzt.

»Was ist?«, fragte Leo seine über den Teller gebeugte

Mutter, die schweigsam ihren Braten kaute. »Schmeckt es dir nicht?«

Sie lächelte und nahm einen Schluck vom goldbraunen Bier, das Leo in langen Gläsern dazu serviert hatte. »Es ist super, mein Sohn, wie immer, wenn du etwas kochst, aber ich habe einfach keinen Appetit.«

»Ist es, weil wir zu wenige Gäste haben?« An diesem Tag erst war eine Familie aus Deutschland abgereist, blieben nur ein ungarisches Pärchen und ein älterer Herr aus Wien. Sechs der acht Gästezimmer standen leer, Leo überlegte schon, ob er aus Solidarität für sein eigenes Zimmer etwas zahlen sollte.

»Nein, das ist es nicht«, sagte Franziska.

»Also bist du wegen Vater so deprimiert«, vermutete er.

Sie schwieg und aß weiter.

»Du fragst dich bestimmt, warum er nicht anruft.«

Sie legte die Gabel weg. »Allerdings, das könnte der Herr schon tun.«

»Aber du meldest dich ja auch nicht bei ihm.«

»Er muss zuerst anrufen.«

Leo erkannte die klassische Pattstellung. Wie die geopolitischen Blöcke in Ost und West wollte hier keine Seite mit der anderen sprechen. Er fühlte sich unwohl. Es waren seine Eltern. Sie konnten tun, was sie wollten, sie waren mehr als erwachsen – aber dennoch, er mochte Harmonie und wünschte sich, die beiden fänden wieder zueinander. Auch für den Mosthof wäre das besser. Es musste dringend eine neue Richtung eingeschlagen werden. Eine Katastrophe drohte, wenn die Kapitänin und der Kapitän des Schiffes nicht mal mehr miteinander sprachen, geschweige denn sich auf ein pfiffigeres Geschäftsmodell einigen wollten.

Franziska wechselte das Thema mit den Worten: »Was hast du heute eigentlich mit der Zaluski unternommen?«

»Du meinst die Hexe?«, fragte Leo beiläufig über seinen Teller hinweg und beobachtete amüsiert, wie sich Franziskas Gesicht verzog.

»Genau die. Du verbringst zu viel Zeit mit ihr. Die Leute reden eh schon blöd.«

Leo schwieg einen Moment und nahm ein weiteres Stück Mostbraten aus der Glasform, die eine ganze Stunde im Backrohr gewesen war. Sein Teller war nun mehr als voll, der Braten und die Röstkartoffeln stritten schon um den Platz.

»Wir waren bei Oskar im Haus«, sagte er.

»Was? Wie seid ihr denn da reingekommen?«

»Jasmin, seine Enkelin, hat uns reingelassen. Übrigens: Warum hast du mir nie erzählt, dass ihre Eltern bei einem Autounfall ums Leben kamen?«

Ihre Augen wurden auf seltsame Weise unruhig, als steuerte er auf ein Thema zu, das ihr nicht gefiel.

»Du weißt doch, dass ich Oskar gut kannte«, fuhr er fort. »Es wäre erwähnenswert gewesen, dass sein Sohn und seine Schwiegertochter eine Enkelin hinterlassen haben, die bei ihm eingezogen ist. Da hast du mir oft langweiligere Geschichten erzählt bei unseren Telefonaten.«

Franziska schwieg. Das kannte er. Wenn etwas zu schwer war, dann konnte sie nicht mehr darüber reden. Aber was hatte das in diesem Fall zu bedeuten? Warum ging ihr so nahe, was mit Jasmins Eltern passiert war?

»Da gibt es etwas, das du nicht weißt«, sagte sie schließlich. »An dem Tag, als die beiden verunglückten, waren sie bei mir.«

Leo schluckte. »Wirklich?«

Sie starrte auf die Tischplatte. »Am liebsten würde ich das alles vergessen.« Sie deutete mit dem Kopf zum Wandregal, in dem fein säuberlich aufgereiht die Mostflaschen ihre Aufwartung machten. »Schuld ist der da.«

»Ich verstehe nicht.«

»Es war ein gemütlicher Abend. Ich habe halt nicht so darauf geachtet, was die beiden trinken. Habe immer wieder nachgeschenkt. Wie man später feststellte, hatte Markus einen erhöhten Alkoholspiegel im Blut.«

Leos Nacken verspannte sich, das passierte oft, wenn ihm

etwas so richtig gegen den Strich ging. Widerstrebend und in der Hoffnung, eine beruhigende Antwort zu erhalten, fragte er: »Hast du mitbekommen, dass er nicht mehr fahren konnte?«

»Das war ja das Seltsame – es war überhaupt nicht erkennbar gewesen. Er wirkte ganz normal. Ich dachte, der hat den Alk schon längst wieder abgebaut.«

»Es wäre besser gewesen, du hättest ihm vom Fahren abgeraten.«

Sie wurde bleich.

»Du weißt doch, wie das ist«, verteidigte sie sich. »Man übersieht es. Noch ein Glas und noch ein Glas. Natürlich schenkt man nach, wenn der Gast darum bittet. Er hat auf keinen Fall betrunken gewirkt, hat vernünftig geredet. Ein wenig heiter, ja, aber dass seine Fahrtüchtigkeit gelitten hatte, war auf keinen Fall offensichtlich. Selbst seine Frau hatte nichts bemerkt. Wie hätte denn ich das wissen sollen?«

Er schwieg.

Ihre Augenbrauen schoben sich zusammen, ein untrügliches Zeichen dafür, dass sie sich ärgerte. So hatte sie ihn damals angesehen, wenn er mal eine schlechte Schulnote nach Hause gebracht hatte.

»Dir wäre das natürlich nicht passiert«, sagte sie und schlug auf den Tisch, dass die Gläser schepperten. »Du bist ja perfekt.«

Er bemerkte, dass es hier nicht mehr um den Unfall ging. »Was meinst du damit?«

»Na, schon als Kind hast du dich immer für was Besseres gehalten. Hast mit den anderen nicht spielen wollen.«

»Die anderen. So Typen wie der Rudi?«

»Der Steiner Rudi ist der Sohn vom Bürgermeister.«

»Du weißt aber schon, wie gemein der zu mir war?« Seine Worte kamen ihm selbst kindisch vor, total unzureichend für die Qualen, die Rudi und seine Bluthunde ihm angetan hatten. Und seine Mutter? Die hatte das alles verdrängt, die vielen Male, die er weinend nach Hause gekommen war. Weggewischt, weil es nicht in ihr heiles Weltbild passte.

»Wenn du dich damals schon mit Rudi angefreundet hättest«, sagte Franziska, »wär dein Leben hier leichter gewesen.«

Leo nahm einen Schluck vom Bier, dachte einen Moment nach und sagte: »Der Rudi ist ein Depp.«

Sie schüttelte den Kopf. »Genauso warst du immer! Da brauchst du dich nicht wundern, warum du Einzelgänger geblieben bist und bloß noch dieses Buch mit dem Vogel gelesen hast. Wie hieß das noch mal?«

Er erinnerte sich, dass er als Kind oft stundenlang neben dem Kamin gelümmelt hatte, in einer mit Stoff kuschelig ausgekleideten Ecke, und »Die Möwe Jonathan« gelesen hatte. Er hatte die Geschichte geliebt und sie auswendig gekonnt. Eine Story um einen Außenseiter. Jonathan war im falschen Schwarm geboren, Leo im falschen Dorf.

Er stand unter den erstaunten Blicken seiner Mutter auf. Er hatte noch nicht fertig gegessen, sein Teller war übervoll – und der Mostbraten war ihm außerordentlich gut gelungen –, aber er hatte keine Lust mehr auf dieses Gespräch.

Er wusste nicht, ob er in seiner Kindheit alles richtig gemacht hatte, um Freunde zu finden. Vielleicht hätte er auf die anderen zugehen sollen, um weniger oft verprügelt zu werden. Was er aber auf jeden Fall wusste, als er die Küche verließ: dass Franziska unbedacht Most nachgeschenkt hatte – in jener Nacht, als sie von Jasmins Eltern Besuch gehabt hatte. Das war ein weiterer Grund, eine moralische Verpflichtung, die Wahrheit über Oskars Tod herauszufinden.

11

Der Himmel über Waidingen war wolkenlos, als Zofia und Leo am nächsten Tag losfuhren, um Dr. Nonn zu besuchen. Die fehlenden Medikamente in Oskars Schrank hatten Fragen aufgeworfen. Als behandelnder Arzt konnte Dr. Nonn ihnen vielleicht Hinweise geben, soweit er darüber reden durfte.

Bis vorgestern, als der Mediziner gemeinsam mit Leo ohne Erfolg versucht hatte, Oskars Blutpumpe durch Erste-Hilfe-Maßnahmen wieder anzuwerfen, hatte Leo nicht an Dr. Nonn gedacht. Er wusste so gut wie nichts mehr über ihn, die Adresse seines Hauses in der Nähe von Waidingen hatte er im Internet heraussuchen müssen. Alles, was ihm zu Dr. Nonn einfiel, waren Spritzennadeln – vermutlich zahlreichen Impfungen geschuldet – und eine Handvoll Besuche als Kind, als Leo rasche medizinische Hilfe gebraucht hatte. Halsschmerzen, Durchfall, eine Platzwunde am Kopf. Diese war durch Rudi und seine Bande entstanden, nach offizieller Version war Leo gegen einen Baumstamm gelaufen. Dr. Nonn musste ihn damals für ein eher dümmliches Kind gehalten haben, wer legte sich schon mit einem Baum an? Der weicht nicht aus.

Zofia starrte am Beifahrersitz vor sich hin. Vielleicht nahm sie ja erneut Kontakt mit Oskars Geist auf. Oder dachte sie an die Klage, die ihr von der Frau des Arztes eingebrockt worden war? Sie hatte sich keine Sekunde geweigert, die Nonns zu besuchen, als Leo ihr den Vorschlag gemacht hatte. Sie begann, die Dinge in die Hand zu nehmen, das fand er gut.

»Glaubst du immer noch, dass Jasmin etwas mit Oskars Tod zu tun hat?«, fragte Zofia. Darüber hatte sie also nachgedacht.

Leo seufzte. »Es ist einfach so, dass wir nach einem Motiv suchen müssen. Und Erbschaft ist ein ziemlich gutes. Es hatte immer wieder mal Streit mit ihrem Großvater gegeben.«

Nachdenklich sah sie beim Fenster hinaus, wo sich das Grün der Hügel mit dem Weiß der Gehöfte abwechselte.

»Es wäre gut, den Schlüssel zu diesem Tresor zu finden«, sagte sie. »Das könnte Hinweise bringen, was Oskar in letzter Zeit beschäftigt hat …«

»Und was er im Safe vor der Welt verstecken wollte«, ergänzte Leo. »Aber so ein Schlüssel ist winzig. Den kann er überall aufbewahrt haben. Das wird nicht leicht.«

»Jasmin könnte doch den Tresor aufbrechen lassen.«

»Zu früh dafür.« Er schüttelte den Kopf. »Es hat bisher keine notarielle Sitzung gegeben. Noch gehören das Haus und der Safe nicht ihr.«

In diesem Moment hatten sie ihr Ziel erreicht. Das modern gestaltete Haus der Familie Dr. Nonn war durch seinen orangen Anstrich und das Dach, das bis zum letzten Quadratzentimeter mit Solarpanels bedeckt war, nicht zu übersehen. Ein Ordinationsschild machte klar, dass hier nicht nur Herr und Frau Nonn wohnten, sondern im unteren Stock des Hauses eine Praxis für Allgemeinmedizin untergebracht war. An diesem Montag würde diese erst am Nachmittag öffnen, der Arzt ging den Wochenbeginn beschaulich an.

Zofia und Leo stiegen aus dem Wagen und bewegten sich zügig den Zaun entlang, spähten durch eine eben erst gepflanzte und noch dünne Hainbuchenhecke aufs Grundstück. Dort sahen sie Dr. Nonn im Garten mit einer großen Schere die blutrot blühenden Rosenbüsche schneiden.

Als er sie bemerkte, stellte er die Arbeit ein und blickte verwundert zu ihnen hoch.

»Euch kenne ich doch«, sagte er.

Leo nickte. »Ja. Leider waren Sie und ich kein gutes Team beim Wiederbeleben.«

Dr. Nonns Blick wanderte weiter zu Zofia, und mit einem Mal zeigten seine Gesichtszüge ein schlechtes Gewissen.

»Genau, die Zofia Zaluski«, sagte er.

»Die von Ihrer Frau verklagt wurde«, ergänzte Zofia.

Der Arzt legte die Schere weg und sah sinnierend in den

Rasen. »Nun ja, sie ließ sich nicht davon abbringen. Von mir ging das nicht aus. Ich meine, in gewisser Weise kenne ich dich seit deiner Geburt. Darf ich Du sagen?«

»Von mir aus. Ich bleibe beim Sie. Eigentlich kennen Sie mich *nur* von meiner Geburt.«

Er blickte zu ihr hoch. »Ich kann mich gut erinnern. Hausgeburt, oben am Zaluski-Hof.«

»Besser Hausgeburt als Missgeburt«, fiel ihr dazu ein.

»Es lief alles komplikationslos. Deine Mutter war glücklich, als sie dich in ihren Händen hielt.«

Zofia schluckte. »Ich hätte so gerne ein Foto davon«, sagte sie. »Keiner hat es für notwendig befunden, eines zu machen. Es gibt Fotos von später, aber diesen ersten Moment – meine Mutter und ich –, das hat niemand festgehalten.«

»Das hat doch nichts zu sagen. Ich weiß, dass deine Mutter richtig glücklich war. Wie hieß sie noch mal mit Vornamen?«

»Dana«, sagte Zofia mit belegter Stimme.

Leo räusperte sich. »Sie müssen jung gewesen sein, damals.« Ein wenig kam er sich schon blöd vor, den Arzt zu siezen, den er schon so lange kannte, aber es hatte sich diese alte Hierarchie eingestellt: auf der einen Seite Leo, der kleine Junge, der eine Platzwunde versorgen lässt – auf der anderen Seite der große Arzt, bis an die Zähne ausgerüstet mit Spritzen, Nadeln und Pillen.

Dr. Nonn nickte mit einem Lächeln und sah hinüber zu seiner Ordination, die im Gegensatz zum modernen Rest des Hauses verkommener wirkte und an den Rändern rund um die Fenster deutliche Abnutzungen zeigte. »Das war ganz am Anfang. Wie die Zeit vergeht! In zwei Jahren gehe ich in Pension.«

Mit einer lässigen Bewegung lehnte sich Leo gegen den Gartenzaun, ein grünes Geflecht aus Maschendraht, durch das Büschel von Gras ragten.

»Ist Ihnen am Tod von Oskar irgendetwas aufgefallen?«

Der Arzt runzelte die Stirn. »Was meinst du?« Er duzte auch Leo, als hätte er wieder den fünfjährigen Patienten von damals vor sich. Doch es war keine Zeit für Diskussionen.

»Oskars plötzliches Zusammenbrechen – hat es dazu gepasst, zu seiner Krankengeschichte?«

Dr. Nonn seufzte und begann wieder, seine Rosen zu schneiden. »Du weißt bestimmt, was ein Arztgeheimnis ist. Das löst sich leider nicht in Luft auf, wenn jemand gestorben ist.«

Zofia setzte ein flehendes Gesicht auf, das Leo bisher nicht von ihr gekannt hatte. Sie machte dazu kugelrunde Augen und sah unwiderstehlich hilfsbedürftig aus. Voller Ironie sagte sie: »Bitte, bitte, Herr Doktor, Sie wissen doch, was die Leute sagen – dass es kein natürlicher Tod war.«

»Das ist blödes Gerede. Er hatte, er war …« Dr. Nonn brach ab.

»Sie dürfen nicht darüber reden.«

»Genau.« Er machte eine Pause, dann kam ihm eine Idee. »Was ich aber darf, ist, allgemein etwas darüber zu erzählen, welches Medikament zum Einsatz kommt, um bei Herzinsuffizienz das Herz zu stärken. Das ist nämlich Digitalis.«

Das war eine schöne Brücke, die Dr. Nonn da gebaut hatte.

»Und ganz allgemein gesprochen«, sagte Leo, »kann man dieses Digitalis auch überdosieren.«

»Das ist, allgemein gesprochen, natürlich möglich. Das kannst du in jedem pharmakologischen Buch nachlesen. Das kann bis zu Herzrhythmusstörungen oder sogar zum Tod führen. Aber das passiert einem nicht einfach so, dazu müsste der Patient schon sehr viele Tabletten gleichzeitig einnehmen.«

»Wie lange würde es dauern, bis ein Effekt auftritt?«, fragte Zofia.

»Die Wirkung stellt sich in wenigen Minuten ein.«

Leo suchte Zofias Blick. »Wir wissen immer noch nicht, wo Oskar sein Herzmittel an diesem Tag aufbewahrte.« An den Arzt gewandt fragte er mit beiläufiger Stimme: »Hat er seine Medikamente immer bei sich getragen?«

Dr. Nonn hörte auf, die Rosen zu schneiden, und sagte in nachsichtigem Ton: »Wir sprechen hier nicht über Oskar.«

»Also hat bei der Totenbeschau niemand Tabletten bei ihm gefunden?«

Es war Dr. Nonn anzusehen, dass er keine Lust hatte, darauf zu antworten. Mit letzter Sicherheit konnte Leo das aber nicht feststellen, da genau in diesem Moment die Tür des Wohnhauses aufging. Heraus kam die Frau des Arztes, die nicht erfreut war, hier uneingeladenen Besuch an ihrem Gartenzaun vorzufinden. Möglicherweise hatte sie durch eines der gekippten Fenster gelauscht. Sie zog ein griesgrämiges Gesicht und gab sich keine Mühe, den Missmut in ihrer Stimme zu verbergen.

»Karl, was wollen diese Leute da?«

Dr. Nonn, etwas eingeschüchtert, sah die paar Stufen hinauf zu seiner Frau, die sich vor der Haustür platziert hatte, als wollte sie den Eingang eines Heiligtums bewachen. Der Höllenhund Zerberus hätte das nicht besser machen können, dachte Leo bei sich.

»Ulrike, komm schon«, sagte Dr. Nonn in beschwichtigendem Ton. »Das hier ist Leo, von vorgestern aus dem Mostler, den kennst du doch.«

Frau Nonn machte keine Anstalten, Leo zu begrüßen. Ihr ging es nicht im Geringsten um diesen Teil des Duos. Ihr Blick hatte sich mit aller Kraft und Feindseligkeit auf Zofia gerichtet.

»Ach ja, die Frau Doktor«, sagte Zofia mit einem Grinsen. »Wollen Sie mich wieder verklagen?«

Statt einer Antwort warf Ulrike Nonn den Kopf in den Nacken und starrte demonstrativ in den Himmel. »Karl, ich möchte nicht, dass diese Frau hier ist. Kannst du sie bitte wegschicken?«

Fast entschuldigend wandte sich Dr. Nonn an Zofia, wie ein Mensch, dem Dinge peinlich sind, aber von denen er trotzdem weiß, dass er sie auszuführen hat. »Ich glaube, wir sind hier fertig.«

Zofia sprach ganz ruhig, aber nicht zum Arzt, sondern wieder hinauf zu Ulrike Nonn. »Ich bin keine Gefahr für Sie. Sie brauchen sich nicht so aufzuführen.«

Mit verschränkten Armen blickte Frau Nonn auf Zofia hinab. »Sie sind geschäftsschädigend für meinen Mann. Sie nehmen ihm Patienten weg. Ich habe vierzehn Fälle dokumentiert.«

Zofia lachte verächtlich auf. »Das ist mir bekannt, die haben Sie ja einzeln vor Gericht aufgezählt.«

»Geändert hat es nichts: Sie sind immer noch eine Kurpfuscherin! Sie haben nichts Medizinisches gelernt, waren nie auf einer Uni. Sie sind eine Gefahr.«

Zofia atmete tief durch, wohl um sich energetisch zu erden. Leo bemerkte, dass sie sich zusammenreißen musste, ihre Stimme bebte vor unterdrücktem Zorn. »Es tut mir ja leid, dass Sie bei der Verhandlung verloren haben. Aber wie der Richter schon festgestellt hat, bestand keine Gefahr für irgendwen.«

»Fehlurteil!«

»Ich habe nie jemandem geraten, eine Therapie abzubrechen. Was ich mache, ist Energiearbeit. Kraft für Geist und Körper. Das stärkt die Menschen. Und das vergisst die Schulmedizin von Zeit zu Zeit.«

Ulrike Nonn machte eine abwertende Bewegung. »Mit Heilung bringt man Sie ja im Dorf seit Oskars Tod nicht unbedingt in Verbindung. Eher im Gegenteil.«

Leo wurde es zu bunt. Er spürte, wie sich seine Finger im Maschendrahtzaun festkrallten. »Also wirklich!«, rief er zu Frau Nonn hinauf. »Mäßigen Sie sich ein wenig. Wir sind doch erwachsene Menschen.«

Zofias Augen schossen feurige Blitze auf ihre Gegnerin ab. »Es ist unfassbar, was Sie mir da unterstellen!«

Höhnisch schleuderte Ulrike Nonn von oben herab: »Was wollen Sie machen – mich verfluchen? Oder vergiften? So wie Oskar?« Sie schien das für den intellektuellen Höhepunkt dieser Konversation gehalten zu haben, denn sie machte abrupt kehrt, schloss krachend die Tür hinter sich.

Dr. Nonn zuckte wiederum nur mit den Schultern.

»Gehen wir«, sagte Leo und nahm die aufgebrachte Zofia

am Arm. Es bestand die Gefahr, dass ihr Temperament mit ihr durchging. Vielleicht wäre sie noch ins Haus gestürmt und hätte ihren ersten Mord begangen.

»Die spinnt doch«, schimpfte sie auf dem Weg zum Auto vor sich hin. »Wenn jemand was von Oskars Tod hat, dann diese Kuh. Wenn ich verdächtigt werde, kehren alle Patienten reumütig zu ihrem Mann zurück.«

Leo grummelte: »Ja, aber dass sie Oskar umbringt, um den Verdacht auf dich zu lenken – das wäre schon sehr krank.«

Sie schwiegen und gingen, ohne sich noch mal umzudrehen. Vielleicht hatte Herr Dr. Nonn wieder begonnen, die Rosen zu schneiden. Oder war er seiner Frau in das Haus nachgeeilt? Sie würden es nie erfahren.

»Digitalis«, sagte Zofia, während sie in den Wagen stieg. »Das habe ich auch im Garten. Kommt aus dem Roten Fingerhut.«

»Falls es eine Obduktion gegeben hätte«, sagte Leo nachdenklich, »hätten sie das Digitalis nachweisen können …«

»Und ich wäre die Erste gewesen, auf die alle mit dem Finger gezeigt hätten.« Nach einer Pause und einem Blick zurück zum Haus flüsterte sie: »Mir wurden etliche Exemplare von Rotem Fingerhut aus dem Garten gestohlen.«

»Wirklich? Wann?«

»Vor etwa einem Monat.« Zofia sah mit einem Mal todmüde aus. »Bring mich nach Hause«, sagte sie leise. »Mir tun diese Menschen nicht gut.«

12

Mit Zofia war an dem Tag nichts mehr anzufangen. Die Anschuldigungen, die Frau Nonn ihr entgegengeschleudert hatte, schienen ihr wie Vampire die Kraft aus dem zerbrechlichen Körper gesaugt zu haben. Als Leo sie daheim absetzte und sie – ohne den sie freudig begrüßenden Amicus auch nur eines Blickes zu würdigen – ins Haus schlich, war ihm klar: Das Dorf war Gift für sie.

Etwas unschlüssig sah er ihr nach, bis sie die Tür hinter sich zugezogen hatte. Dann entschied er, den späten Vormittag nicht ungenutzt verstreichen zu lassen.

Er wusste, dass der Mostler seit Menschengedenken am Montag Ruhetag hatte. Mit etwas Glück würde er Andrea allein sprechen können.

Als er kurz darauf beim Gasthaus ankam, war es tatsächlich geschlossen, keine Autos am Parkplatz, die Eingangstür ließ sich nicht öffnen. Er fand auch keinen Klingelknopf. Also sah er durch das Fenster hinein und entdeckte Andrea, die mit einem Tuch die Tische reinigte. Er klopfte gegen die Scheibe. Andrea blickte überrascht hoch, erkannte Leo und schenkte ihm ein Lächeln.

»Hallo, Leo«, sagte sie, als sie ihm die Tür öffnete. »Kann ich irgendetwas für dich tun?«

Zunächst betrachtete er sie nur. Ihre haselnussbraunen Augen und ihr sanft geschwungener Mund beschleunigten seinen Puls. Das Gefühl, sie zu kennen, mehr noch, mit ihr verbunden zu sein, war intensiver als beim ersten Besuch.

»Hallo, Andrea. Ich bin hier, weil ich wissen wollte, ob ihr irgendwo Oskars Tabletten gefunden habt.«

Sie runzelte die Stirn. »Haben die Tabletten etwas mit seinem Tod zu tun?«

Leo zuckte mit den Schultern. »Kann sein.«

»Du gibst nicht auf«, sagte sie. »Komm doch rein.«

Er folgte ihr in den Mostler. Es lag eine fast unheimliche Stille im großen Gastraum, der seinen Ruhetag sehr ernst nahm. Die braunen Sitzbänke schliefen genauso wie der von Schrammen übersäte Fliesenboden.

»Gefunden habe ich leider gar nichts. Aber: Ich geb dir einen aus«, sagte Andrea mit einem schelmischen Lächeln und platzierte sich hinter der Theke. »Most hast du ja nicht so gern, wie ich mich erinnere.«

Leo grinste. »Ein wenig kennst du mich also doch noch.«

Sie öffnete den Kühlschrank und holte eine Flasche Grünen Veltliner aus der Region heraus. Sie schenkte Leo ein Glas des – wie Leo erkannte – prämierten Weines ein und stellte es ihm hin, während er auf einem hohen Barhocker auf der anderen Seite der Theke Platz nahm.

»Prost«, sagte sie und hielt ihm ihr Glas hin, das sie nicht mit dem Veltliner, sondern mit golden glänzendem Most gefüllt hatte. Die Gläser schlugen mit einem fröhlichen Klingen aneinander.

Sie tranken einen Schluck, dann lächelte Andrea und legte den Kopf schief. »Warum hast du dich all die Jahre nicht gemeldet?«, fragte sie.

Darauf hatte Leo keine schnelle Antwort parat. Er konnte sich erinnern, dass er dem Moment, als er Waidingen mit sechzehn verließ, um eine Kochlehre zu beginnen, eine überwältigende Bedeutung zugemessen hatte. Er, ein junger Mann, der sein ganzes Leben vor sich hatte, hatte sich in der Vorstellung gefallen, ein Abenteurer zu sein, der in See stach. Der alle Dinge und alle Menschen zurückließ.

»Du hast doch auch nie bei mir angerufen«, sagte er.

Sie nickte nachdenklich. »Ja. Es war leichter so für uns.«

Sie ließen die Gläser noch einmal klingen.

»Und jetzt wirst du bald heiraten«, sagte Leo mit einem Augenrollen. »Ausgerechnet den Rudi.«

Andrea stieß ihn über den Tresen hinweg spielerisch in die Seite. »Hör auf, du kennst ihn doch gar nicht mehr. Wir waren alle Kinder. Er ist nicht so blöd wie damals.«

»Von einer wesentlichen Verbesserung seines Charakters habe ich bisher nichts bemerkt.«

Sie schüttelte tadelnd den Kopf. »Du warst aber auch nicht immer nett zu ihm.«

»Was, ich?«

»Klar, du hast ihm zum Beispiel mal Pfeffer in das Jausenbrot gestreut. Der wäre fast erstickt, so scharf war das.«

»Woher weißt du das denn? Du warst damals nicht mit mir in derselben Schulklasse.«

»Ich kenne die Lehrerin. Die hat gemeint, dass es danach eine Schlägerei gegeben hat.«

»Oh ja, und der Pfeffer war meine Antwort auf die Schlägerei davor gewesen …«

Jetzt musste Andrea lachen. »Ihr seid echt alle Deppen gewesen.«

Auch Leo grinste, dann wurde er ernst. »Ich fürchte, es hat sich nicht allzu viel geändert seit damals.«

Sie tranken wieder, setzten ihre Gläser im selben Moment auf das Holz des Ausschanks.

Er blickte ihr tief in die Augen und sagte: »Weißt du noch, was du mir einmal versprochen hast?«

»Was soll das gewesen sein?«

»Dass wir uns immer die Wahrheit sagen werden«, flüsterte er.

Sie dachte über seine Worte nach, und er fragte sich, ob sie sich gerade an diesen einen Moment im Sommer erinnerte, als sie sich unter einer Weide am nahen Teich genau das versprochen hatten. Es war so viele Jahre her, aber jetzt schien es wieder volle Gültigkeit zu haben.

»Ich muss wohl schon zu viel Most getrunken haben«, sagte sie ebenso leise, »denn irgendwie finde ich auch, dass wir ehrlich sein sollten. Frag einfach.«

»Was ist auf dem Dachboden?«

Sie zog die Augenbrauen hoch. »Mein Geheimnis.«

»Ich werde immer neugieriger. Sag, was es ist.«

Sie ließ seine Worte einsinken. Statt einer Antwort erhob

sie sich, ging um die Theke herum, nahm ihn am Arm und zog ihn zur Treppe.

Sie hielt beim Hochsteigen über die Stufen weiterhin seinen Arm fest, und Leo erinnerte sich daran, wie sie ihn damals, als sie fast noch Kinder gewesen waren, auf diese Weise in ihre Welt gezogen hatte.

Als sie im ersten Stock die Leiter aus der Decke herunterließ, begleitete sie das mit den Worten: »Dort oben ist mein Versteck. Meine Mutter und Rudi kommen nie hier rauf. Sie wissen nicht, was ich da mache.«

Leo war fast ein wenig stolz, dass sie sich diesen geheimnisvollen Ort, den er gleich betreten würde, erkämpft hatte. Im Laufe der Zeit hatte man anscheinend ihren Wunsch nach Privatsphäre akzeptiert und ihr den Raum in stillem Einverständnis übergeben.

Als Leo die letzte Sprosse der metallenen Leiter genommen hatte, fand er sich mit Andrea in einem kleinen Dachbodenzimmer wieder, das nach oben hin von der Schräge des Dachstuhls begrenzt wurde. Licht kam durch ein Lukenfenster, das den Blick auf einen blauen Himmel freigab. Alle Wände waren mit Zeichnungen und Malereien ausgekleidet, zumeist Akte von Frauen, die nur von hinten zu sehen waren und ihren Kopf einer schönen Landschaft oder Stadt zugewendet hatten.

In der Mitte des Raumes thronte eine Staffelei mit einer leeren quadratischen Leinwand, daneben Farbtuben und Pinsel in verschiedenen Größen. Es roch nach Terpentin, das Andrea wohl zum Reinigen der Pinsel benutzte.

»Das hätte ich jetzt nicht erwartet«, sagte Leo. »Ist das so was wie ein Hobbyraum, zu dem nur du Zutritt hast?«

Andrea blickte mit einer Mischung aus Stolz und Scham die Zeichnungen und Malereien an. »Es ist mehr als das«, sagte sie. »Es ist mein Rückzugsort, ein Bereich, der nur mir gehört.«

Leo konnte sich nicht erinnern, dass Malen schon damals zu ihren Leidenschaften gezählt hatte. Vermutlich hatte sie so einen Weg gefunden, der Enge des Dorfes zu entkommen. Ohne es zu verlassen, ohne die große Flucht anzutreten – so wie er das getan hatte.

Er ging die Bilder ab, sie waren bunt und von einer lebendigen Energie. Er war kein Kunstkritiker, aber er konnte die persönliche Geschichte hinter den Gemälden spüren.

»Du solltest mal ausstellen«, sagte er, wieder an sie gewandt. »Das sind tolle Sachen, geh raus damit, zeig sie der Welt!«

Sie zuckte mit den Schultern. »Ach, das interessiert hier niemand.«

»Unterschätze die Leute vom Land nicht.«

»Bist du jetzt sarkastisch?«

»Nur ein klein wenig.«

»Weißt du, was mir gefallen würde? Eine Ausstellung in Wien.«

Leo lächelte. »Dann mach das doch – ich helfe dir gern. Im Goldganserl hatte ich ein paar Stammgäste, die Galerien betreiben. Da wäre sicher was dabei.«

Nun strahlte Andrea. »Das würdest du für mich tun?«

»Selbstverständlich.«

Sie lachte ausgelassen und schloss ihn in eine spontane Umarmung. Sie fühlte sich so gut an, ihre Wärme und ihr Duft umfingen ihn wie ein sanftes Streicheln. Er konnte sich erinnern, so hatte sie ihn auch früher umarmt.

»Jetzt habe ich Lust«, sagte sie, als sie sich wieder von ihm löste, »dich zu malen.«

Er musste grinsen, wandte sich den Bildern zu. »Aber du malst doch eher Frauen?«

»Eigentlich nur eine einzige Frau.«

Es stimmte, bei genauerem Hinsehen konnte Leo erkennen, dass es die Gesichtszüge derselben weiblichen Person waren, aber auf verschiedene Arten dargestellt.

»Das bist ja du«, rief er aus.

Sie nickte. »Endlich erkannt. Ich male immer nur mich in verschiedenen Varianten eines Lebens, das ich nie geführt habe und wohl auch nie führen werde. Für dich würde ich aber erstmals eine Ausnahme machen.«

»Ich fühle mich geehrt. Ausziehen muss ich mich aber nicht, oder?«

Andrea setzte ein verschmitztes Lächeln auf. »Das überlege ich mir noch. Nein, im Ernst, ich würde nur gern dein Profil malen. Das finde ich nämlich total interessant.«

»Echt?«

Sie nahm einen Hocker aus der Ecke und stellte ihn in etwa zwei Metern Abstand hinter die Leinwand. Leo setzte sich darauf und blickte in Denkerpose zur Seite. Er hoffte, dass das genau die Ansicht war, die ihr gefallen würde.

Ein wenig bereute er, dass er etwas zu oft im Topf genascht hatte – ein kleines Doppelkinn würde sich wohl auf der Leinwand widerspiegeln, er erwartete nicht, dass sie ihm schmeichelte.

Während Andrea malte, fiel sein Blick auf die Wand gegenüber. Dort waren Fotos der Familie Pichler angebracht. Darunter Andrea, als Kind und als Erwachsene. Auch von ihrem Vater Bernd gab es Aufnahmen, aus einer Zeit, als er deutlich attraktiver und weniger versoffen ausgesehen hatte. Aber ein rot gerahmtes Foto erweckte besonderes Interesse bei Leo. Denn es hatte mit der Sache zu tun, die ihm am wichtigsten war: dem Kochen.

Auf dem Bild war Andreas Mutter zu erkennen. Erika lächelte vor einem Plakat, das im Hintergrund eine hochmoderne Küche zeigte und mit »Don't miss this great cooking event« betitelt war. Im Vordergrund des Plakates stand breitbeinig ein strahlend grinsender Mann Anfang dreißig mit einer klassischen Kochmütze auf dem Haupt und einem Rührbesen in der Hand. Obwohl er den Auftritt des Mannes übertrieben fand und bessere Fotos von ihm kannte, stellte sich Begeisterung bei Leo ein.

»Hey, das ist ja Paul Langbert, der englische Spitzenkoch. Ich verfolge seinen Werdegang, seit ich zu kochen begonnen habe. Ich bin ein Riesenfan.«

Andrea hielt den Pinsel kurz ruhig und sah hinüber zum Foto. »Wirklich?«

»Ja, ich weiß alles über ihn – habe jede seiner Lebensstationen nachgelesen.«

»Eigentlich«, sagte sie, »geht es gar nicht um den Koch, sondern um das Ding daneben.«

Sie zeigte auf eine Skulptur, die mehr als die Hälfte des Bildes einnahm. Wenn es sich auch um eine in Bronze gegossene nackte Frau handelte, hatte sie in Leos Interessensgewichtung nicht mit der Kochshow mithalten können. Sie war ihm nicht aufgefallen. Die Figur, nicht allzu groß, saß mit elegant angewinkelten Beinen auf einem Felsbrocken, der in eine weite Wasserfläche hineinragte, ein Meer wohl.

»Warte mal, diese Skulptur kenne ich. Das ist die Kleine Meerjungfrau in Kopenhagen. Ah, das muss dann eine der Auslandstouren von Langbert gewesen sein. Ende der achtziger Jahre.«

Andrea nickte. »Das Bild wurde 1988 aufgenommen. Meine Mutter war damals erst siebzehn.«

»Was hat sie denn in Kopenhagen gemacht?«

»Sie hatte einen Ferienjob. Sie passte einen Monat lang auf die Kinder einer befreundeten Familie auf.«

»War sie oft im Ausland? Hätte ich ihr gar nicht zugetraut.«

»Zweimal in Kopenhagen. 87 und 88. Das war's, denke ich. Wenn man von Urlaub in Jesolo und Caorle absieht«, sagte Andrea mit einem ironischen Grinsen.

Nachdenklich betrachtete Leo das Bild. »Irgendetwas stimmt hier nicht«, murmelte er.

»Was denn? Wunderst du dich, dass meine Mutter glücklich aussieht?«

Natürlich kannte er die Familiengeschichte von Erika. Andrea hatte oft mit ihm darüber geredet. Die Eltern geschieden, der Vater abgehauen, hatte Erika mit ihrer völlig überforderten Mutter hier im Mostler gelebt. Auch Alkohol dürfte im Spiel gewesen sein. Keine leichte Kindheit. Andrea hatte oft gesagt, dass ihre Mutter vernachlässigt worden war, dass sich niemand um sie gekümmert hatte. Vielleicht versuchte Erika deshalb immer, durch Lachen und Ausweichen Konflikten aus dem Weg zu gehen. Bloß nirgends anecken, dann passiert dir nichts.

»Nein«, sagte Leo. »Irgendetwas stört mich an dem Bild, ich weiß aber nicht, was.«

Andrea räusperte sich. »Darf ich dich bitten, etwas weniger zu sprechen? Es ist sonst wirklich schwer, dich zu malen.« Leo gehorchte.

Als sie Leo eine halbe Stunde später mitteilte, dass sie ihm nun das Ergebnis präsentieren würde, war er sehr neugierig. Und er hatte einen verspannten Hals, da das Stillsitzen und das Grübeln, was mit dem Foto aus Kopenhagen nicht in Ordnung war, ihn echt angestrengt hatten.

Das von Andrea gemalte Porträt, in warmen Erdfarben gehalten, war gegenständlich genug, um Leo zu erkennen, aber auch abstrakt genug, um es interessant zu machen.

»Finde ich richtig gut«, sagte Leo.

Andrea lächelte. »Freut mich.«

Sie sahen sich an. Zu lange. Als suchten sie etwas Schönes, das in einer weit entfernten Vergangenheit ruhte. Leo hatte das Bedürfnis, sie am Arm zu berühren. Doch da bemerkte er, dass ihr Blick unruhig wurde. Sie wandte ihn schließlich hastig ab.

»Rudi darf nichts erfahren«, sagte sie. »Er darf weder das Bild von dir sehen noch mitbekommen, dass wir beide hier oben gemeinsam Zeit verbracht haben.«

Leo zog die Augenbrauen hoch. »Du wirst ihn doch hoffentlich nicht über dein Leben bestimmen lassen?«

»Natürlich nicht. Aber er ist nun mal sehr eifersüchtig.«

Er schüttelte den Kopf. »Ich verstehe immer noch nicht, was du an ihm findest.«

Nun verfinsterte sich ihr Gesicht. Sie nahm das Bild, drückte es ihm unsanft in die Arme. »Ich glaube, du musst jetzt gehen.«

»Ja, verstehe.«

Er hatte wieder feststellen müssen, hier am Dachboden genau wie im Keller des Mostlers, dass sie ihm Grenzen aufzeigte. Sie wollte ihn nicht in bestimmte Bereiche ihres Lebens lassen. Bereiche, in denen sich Rudi aufhielt.

13

Auf der Heimfahrt zum Mosthof hatte Leo das Autofenster geöffnet. Es war ein warmer Sommertag, und die Luft strich ihm ums Gesicht. Andrea war immer noch in seinen Gedanken.

Da hörte er einen Knall. Er war von der anderen Straßenseite gekommen. Dann wieder. Peng! Peng! Leo entdeckte in der Nähe einen Platz mit einer Reihe von Schießscheiben. Ein paar Männer, etwa fünfzig Meter von den aufgemalten konzentrischen Ringen entfernt, legten Gewehre an und gaben Schüsse ab. Er war sich sicher, den Feitelverein vor sich zu haben.

Das Vernünftigste wäre gewesen weiterzufahren. Jeder Kontakt mit diesen Deppen würde nur Ärger bringen. Aber manchmal hatte Leo den Impuls, Unvernünftiges zu tun. So hatte er einmal an einem Kampf-Chili-Essen teilgenommen. Sein Küchengehilfe hatte ihn dazu herausgefordert. Sie beide hatten Chili in immer größerer Schärfe gegessen. Leo hatte gewonnen, aber er hatte seine Zunge drei Tage lang nicht mehr gespürt.

Der Schießübungsplatz lag unterhalb der Straße, in einer Senke, die von einem alten Holzlattenzaun und von Bäumen umgeben war. Leo parkte etwas abseits davon, um nicht gleich entdeckt zu werden. Geduckt, mit klopfendem Herzen, schlich er sich an.

Durch die Bäume drangen Schüsse an sein Ohr. Als er näher kam, konnte er zwischen den Zweigen bruchstückhaft die Männer erkennen, Rücken, Arme, Beine. Sie waren in seltsame braun-grüne Flecken gekleidet.

Vorsichtig voranschreitend, verringerte er die Distanz. Jetzt konnte er die Farben zuordnen. Die Männer trugen Tarnuniformen. Man hätte meinen können, eine militärische Einheit vor sich zu haben. Dennoch war es der Feitelverein, das konnten auch die Uniformen nicht verbergen.

Leo beobachtete versteckt hinter einem Baum, wie die Gruppe sich im Schießen übte. Mal feuerte der eine, mal der andere. Es schien üblich zu sein, dem, der dran war, dabei zuzusehen und nachher seine Erfolge an der Zielscheibe zu kommentieren.

Leo fühlte sich an seine Schulzeit erinnert. Auch da hatte die Gruppe rund um Rudi immer wieder Dinge getan, von denen er sich vollkommen und gänzlich ausgeschlossen gefühlt hatte.

In seinem Versteck zog Leo sein Handy heraus und machte einige Fotos. Zunächst die ganze Gruppe und dann jeden Einzelnen näher herangezoomt. Er wollte wissen, mit wem er es zu tun hatte. Wenn ihm auch einige Gesichter bekannt vorkamen, so hätte er doch keine Namen parat gehabt. Schon gar nicht wusste er, was aus den Menschen, die er nur als Kind gekannt hatte, geworden war.

Es verstörte ihn, dass sie Uniformen wie Soldaten trugen. Es gab ihnen ein kriegerisches Aussehen, ein Stil, der so gar nicht in die Gegend von Waidingen passen wollte. Mit Krieg hatte hier niemand etwas am Hut.

Leo wollte sich mit seinem Handy wieder davonschleichen – die Typen auf den Fotos würde seine Mutter bestimmt benennen können –, doch als er schon auf der Straße war, bemerkte er aus den Augenwinkeln, dass er verfolgt wurde.

Er erreichte sein Auto und drehte sich in einer einzigen raschen Bewegung um. Da stand Rudi mit einem vom Feitelverein, einem ziemlich dicken Kerl. Er war einer von denen, an die Leo sich erinnern konnte. In seiner hässlichen Reminiszenz war er derjenige, der seinen Kopf fixiert hatte, als Rudi ihm den Most einflößen wollte. Jörg Breitenberger hieß er. Er war, so hatte ihm die Mutter einmal berichtet, ganz wie Rudi ein Polizist geworden.

Nun standen die beiden Polizisten vor ihm, in ihrem militärischen Tarnanzug. Und beide hielten sie Gewehre in der Hand.

»Ach, der Rudi«, sagte Leo leichthin.

»Was machst du hier?«, wollte dieser wissen, seine Waffe etwas enger fassend.

»Ich bin bloß so durch die Gegend gefahren.«

»Kommst du etwa vom Mostler?« Misstrauisch betrachtete Rudi Leo, der sich lässig gegen die Tür des Autos gelehnt hatte. Der fette Jörg, halb hinter Rudi stehend, grinste nur.

»Und wenn es so wäre?«, fragte Leo mit einem Achselzucken.

»Wieso, Leo, möchtest du nicht wieder abreisen?«

»Das könnte dir so passen. Aber in Waidingen stinkt es, und ich will wissen, woher der Geruch kommt.«

Rudi warf einen kurzen Blick zu Jörg, der immer noch blöd grinste. Dann forderte er im Kommandoton: »Mach mal deinen Kofferraum auf.«

»Wie?«

»Du hast mich schon verstanden. Den Kofferraum.«

Leo starrte Rudi an. Was sollte das jetzt? Erst als Rudi seine Polizeimarke zückte, begriff Leo, worauf es hinauslief. Je schwächer einer wird, desto mehr muss er sich auf die sogenannten Autoritäten des Staates berufen.

»Ich führe eine Verkehrskontrolle durch«, sagte Rudi.

»Das kann nicht dein Ernst sein, das ist doch kindisch.«

Statt einer Antwort begann Rudi, Leos Auto zu umrunden.

»Ein schwaches Gefährt hast du da«, war seine erste Einschätzung. In Leo stieg der Wille auf, seinen Wagen zu verteidigen. Gut, ein paar Roststellen und Beulen hatte er vielleicht, aber er hatte ihm immer gute Dienste geleistet.

»Darfst du das denn überhaupt?«, fragte Leo mit verschränkten Armen. »Du bist doch gar nicht im Dienst.«

»Ich bin immer im Dienst.«

Der fette Jörg nickte zu diesen Worten. War nicht anders zu erwarten gewesen.

Rudi beugte sich über einen der Reifen, befühlte das Profil. »Der ist komplett abgenutzt, das wird teuer.«

Er richtete sich auf und sagte triumphierend: »Deine Warnwesten und das Pannendreieck möchte ich auch noch sehen.«

Leo war leider chronisch nachlässig dabei, die behördlichen Vorschriften zur Ausstattung seines Autos zu erfüllen. Rudi hatte da den richtigen Riecher gehabt, gleich die Schwachstellen seines Gegners erkannt.

Rudi grinste. »Als Erstes sehen wir mal in den Kofferraum, wie es mit dem Verbandszeug so steht.«

»Nein«, protestierte Leo spontan. »Ich meine, nicht nötig.«

Das machte Rudi erst recht neugierig. »Los, aufmachen«, sagte er ruhig, aber unerbittlich.

Widerstrebend öffnete Leo den Kofferraum, Millimeter für Millimeter. Es ging Rudi zu langsam, er griff selbst hin und riss den Deckel hoch.

Verblüfft starrte er in die Vertiefung, die sich geöffnet hatte. »Bist du das?«, fragte er und zeigte auf das sich stolz präsentierende Gemälde. Leo hatte es, nachdem Andrea es ihm übergeben hatte, vorsichtig wie einen Schatz auf eine Picknickdecke gelegt, die er schon seit Monaten – aus der Zeit, als er noch nicht Single gewesen war – im Auto mitgeführt hatte.

Leo machte eine vage Handbewegung. »Es gibt viele Menschen, die so ähnlich wie ich aussehen.«

Rudi zog die Luft ein. »Riecht neu, wurde das eben gemalt?«

Die nächste Antwort war wichtig, daher überlegte Leo einen Tick länger. »Nein, aber du weißt ja, wie ewig Acrylfarben ausdünsten.« Bestimmt hatte Rudi keine Ahnung vom Trocknungsverhalten von Acrylfarben.

»Hast du das gestohlen?«

»Spinnst du?«

»Wer hat das gemalt?«

»Kennst du nicht.«

Rudi schaute zunächst Leo misstrauisch an, dann wanderte sein Blick über das Bild, blieb in der rechten unteren Ecke hängen. Die Signatur. Seine Augen weiteten sich.

»A. P.«, sagte Rudi. »Andrea Pichler. Sie hat dich gemalt, jetzt eben, im Mostler!«

Leo biss sich auf die Lippen. Dummerweise, musste er sich

eingestehen, hatte er sein Gegenüber unterschätzt. Rudi war doch in der Lage, eins und eins zusammenzuzählen. Zugleich konnte er sehen, dass Rudis Körper sich vor Eifersucht anspannte.

»Wieso malt dich meine Verlobte?«

»Hat sie dich denn noch nie gemalt?«

Rudi schüttelte den Kopf. »Sie kommt nur manchmal mit Farbe an den Händen vom Dachboden. Ich hatte meine Vermutungen, aber ich habe sie nie gefragt, was genau sie dort oben macht. Jetzt weiß ich es. War sie etwa mit dir da oben?«

Leo schwieg.

»Ich frage dich jetzt nur noch ein Mal. Warum malt dich meine Verlobte?«

Leo blieb weiter stumm.

Unvermittelt verlor Rudi jegliche Beherrschung. Er stieß ihn mit dem Gewehr gegen die Brust. Der Schlag ließ Leo nach hinten taumeln. Es blieb ihm kurzzeitig die Luft weg, und als sie wiederkam, tat das Atmen weh.

»Bist du wahnsinnig geworden?«, keuchte er.

Rudis Kopf hatte sich dunkelrot verfärbt. Der fette Jörg neben ihm, der bis eben noch gegrinst hatte, sah wegen des plötzlichen Gewaltausbruches verlegen aus, blickte unschlüssig zwischen Rudi und Leo hin und her.

Vielleicht hatte Rudi begriffen, dass er zu weit gegangen war. Er wirkte nicht mehr so selbstsicher. Er trat von einem Bein auf das andere, der Blick rastlos.

Schließlich wandte er sich ruckartig ab. Er ließ Leo einfach stehen. Sein Kumpan Jörg begleitete ihn nach einem kurzen Moment des Zögerns.

Leo starrte wütend hinter ihm her. »Willst du mir denn gar keinen Strafzettel geben?«, rief er.

Doch Rudi drehte sich nicht mehr um. Leo betrachtete das Bild im Kofferraum und schloss den Deckel mit einem Knall, der wie ein Gewehrschuss klang.

14

Als Leo bei der Mutter am Hof ankam, zeigte er ihr aufgeregt die Fotos vom Schießstand. Er wollte unbedingt von Franziska wissen, wer die Mitglieder dieses eigenartigen Feitelvereins, die Waffen hatten, waren und was sie beruflich machten.

Die Mutter, die mit Leo auf der Bank neben dem im Sommer unbenutzten Kachelofen Platz nahm, kannte alle. Sie hatte eine Geschichte zu jedem. Nach und nach, Person für Person, erfuhr er, aus wem dieser Verein alles bestand. Er machte sich in einer App, die er im Goldganserl immer für die Einkaufsliste verwendet hatte, Notizen zu jedem Mitglied, über das Franziska lebhaft etwas erzählte. Kein Geheimdienst der Welt konnte es mit ihr aufnehmen – wenn es um Waidingen ging.

Dann stritten sie, wer heute mit Kochen an der Reihe sei. Der Deal war einfach: Leo würde seiner Mutter am Hof helfen – wovon sie bisher nicht so viel bemerkt habe, wie sie klagte –, und als Gegenleistung müsse nicht immer nur er kochen, sondern auch manchmal sie. Eine richtig tolle Vereinbarung, die nur noch mit Leben gefüllt werden musste.

Nach ihrem Plan wäre wieder er an der Reihe gewesen. Aber in diesem Augenblick konnte er beim besten Willen nicht kochen. Er starrte auf die Töpfe, doch seine Kreativität war wie eingefroren. Er war von Rudi herausgefordert worden. Das konnte er nicht so hinnehmen. Er musste sich wehren. Es gab in diesem Dorf Dinge, die so rasch wie möglich aufgeklärt werden sollten.

Also verließ er Franziska mit einem kurzen Gruß. Langsam gewöhnte sie sich wohl schon daran, dass er ihr ständig davonlief.

Er fuhr zu Zofia, um die Ermittlungen fortzuführen. Sie wollte eigentlich ganz woandershin, nämlich an das Ufer des Baches, um Brennnesseln für einen Tee zu sammeln. Aber Leo versuchte sie davon zu überzeugen, dass jetzt kein Kräuterausflug anstehe, sondern die Zeit für Wahrheit und Gerechtigkeit gekommen sei. Als finales Argument zog er sein Hemd hoch, sodass seine nackte Brust zu sehen war. Die zunächst erstaunte Zofia sah in aller Pracht den blauen Fleck, den Rudis Gewehrlauf hinterlassen hatte.

»Gehen wir«, sagte sie.

Die Ermittlung war in diesem Fall eine Suche – nach dem kleinen, aber so wichtigen Schlüssel zu Oskars Wandsafe. Die beiden vermuteten ihn irgendwo in seinem Haus.

Als sie dort ankamen, wartete Jasmin, die Leos Anruf mit der Bitte um Unterstützung gerne gefolgt war, vor der Eingangstür. Sie sperrte auf und machte eine einladende Geste.

»Willst du nicht mit reinkommen?«, fragte Leo, als sie keine Anstalten machte, mit ihnen ins Innere zu gehen.

Sie schüttelte den Kopf. »Nein, ich muss ein schwarzes Kleid besorgen. Für das Begräbnis morgen.«

»Ist es wirklich okay für dich, wenn wir uns da drinnen intensiv umsehen? Ich meine, wir werden in jedes Eck schauen müssen, der Schlüssel ist klein. Das wird wie eine Hausdurchsuchung. Nein, das *ist* eine Hausdurchsuchung.«

»Falls etwas faul ist mit seinem Tod, will ich es wissen.« Sie senkte den Blick zu Boden.

»Wie geht es dir?«, fragte Zofia mitfühlend. »Deine Aura ist immer noch schwach.«

»Langsam erhole ich mich«, sagte sie. »Ich denke, Oskar hätte nicht gewollt, dass wir zu lange um ihn trauern. Er hat oft gesagt, das Leben sei ein Geschenk, man müsse es schätzen.«

Zofia nickte. »Das ist wahr. Aber die anderen machen es einem nicht immer einfach. Danke für deine Hilfe.«

Es war für Leo ein seltsames Gefühl, sich ohne Jasmin durch Oskars Haus zu bewegen. Ihm war, als wären sie in einen riesigen Leichnam eingetaucht. Die Couch war die Leber, der lang gezogene Tisch eine Sehne und der Kühlschrank mit den Flügeltüren die Lunge.

Sie suchten zwei Stunden lang.

»Kannst du nicht Oskars Geist fragen, wo er den Schlüssel versteckt hat?«, fragte Leo schließlich mit einem Seufzer. Sie hatten alle möglichen und unmöglichen Verstecke durch: unter dem Bett, in Gläsern im Küchenschrank, in den Laden der Vorzimmerkommode, in der Deckenlampe im Wohnzimmer und alle anderen Plätze, die ihnen für einen älteren Mann erreichbar schienen. Sie hatten sogar die mit Tapeten verzierten Wände im Badezimmer abgeklopft.

»Glaubst du, du kannst einen Geist einfach ausfragen? Du hältst die Präsenz von Verstorbenen wohl für so etwas wie ein Spukgespenst aus einem Horrorfilm!« Zofia kniff die Augen zusammen. »Du bist echt ein spirituelles Nackabatzl.«

»Tatsächlich?«

»Allerdings.« Sie stampfte mit einem Fuß auf, um den folgenden Worten Gewicht zu verleihen: »Deine Aura hat so viel Transzendenz wie die eines Kartoffelkäfers.«

Er zuckte mit den Schultern. »Darum arbeite ich in der Küche so oft mit Kartoffeln.«

Sie blies verächtlich die Luft aus.

In diesem Moment fiel Leo im Parkett etwas auf, eine Stelle, an der der Eichenboden unter ihrer Sohle nachgegeben hatte. »Schau mal, du hast den Boden ruiniert.« Er deutete auf die Holzstücke, die sich herausgelöst und einen schwarzen Hohlraum freigegeben hatten.

»Hoppla«, kommentierte Zofia, »das wollte ich nicht. Jasmin wird begeistert sein, wenn sie gleich mal ihre Erbschaft restaurieren lassen muss.«

Mit gefurchter Stirn beugte sich Leo hinunter zur entstandenen Öffnung. Er griff vorsichtig hinein und holte einen kleinen gefalteten Zettel heraus. »Das gibt es doch nicht. Wie hast du das gemacht?«

»Zufall.«

»Sicher nicht Oskars Geist, der Kontrolle über deinen Fuß übernommen hat?«

Zofia zog die Augenbrauen zusammen. »Was steht da auf dem Zettel?«

»Warte.« Er fingerte in die Öffnung, aber da war sonst nichts mehr. Er faltete das spröde Papier auf. Ungeduldig eilte Zofia an seine Seite, um zu sehen, was auf dem Zettel stand. In krakeliger Handschrift hatte jemand, vermutlich Oskar, blau auf weiß geschrieben: »Der Schlüssel zu ihrem Glück liegt in der Süße des Lebens.«

Um besser über diese seltsamen Worte nachdenken zu können, beschlossen sie, den weitläufigen Garten hinter dem Haus aufzusuchen.

Als sie dort im Grünen ankamen, dachte Leo, dass die Erbin Jasmin hier viel zu tun haben würde. Noch war alles bestens in Schuss. Der Rasen geschnitten und die Thujenhecken in einer Linie gezogen. Aber schon bald würde die Natur vergessen, dass es einmal einen Oskar gegeben hatte. Sie würde die neu gewonnene Freiheit nutzen und wuchern.

Leo und Zofia setzten sich auf eine Bank an der Hauswand. Hier musste Oskar die Ordnung seines Gartens genossen haben. Daneben waren gleich mehrere Gartenzwerge aufgestellt – sieben an der Zahl – und ein Schneewittchen. Ihre pausbäckige Fröhlichkeit ließ vermuten, dass ihre Vorbilder aus einem alten Disney-Film stammten.

»Was kann das nur bedeuten?«, fragte Leo und drehte den Zettel in alle Richtungen. Möglicherweise offenbarte sich in einem anderen Winkel ja eine Geheimschrift, die den Sinn dieser rätselhaften Botschaft erklärte. »Der Schlüssel zu ihrem Glück liegt in der Süße des Lebens.«

»Schlüssel steht wahrscheinlich für Schlüssel«, sagte Zofia.

»Das klingt vernünftig«, sagte Leo möglichst ohne Ironie in der Stimme. »Hat Oskar sich etwa einen Merkzettel gemacht, wo er den Safeschlüssel versteckt hält?«

»Aber warum steht da ›zu ihrem Glück‹?«

»Vielleicht kann uns Jasmin da weiterhelfen.« Er zog sein Handy heraus und tippte eine Nachricht ein. Er schickte Jasmin die Botschaft mit der Frage, ob sie irgendwie daraus schlau wurde und vor allem, welche Frau hier Glück verdient hatte.

»Welche Frauen waren in Oskars Leben wichtig?«, fragte Zofia.

»Da fällt mir seine ehemalige Ehefrau ein.«

»Sie haben sich scheiden lassen. Ob Oskar ihr Glück gewünscht hat, ist fraglich.«

»Dann kenne ich nur noch eine.«

»Jasmin.«

»Genau. Jasmin.«

Leo streckte sich und verzog plötzlich vor Schmerz das Gesicht. Er griff sich ans Brustbein.

»Tut das immer noch weh?«, fragte Zofia mitfühlend.

»Allerdings, Rudi hat verdammt hart zugestoßen.«

»Warum hat er das eigentlich getan?«

Er grinste. »Seine Verlobte hat mich gemalt.«

Sie zog eine Augenbraue hoch. »Macht man denn so was?«

»Wenn er auch noch mitbekommen hätte, dass ich versteckte Fotos von ihm und seinem Verein gemacht habe, hätte er mich wahrscheinlich umgebracht.«

Ihre Neugier war geweckt. »Fotos? Her damit!«

Die nächste halbe Stunde präsentierte Leo der aufmerksamen Zofia die Aufnahmen, die er an dem Schießstand gemacht hatte, und gab dazu die eingetippten Informationen aus seiner App wieder.

»Das ist der Fritz Alberer, um die dreißig, ein Kfz-Mechaniker. Der erzählt im Mostler gern schmutzige Witze, meinte meine Mutter.«

Zofia sah sich das Foto an, das einen von sich überzeugten Mann zeigte, auf den nur ein bestimmter Frauentyp abfuhr.

»Der Nächste. Erwin Droschan, vierunddreißig.« Leo erklärte, dass dieser wie Jörg Breitenberger, der dicke Polizist, der mit Rudi die illegale Verkehrskontrolle bei Leo vorgenommen hatte, in der Polizeiwache in Waidingen tätig war. Im Gegensatz zu Jörg war Erwin aber lang und hager. Zudem ein starker Raucher.

»Es gibt also drei Polizisten in dem Feitelverein. Jörg, Erwin und ihren Chef, den Rudi Steiner.«

»So ist es.«

Leo wischte weiter zum Foto von Klaus Edlinger, dreiundzwanzig, einem Maler. »Meine Mama sagt, der ist praktisch stumm, redet nie«, kommentierte Leo.

»Muss er als Maler ja nicht unbedingt, die Wand redet ja auch nicht mit ihm.«

»Der Nächste ist ebenfalls Handwerker. Willi Kristan.«

»Der sieht aber jung aus.«

Leo nickte. »Ist keine achtzehn. Der Jüngste im Verein. Elektrikerlehrling. Trinkt angeblich schon jetzt zu viel Most.«

Mit einem Wischen holte Leo das nächste Bild aufs Display.

»Warte, den habe ich schon mal gesehen.«

»Du überraschst mich. Du musst einmal auf dem Fußballplatz gewesen sein. Das ist Peter Ortner, alternder Kicker. Dreißig und träumt immer noch von der Bundesliga.«

»Sind das alle?«

»Ja. Die sind wie die sieben Zwerge.« Leo deutete auf die Disney-Figuren. »Fritz, Jörg, Erwin, Klaus, Willi und Peter. Der siebte Zwerg ist unser Rudi.«

»Da ist Schneewittchen echt arm dran.«

Zunächst grinste Leo, aber dann wurde er ernst. Er fragte sich, wie weit Rudi gehen würde. Beim Schießstand hatte er fast die Kontrolle über seine Wut verloren. Er war einer von diesen Männern, die zu allem fähig waren. Und er war nicht allein.

»Wir wissen nun, wie die heißen und was sie beruflich tun«, sagte Zofia, während sie einen Gartenzwerg nach dem anderen hochhob und auf ihren Unterseiten vergeblich einen Schlüssel suchte. »Aber was nutzt uns das?«

Leo erhob sich. »Du wirst sehen, irgendwann kommt der Moment, wo uns genau das helfen wird.«

Zofia machte ein Gesicht, das ausdrückte: Wenn du meinst …

»Übrigens«, sagte er, »morgen Vormittag veranstaltet meine Mutter ihre jährliche Mostverkostung. Der halbe Ort ist dabei. Du solltest auch kommen.«

»Ist das dein Ernst?«

»Ja. Zeig dich mal, damit sie merken, dass du nicht beißt.«

»Sehr witzig. Die wollen mich dort nicht.«

»Probier es doch einfach aus. Ich habe selbst keine Lust, gute Miene zum bösen Spiel zu machen. Aber es könnte unseren Ruf verbessern. Außerdem wird es die Ermittlungen weiterbringen.«

»Versprechen kann ich nichts«, murmelte sie, hörte in sich hinein und fügte hinzu: »Ich werde mein Möglichstes tun.«

15

Die Mostverkostung war ein Event, für den Leos Eltern schon seit Jahrzehnten in Waidingen und darüber hinaus bekannt waren. Es ging immer darum, die Produkte des letzten Jahres in das richtige Licht zu rücken. Jedoch war es, soweit sich Leo erinnern konnte, das erste Mal, dass sein Vater nicht dabei war.

Abgesehen von Joseph hatten sich an diesem Vormittag wieder alle angesagt, die sich auch sonst die Auswahl des Mosthofes nicht entgehen lassen wollten. Franziska war immerhin eine »Mostbaronin«, so wurden die besonders guten Mostproduzentinnen und -produzenten der Region bezeichnet.

Leo fragte sich, ob Zofia den Mut aufbringen würde, sich dieser großen Gruppe hier auszusetzen. Er selbst musste sich überwinden, mit jedem ein kurzes Gespräch zu führen. Er fühlte sich nicht zugehörig, aber er wollte auch nicht bloß danebenstehen. Ein paar Worte über das Leben in Wien oder über das Kochen dort. Wie lange er denn bleiben werde, wurde er gefragt, er antwortete ausweichend. Wenigstens sprach ihn keiner auf Oskar an und auch nicht auf die Gerüchte, dass er mit dem Mord in Zusammenhang gebracht wurde. Niemand traute sich, die Anschuldigungen offen vorzubringen, denn man wollte es sich heute nicht mit Franziska verscherzen.

Die Bierbänke waren mit weißen Tischtüchern und gelben Servietten gedeckt. In schlanken Flaschen stand der Most der letzten Saison auf den Tischen. Leo wusste, wie viel Arbeit es bedeutete, bis ein so erlesener Tropfen im Gaumen seinen Geschmack entfalten konnte. Es begann mit dem Auflesen der Birnen, die in große Planen geschüttelt wurden, und setzte sich mit der Erstellung der Maische fort. Das Abpressen des Birnensaftes brauchte Zeit, und dann folgte das Vergären in den Tanks. Das dauerte Wochen. Der Mosthof produzierte nicht auf Masse, sondern auf Qualität. Mehr als fünftausend Flaschen pro Saison gab es nicht.

Während die ersten Gäste eintrafen, betrachtete Leo das Etikett einer Flasche. Es zeigte eine Birne mit einem lachenden Gesicht. Er hatte diese Darstellung nie als ideal empfunden, sie wirkte zu wenig professionell für seinen Geschmack und wurde der hervorragenden Qualität des Produkts nicht gerecht. Aber seine Eltern, besonders Franziska, waren von diesem seltsamen Logo nicht abzubringen gewesen.

»Wo bleibst du denn, du musst mir helfen, das Essen rauszutragen«, forderte Franziska Leo auf, als dieser unvorsichtigerweise seinen Kopf in die Küche steckte.

»Wie früher«, sagte er und hatte schon eine saftige Brettljause in der Hand, mit Wurst, Speck, Käse und Aufstrichen. Er musste noch zweimal gehen, um auch das Brot hinauszubringen.

Nun waren die meisten Teilnehmer eingetroffen. Verwandtschaft, Freunde, Mostinteressierte, ein paar Touristen, das ungarische und das oberösterreichische Pärchen, die sich eingemietet hatten. Ungefähr dreißig Personen waren es, die wichtigsten im Dorf, sogar die Direktorin der kleinen Volksschule war gekommen. Und der Bürgermeister. Auf Heinrich Steiner, Rudis Vater, der in Leos Augen ein typischer Politiker war, unverbindlich, nach außen hin freundlich, doch immer auf seinen Vorteil bedacht, hätte Leo gut verzichten können. Er war groß gewachsen, wie sein Sohn, aber während Rudis Augen etwas Dümmlich-Zorniges hatten, waren Heinrichs Augen kontrollierter, berechnender und kälter. In seiner Jugend hatte Leo nur wenige Berührungspunkte mit Heinrich gehabt. Für ein Kind war ein Bürgermeister in einer anderen Wirksphäre, unerreichbar. Rudi hatte seinen Erzeuger in der Schule praktisch nie erwähnt, und wenn, dann nur um damit anzugeben, wie mächtig sein Vater sei.

Leo ließ den Blick über die Besucher wandern, während er einen weiteren Teller mit Brettljause auf den Tisch stellte. Wo blieb Zofia bloß? Er hätte es klug gefunden, wenn sie schon zu Beginn gekommen wäre. So hätte sie sich unauffällig in den Strom der Eintreffenden mischen können, ohne groß aufzufallen. Ob sie überhaupt kommen würde?

Weiter hinten entdeckte er Andrea und freute sich, dass sie Zeit gefunden hatte. Daneben lächelte ihre Mutter in die Runde. Erikas Erscheinen grenzte jedoch an Heuchelei. Leo hatte im Keller des Mostlers deutlich zu sehen bekommen, dass Erika ihren Most für ihren Gasthof immer bei Edi Rager bezog. Er war einfach billiger. Den Edi hatte die Mutter auch eingeladen. Das bezeichnete sie als Geste des Friedens, denn mit ihm, dem Mostbauern am anderen Hügel, lag sie immer wieder mal im Streit, es ging dann darum, was ein Birnenmost haben müsse, um noch von hoher Qualität zu sein.

Andrea sah sich etwas unsicher um. Vielleicht hoffte sie, das Gemälde zu finden, das sie von Leo angefertigt hatte. Oder redete sich Leo das nur ein? Es war nicht die Zeit und der Ort, um dieses sehr persönliche Kunstwerk aufzuhängen. Es musste im Kofferraum warten.

Als alle versammelt waren, hob Franziska ein Glas mit Most. Sie trug das typische rot-schwarze Mostviertler Dirndl, das ihr ausgezeichnet stand.

»Ich freue mich, dass so viele gekommen sind. Die Verkostung des Jahrganges ist eröffnet.«

Alle applaudierten. Beate Korosch, die Leo als eine langjährige Gemeindebedienstete kannte, fragte: »Warum ist der Joseph heute nicht dabei?«

Franziskas Gesicht verdunkelte sich. »Er macht eine Fortbildungsreise.«

»Wohin denn?«

»Er ist in der Normandie. Gibt angeblich einen guten Cidre dort.«

Edi Rager studierte sein Glas und meinte launig: »Ist der Jahrgang so schlecht, dass der Joseph sich schon um einen Apfelschaumwein umsehen muss?«

Die Leute lachten und nahmen die Gläser, die vor sie hingestellt worden waren und die Leo brav zu füllen geholfen hatte. Er fühlte sich schon seit Stunden an die Zeiten erinnert, als er – keine zwölf Jahre alt – den Erwachsenen wieder und wieder Most eingeschenkt hatte. Oft war es dann mehr als lustig geworden, besonders an den Tagen, als auch Stanzl gesungen wurden.

Es bildeten sich nun Gruppen von drei, vier Leuten, und es wurde Most getrunken. Auch die Brettljause fand Anklang. Ein Gewirr von gut gelaunten Stimmen und Lachen breitete sich über den Hof aus.

Leo nickte seiner Mutter zu. »Na, scheint ja wieder ein Erfolg zu sein.«

Sie sah plötzlich traurig aus. »Heute früh hat mich Joseph zum ersten Mal angerufen.«

Leo hob die Augenbrauen. »Aha, und was hat Papa erzählt?«

»Er schwärmt von der Normandie, das kannst du dir nicht vorstellen. Irgendwas von rauer, schöner Landschaft hat er geredet.«

»Und der Cidre?«

»Das soll überhaupt das beste Getränk sein. Da kommt unser Most nicht mit, meint er. Wenn er zurück ist, will er mir genau sagen, was man alles zur Herstellung braucht.«

»Wann wird das sein?«

Sie seufzte. »Eben, da hat er sich nicht festlegen wollen. Ich weiß nicht, ich glaube, er hat doch eine Freundin dort.«

»Geh, hör auf!«, protestierte Leo und gab der Mutter einen spielerischen Schlag gegen die Schulter, der sie aber nur mäßig aufheiterte.

In diesem Moment trat Edi Rager an die beiden heran. Sein langes Gesicht hatte er in Falten gelegt wie ein unbestechlicher Restaurantkritiker.

»Sag mal, Franziska, das ist jetzt aber nicht unbedingt dein bester Jahrgang, oder?«, sagte er mit seiner heiser-hohen Stimme, die Leo immer schon genervt hatte.

Franziska kniff die Augen zusammen und stützte die Arme drohend in die Hüften. »Wie meinst du das?«

»Der ist viel zu grasig geworden.«

»Du spinnst doch!« Sie nahm einen Schluck. »Fruchtig, aromatisch, mit einem Hauch von Holunderblüten. Der ist grandios.«

Edi wiegte das Haupt zweifelnd hin und her. Leo wusste, wozu das führen würde – mit dem Wiegen des Kopfes würde sich auch ein unvermeidliches Aufschaukeln der Meinungen ergeben, mit im gleichen Maße steigender Lautstärke. Er hatte das alles gut in Erinnerung und keine Lust, sich dem Streit auszusetzen. Entschlossen wollte er sich aus dem Staub machen, als ihm auffiel, dass ein gutes Stück entfernt vor der Auffahrt zum Hof ein Wagen gehalten hatte.

Am Fahrersitz des blauen BMW saß Rudi. Sein Blick suchte die Menge ab, blieb prüfend an Andrea hängen, dann hatte er seinen Vater Heinrich entdeckt. Rudi gab ihm ein kurzes Zeichen. Der Bürgermeister verließ die Volksschullehrerin und das ungarische Urlauberpärchen, sah sich mehrmals um und näherte sich dem Wagen.

Leo hatte auf einmal das Gefühl, er müsste dringend hören, was die beiden zu besprechen hatten. Das Bedürfnis wurde stärker, als Rudi das Auto etwas den Hang zurückrollen ließ, sodass es von großen Büschen völlig verdeckt war. Der BMW lauerte wie ein blaues Raubtier, das sich im Grün des Urwalds versteckt hatte.

Die beiden Männer waren unsichtbar für alle, auch für Leo, der sich angeschlichen hatte und auf der anderen Seite des dichten Busches die Konversation mitverfolgte.

»Wieso kommst du denn hierher?«, herrschte Heinrich seinen Sohn an.

Die Stimme, die dann zu Leo durch das Grün drang, überraschte ihn. Es war zweifellos Rudis Stimme, aber völlig verändert. Sie war viel kleiner und schwächer als sonst, als wäre das Selbstbewusstsein ausgelaufen und hätte nichts als Unsicherheit hinterlassen.

»Entschuldige, Papa, aber ich wollte dich warnen.«

»Was soll das heißen?«

»Der Leo Matschler ist nicht ohne. Der hat Fotos von meinem Stiefel gemacht, und er schnüffelt überall herum. Sogar am Schießplatz.«

»Was redest du da? Ich versteh kein Wort.«

»Dem Leo darfst du nicht die geringste Info geben, über gar nix.«

Heinrich stieß hörbar die Luft aus. »Pass auf, Rudi, das ist ein ganz einfacher Auftrag. Mach der Hexe Dampf unterm Hintern, damit sie sich schleicht.«

»Ja, aber …«

»Bis jetzt hast du mit deinen Burschen nicht viel erreicht, muss ich leider sagen. Da bin ich schon enttäuscht.«

»Ich war doch sogar an ihrem Haus, die Wände mit dem Feitel bearbeiten, aber die Frau ist zäh.« Rudi verstummte. Dann sagte er noch leiser: »Vielleicht sollten wir sie ganz verschwinden lassen.«

»Sei nicht kindisch, ihr sollt ihr das Leben schwer machen, sonst nix. In St. Pölten sitzen sie mir schon im Nacken. Du weißt, ich brauch die Unterstützung.«

»Ja eh.«

»Tu was, werde endlich aktiver, Rudi.« Heinrichs Stimme wurde schneidender, eindringlicher. »Du weißt, ich muss Landesrat werden. Verhau mir das ja nicht.«

»Ich glaub, ich spinn …«

»Was denn?«

»Da kommt die Hexe …«

Leo sah sich um. Tatsächlich, auf der anderen, von oben kommenden Straße schritt eine Frau in einem braunen Kleid, das im leichten Wind flatterte, auf den Mosthof zu. Es war Zofia.

Er hörte, wie Rudi die Autotür zuschlug, der BMW wendete und davonbrauste. Der Bürgermeister kam um den Busch herum und wollte sich wieder zu den anderen gesellen. Zum Glück hatte sich Leo schon so weit entfernt, dass Heinrich nichts davon ahnen konnte, dass er gerade belauscht worden war. Dennoch wurde er vom Bürgermeister höchst argwöhnisch betrachtet. Kein Wunder, nach den Informationen, die ihm sein idiotischer Sohn gerade zugespielt hatte. Doch Heinrichs Blick wanderte rasch weg, schon sah er hinauf zur immer näher kommenden Zofia. Seine Augen waren weit geöffnet, seine Haltung mit einem Mal verkrampft.

Hatte er etwa Angst vor ihr?

Eilig flüchtete Heinrich zurück zum Tisch, auf dem die mehr oder weniger geleerten Gläser und Flaschen mit Most warteten.

Als Zofia gleich darauf eintraf, ging es sehr schnell. Alle hörten zu reden auf. Sogar Franziska stellte ihr eskalierendes Streitgespräch mit Edi Rager ein. Zofia wurde von allen anwesenden Augenpaaren angestarrt. Als wäre sie eine Außerirdische, die gerade aus dem Raumschiff gestiegen war.

In diesem stillen Moment rief Erika, aus einem halben Lachen heraus, aber doch unmissverständlich: »Ist nur für geladene Gäste!« Sie sah, nach Bestätigung suchend, hinüber zu Franziska. Und die sagte zu Leos Entsetzen: »Na ja, das stimmt.«

Zofias Gesicht wurde aschfahl. Leo konnte nur erahnen, wie schwer es für sie gewesen sein musste, hierherzukommen. Er bereute zutiefst, sie dazu gedrängt zu haben. Diese Demütigung war ein Supergau.

Eine erschreckende Starre befiel Zofia. Dann begann sie kaum merklich zu zittern. Das Zittern ging in ein Beben über, und Leo fürchtete, sie könnte zu Boden stürzen, niedergeschlagen von den bösen Blicken, die von allen Seiten auf sie abgefeuert wurden. Leo wollte zu ihr, sie stützen, doch in diesem Augenblick schaffte Zofia es, sich umzudrehen und mit gesenktem Kopf davonzuwanken.

Leo überlegte für einen Moment, ob er sie mit Worten verteidigen sollte – wie im Mostler –, doch er spürte, dass Zofia ihn sofort an ihrer Seite brauchte. Also eilte er ihr nach, ohne noch eine Sekunde zu verlieren. Das würde bei diesen Hohlköpfen ohnehin mehr Eindruck machen als jede Predigt.

Leise hörte er noch im Rücken, dass Andrea Erika zurechtwies: »Das war aber echt nicht notwendig.«

»Doch«, sagte ihre Mutter. Ihre Stimme klang seltsam gedämpft.

Als Leo sich umwandte, sah er, dass Erika nicht wie sonst in emotionalen Situationen lachte, sondern sehr betroffen wirkte. Waren das Tränen in ihren Augen? Leo war verwirrt, wie war das zu erklären? Hasste sie Zofia so sehr?

Leo konnte sich keinen Reim darauf machen, aber ihm fehlte ohnehin die Zeit, darüber nachzudenken. Er eilte Zofia nach, die ihre Schritte den Hügel hinauf immer mehr beschleunigte.

Als er Zofia eingeholt hatte, blieb sie nicht stehen. Sie war auf der Flucht, fortgetrieben von der Ablehnung, die ihr entgegengeschlagen war wie eine bösartige Riesenwelle.

»Warte, Zofia«, sagte Leo und versuchte, sie am Arm festzuhalten. Doch sie riss sich los und lief weiter, wütend und verletzt. Ihm blieb nichts anderes übrig, als sie zu begleiten.

»Ich kann verstehen, wie du dich fühlst«, sagte er.

Zofia funkelte ihn böse an. »Das glaubst du doch selbst nicht.«

»Wir gehören beide nicht dazu.«

Abrupt blieb Zofia stehen. Sie schien dem warmen Wind zu lauschen, dann sagte sie: »Es gibt große Unterschiede zwischen uns. Du meinst, ein Außenseiter zu sein, aber du hast eine Mutter, die hierhergehört. Sie ist ein Anker, an dem du dich festhalten kannst.«

Leo suchte nach den richtigen Worten. Er hatte sein Leben lang nie das Gefühl gehabt, Teil von etwas zu sein. Doch er wusste, was sie meinte: Er war immerhin innerhalb der Gemeinschaft geboren worden. Selbst wenn man ein seltsamer Sonderling war, der sich schon als Kind zurückgezogen hatte, um Kochbücher zu studieren, war das immer noch besser, als von außerhalb in die Welt geworfen zu werden. Von einer Mutter, die nicht nur aus einem anderen Teil von Österreich zugereist, sondern sogar – was hier leider zählte – aus einem anderen Land gekommen war.

»Die meinen es gar nicht so«, sagte er. »Vielleicht hättest du einfach früher kommen sollen. Nicht so verspätet auftauchen, das hat gleich mal für Aufsehen gesorgt.«

Zofia atmete tief durch. »Ich hatte eine Klientin bei mir. Notfall. Der ging es wirklich schlecht, psychisch. Ich musste ihre Energie stärken. Es war mir in dem Augenblick das Wichtigste, ihr zu helfen.«

»Du hattest also vor, pünktlich zu sein?«

Sie sah zu Boden und nickte. »Was soll's. Ich habe mir nichts von denen erwartet, und genau das habe ich bekommen.«

Es war schlimmer, dachte er. Mit dem blutigen Geheimnis, das ihm bei seinem Lauschangriff offenbart worden war, wollte er sie aber in dem Augenblick nicht belasten: dass Rudi ernsthaft mit dem Gedanken spielte, sie für immer verschwinden zu lassen. Wie wollte er das anstellen? Einen Betonklotz um die Beine und ab in die Donau? Wie ernst war es ihm damit? Leo traute ihm einiges zu. Und wenn er darüber nachdachte, war Rudi auch der Mordverdächtige Nummer eins im Fall Oskar Kloiber. Genau genommen war Rudi es, der Leo erst davon überzeugt hatte, dass ein Mord im zwar bösartigen, aber nicht völlig skrupellosen Waidingen möglich war.

»Der Feitelverein hat etwas gegen dich, auf den müssen wir aufpassen«, sagte er.

Sie runzelte die Stirn. »Hast du was Neues erfahren?«

Leo beschrieb, wie er – unsichtbar wie ein Geheimagent – hinter dem Busch gestanden war und dass Heinrich Steiner seinem Sohn offenbar einen Auftrag gegeben hatte. Er vermied das Wort »Hexe« und den mafiaähnlichen Vorschlag Rudis bezüglich Zofias Ableben. Rudi konnte das einfach nicht ernst gemeint haben, Leo weigerte sich, das zu glauben.

»Aber was hat Heinrich Steiner davon, dass ich wegziehe?«, fragte Zofia. »Ich kenne den Mann kaum.«

»Er hat etwas von St. Pölten gefaselt und dass er Landesrat werden will.«

Sie machte ein nachdenkliches Gesicht. »Einmal, vor etwa einem Jahr«, sagte sie, »waren da so Typen in Anzügen vor meinem Hof. Sie hatten Akten mit. Einer war eher in Arbeitskleidung und hatte einen gelben Helm auf. Der machte mit einem Laser Vermessungen.«

»Klingt nach Baugrund-Besichtigung …«

»Sie kamen mir auf jeden Fall so vor, als würden sie sich für die Gegend interessieren. Sie deuteten in der Landschaft herum, dann sahen sie wieder in ihre Mappen.«

»Hast du da Heinrich Steiner gesehen bei diesen Leuten?«

»Nein. Ich kannte keinen von denen, die waren nicht von hier.«

Für Leo war es kein Zufall, dass diese Anzugträger Zofia besucht hatten.

Während er überlegte, sah er unten beim Hof – von dem sie sich schon ein paar hundert Meter entfernt hatten – eine Person, die sich von der Gruppe der mosttrinkenden Menschen löste, zum Abschied winkte und auf ihr Auto zusteuerte.

»Das ist doch die Beate vom Gemeindeamt«, sagte Leo. »Der fahren wir nach.«

16

Leo war immer schon – nicht erst seit er herausgefunden hatte, auf welch tragische Weise Jasmins Eltern gestorben waren – der Meinung gewesen, dass die Leute im Mostviertel zu viel tranken, wenn sie noch Auto fahren mussten. Es waren die kleinen Strecken, die die Menschen die Vorsicht vergessen ließen. Die Beate Korosch war ein gutes Beispiel in diesem Moment. Sie musste einiges an Most intus haben und fuhr dementsprechend langsam nach Waidingen hinunter. Trotz der geringen Geschwindigkeit war ihre Spurtreue nicht ausreichend gegeben.

Endlich vor dem Gemeindeamt angekommen, stellte sie das kleine Elektroauto ab, vor der einzigen Aufladestation des Ortes, die wie eine Säule der Modernität in die Höhe ragte. Dann ging sie hinein, ein wenig wankend. Leo fiel es schwer zu glauben, dass sie in diesem Zustand würde arbeiten können.

Vor der Eingangstür des kleinen zweistöckigen Häuschens klatschte Beate mit einem High five ihre Kollegin ab, die wohl während der Mostverkostung die Vertretung übernommen hatte und jetzt heimgehen durfte.

Den erhöhten Alkoholspiegel von Beate wollten sich Zofia und Leo zunutze machen. Sie warteten zunächst, bis Beate aufgesperrt hatte und im Haus verschwunden war. Dann verließen sie Leos Wagen und folgten ihr.

Es gab im Gemeindeamt nur wenige Räume, wie kleine glänzende Schildchen im Eingangsbereich bekannt gaben. Einer war der Amtsleitung vorbehalten, das war Beates Büro. Dann gab es noch Zimmer, in denen die Zuständigen für die Finanzen und das Bauamt saßen. Und oben im zweiten Stock, mit dem größten, einem goldenen Schild angekündigt, begann das Reich des Bürgermeisters Heinrich Steiner.

Als sie leise den Vorraum betraten, hatte es sich Beate,

wie sie durch einen offenen Türspalt beobachten konnten, mit dem Rücken zu ihnen bequem gemacht. Sie bewegte sich kein bisschen, nur ihr ruhender brauner Haarschopf war zu sehen, sodass sich – ein Ableben ausschließend – der Verdacht aufdrängte, dass sie ein kleines Büroschläfchen hielt.

Leo bedeutete Zofia still, nach oben zu gehen, wo Heinrich Steiner sein Büro hatte. Das stellte eine Änderung des ursprünglichen Planes dar, Beate in ein Gespräch zu verwickeln und durch ihren Schwips Geheimnisse zu etwaigen Bauplänen aus ihr herauszubekommen.

Ganz leise, die bereits eingeschlafene Beate im Blick, erklommen sie Stufe um Stufe, bis sie vor dem Büro des Bürgermeisters standen. Da nicht abgeschlossen war, öffnete Leo die Tür.

Der Raum war nicht allzu groß und hatte nur ein Fenster. Ein riesiger Schreibtisch dominierte alles. Mehrere Regale an den Wänden, die frisch gestrichen aussahen, beinhalteten Ordner mit Aufschriften wie »Budget« oder »Sitzungsprotokolle«.

Über dem wuchtigen Schreibtisch, der wie ein schwarzer Quader bis zum Boden reichte, war ein blau gerahmtes Foto angebracht. Ein Porträt von Heinrich Steiner, das wohl Entschlossenheit ausstrahlen sollte. Er beugte sich von oben hinunter, als wollte er genau sehen, was sich in der Gemeinde tat, ob alles nach seinem Willen lief oder ob er einschreiten musste. Leo erkannte einmal mehr, dass ihm dieser Mensch kein bisschen sympathisch war.

»Wir haben nicht viel Zeit«, flüsterte er. »Der Bürgermeister wird sicher bald genug von der Mostverkostung haben und hierher zurückkommen.«

Auf Zofias Stirn hatte sich eine missbilligende Falte gebildet. »Was hast du vor?«, sagte sie ebenso leise, und es hatte einen drängenden Unterton. Sie wollte nicht bei einem Einbruch erwischt werden, das konnte Leo verstehen. Es hätte ihrer beider Entlastung im Mordfall Oskar Kloiber nicht gutgetan.

»Ich will mehr darüber herausfinden, was er vorhat. Wenn diese Kerle, die bei dir aufgetaucht sind, wirklich mit einem Bauvorhaben zu tun haben, dann muss es Protokolle geben, Pläne, Beschlüsse, irgendetwas.«

»Sehen wir uns die Unterlagen an.« Sie deutete auf die Regale.

Leo griff wahllos den einen oder anderen Ordner heraus und blätterte darin. Er wusste nicht genau, wonach er suchte, aber er hoffte, er würde erkennen, wenn es für die Sache relevant war. Doch beim schnellen Überfliegen der Seiten waren da nur Zahlen und Sitzungsprotokolle mit Gemeinderatsbeschlüssen, die nichts, aber auch absolut nichts mit Zofia oder ihrem Hof zu tun hatten.

»Kannst du mir nicht helfen, das hier durchzusehen?«, zischte Leo Zofia zu. Das war vielleicht nicht nett, hier wie ein genervter Fußballtrainer aufzutreten, der null zu drei hinten lag. Das fiel ihm selbst auf, aber unter Stress hatte er manchmal die Neigung, etwas fordernder zu werden. Er hatte nicht erkennen können, dass sie bisher auch nur eine Sekunde ihre Nase in die Unterlagen gesteckt hätte.

Als er sie ansah, bemerkte er, dass sie nicht nur nicht half, sondern sogar ihre Augen geschlossen hatte. Sie war in so etwas wie eine Trance verfallen.

»Was genau machst du da?«, wollte er mit unterdrücktem Stresstremolo in der Stimme wissen.

»Ich versuche, mehr über diesen Raum zu erfahren«, sagte sie.

»Indem du die Schwingungen aufnimmst, oder wie?«

»Heinrich Steiner hat hier gearbeitet, mit jeder Bewegung eine energetische Signatur hinterlassen.« Sie öffnete ruckartig die Augen. »Sehen wir im Schreibtisch nach!«

»Hast du diesen Ort erfühlt?«

»Nein, das ist der wahrscheinlichste Platz für ein Versteck. Wir sind Deppen, wenn wir dort nicht nachsehen.« Ein schelmisches Grinsen breitete sich auf ihrem gerade noch transzendent entrückten Gesicht aus.

Auch Leo musste grinsen. Dann machte er die Laden des Schreibtisches auf, sie waren nicht abgeschlossen, offensichtlich fühlte sich Heinrich hier oben, in seinem kleinen Reich, völlig sicher.

»Nichts«, sagte er schließlich. Er hatte nicht mehr als Kugelschreiber, einen leeren Papierbogen und einen Aufstellkalender aus dem Vorjahr gefunden. Er blickte auf die billige IKEA-Uhr, die über der Tür hing – sie waren schon zu lange hier drinnen. Die Gefahr stieg mit jeder Minute.

»Hast du auch nach doppelten Böden gesucht?«, fragte Zofia.

Er sah sie erstaunt an. »Gibt es so was?«

»Keine Ahnung.«

Er sah sich eine Lade nach der anderen an. Von unten. Und tatsächlich, bei der dritten fiel ihm etwas auf. Ein winziger Metallriegel, der bei den anderen Laden gefehlt hatte. Er schob den Riegel zur Seite. Daraufhin ließ sich die Unterseite bewegen. Er zog sie weg und fand ein Blatt Papier.

Als er es auf den Schreibtisch legte und auseinanderfaltete, war zu erkennen, dass es sich um einen Plan handelte. Er zeigte Grundstücke, Wälder und Straßen.

»Waidingen und Umgebung«, stellte Zofia fest.

»Wohl so etwas wie ein Flächenwidmungsplan«, sagte Leo. »Wir sollten …«

In diesem Moment waren unten Schritte zu hören.

Die beiden sahen sich erschrocken an. Das klappernde Geräusch kam die Treppe herauf.

»Schnell, verstecken«, flüsterte Leo, warf den Plan in die Lade und schloss sie eilig. Dann zog er Zofia mit sich unter den Schreibtisch, der zum Glück durch seine Dimensionen einen großen Hohlraum bildete. Sie hielten den Atem an.

Durch einen Spalt im nach Beize riechenden Holz konnte er ausmachen, dass die Tür geöffnet wurde. Damenschuhe, aus denen eindeutig die stämmigen Beine von Beate ragten, bewegten sich ein paar Schritte ins Zimmer, blieben unschlüssig stehen. Er spürte in diesen Sekunden, in denen sie jeden

Moment entdeckt werden konnten, das eigene Herz bis zum Hals schlagen. Zofia fühlte sich wie ein angespannter Bogen an. Endlich bewegten sich die Schuhe fort, und die Tür wurde wieder zugemacht. Leo hörte, wie sich ein Schlüssel im Schloss drehte.

Einige Minuten lang verharrten sie wie vorsichtige Tiere, unverändert aneinandergepresst, bevor sie sich wieder voneinander lösten und unter dem Schreibtisch hervorkrochen.

»Das war knapp«, sagte Zofia und richtete ihr Kleid.

»Beate hat überraschend schnell ihren Schwips ausgeschlafen.«

»Wieso ist die überhaupt hier raufgekommen?«

»Muss etwas gehört haben«, murmelte Leo. »Diese Bude ist sicher nicht übermäßig isoliert.«

Er holte wieder den Plan aus der Lade.

»Willst du ihn mitnehmen?«, fragte sie.

»Nein. Das würde auffallen. Wir wollen unsere Gäste in Sicherheit wiegen.«

Verblüfft sah sie ihn von der Seite an. »Gäste?«

Er zuckte mit den Schultern. »Sorry. Ich meinte Gegner.«

Sie zog eine Augenbraue hoch. »Einmal Koch, immer Koch.«

Leo antwortete nicht und begann, den Plan zu fotografieren. Dann wollte er ihn wieder in die Lade zurückstecken, wobei es ihm nicht ganz leichtfiel, den Mechanismus in die andere Richtung zu bedienen. Aber es gelang ihm, und der Plan war wie zuvor im Geheimfach versteckt.

Zofia hatte bereits versucht, die Tür zu öffnen. »Abgesperrt«, meldete sie.

»Na toll, wie kommen wir jetzt hier raus?«

Sie sah hinüber zum Fenster.

Er folgte ihrem Blick, verstand und stöhnte auf. »Nicht dein Ernst, oder?«

Doch sie hatte schon die Hand auf dem Griff, und einen Ruck später war das Fenster geöffnet. Zofia sah hinaus.

»Da geht es zur Hinterseite des Hauses.«

»Werden die uns nicht sehen?«

»Ist keiner dort unten.«

Leo spähte ebenfalls durch das Fenster. Eindeutig zu hoch, um bis zum Boden zu springen, ein Beinbruch wäre das Mindeste gewesen. Aber zum Glück ging vom Gebäude ein Carport-Dach ab. Diese graue Fläche, auf der das Sonnenlicht glitzerte, war der Weg in die Freiheit.

Vorsichtig kletterte er aus dem Fenster. Das Dach knirschte etwas unter seinen Schuhen. Für einen angsterfüllten Moment erwartete er einzubrechen – so wie er als Kind einmal am Waidinger Teich eingebrochen war.

Er konnte sich erinnern …

Ein kalter Dezembertag. Eislaufen. Er macht nicht wie die anderen Kinder beim Eishockey mit, sondern dreht allein seine Runden. Ein furchtbares Knacken, eiskaltes Wasser, das ihn zu verschlingen droht. Er schlägt mit den Händen um sich, doch das Eis um ihn weicht zurück. Alle glotzen nur blöd zu ihm herüber, wie er kämpft, um nicht unterzugehen.

Andrea.

Sie riskiert ihr Leben. Sie legt sich der Länge nach auf das Eis. Sie hat einen Stock bei sich. Vorsichtig schiebt sie ihn Leo zu. Er kann sich daran festhalten. Millimeter für Millimeter zieht er sich aus dem Wasser. Liegt flach auf dem Eis. Er blickt Andrea dankbar an. Er weiß, dass er sie für immer cool finden wird. Und spürt, dass sie, zu Teenagern herangereift, einmal ein Paar sein würden.

Das Dach des Carports hielt.

Als Leo die Kante erreicht hatte, ging er in die Knie, bekam den Rand einer schwarzen Platte zu fassen und ließ sich hinunter. Der rettende Asphalt fühlte sich beruhigend fest unter seinen Fußsohlen an.

Nun lernte er etwas Neues über Zofia. Sie schien an Höhenangst zu leiden. Obwohl sie um einiges leichter als er war und die Gefahr des Einbrechens ungleich geringer, bewegte sie sich unsicher und mit ängstlich verzogenem Gesicht über die ineinandergeschobenen Platten des Daches.

Doch auch sie erreichte den sicheren Boden.

Leo sah sich um. »Jetzt aber nichts wie weg hier.«

Geduckt gingen sie um das Haus herum und stiegen in seinen Wagen. Sie fuhren los, ließen Beate in ihrem Gemeindehäuschen zurück, die – falls sie noch mal in das Zimmer sehen sollte – nicht verstehen würde, warum das Fenster offen stand.

17

Während sein Wagen Zofias Hof ansteuerte, dachte Leo an sein Handy in der Brusttasche und hatte die Hoffnung, dass der Plan, den er fotografiert hatte, Licht in die Sache bringen würde.

Doch mitten auf der Fahrt sagte Zofia plötzlich: »Ich will nicht zum Hof.« Sie zeigte in Richtung eines kleinen Waldweges. »Besser dorthin.«

Leo verließ wegen der Bestimmtheit, die in ihrer Stimme gelegen hatte, die Straße und setzte den Wagen auf den schmalen Schotterstreifen, der zwischen die Bäume eintauchte. Sie fuhren mehrere Minuten durch dunkles Grün, dann erreichten sie eine Lichtung, und Zofia bat Leo, stehen zu bleiben.

Sie stiegen aus.

»Was ist hier?«, fragte er.

Sie deutete mit dem Kopf stumm auf einen großen Baumstumpf. Das Relikt eines alten Riesen, dessen konzentrische Baumringe ein hohes Alter vermuten ließen.

»Setz dich«, sagte sie und fuhr mit der Hand über die leicht faserige Oberfläche des Baumstumpfes. »Der Platz inspiriert mich, ich komme hierher, um mich aufzuladen.«

Am Baum daneben war ein Holzkreuz angebracht, mit einem geschnitzten Jesus darauf.

»Hast du das Kreuz hier aufgehängt?«

»Nein. Aber dieser Ort hat spirituelle Kraft, das hat schon jemand anders entdeckt.«

Leo sah zum gepeinigten Heiland hinauf und fühlte sich unwohl. »Ich habe diese Geschichte mit der Kreuzigung immer schon grausam gefunden«, gab er zu.

»Warum denn? Das ist eine sehr realistische Erzählung.«

»Mir hätte es völlig gereicht, wenn Jesus mit einer Verwarnung davongekommen wäre.«

»Dann hätten wir jetzt eine Weltreligion weniger«, seufzte

sie. »Aber so sind die Menschen. Sie töten, was sie nicht verstehen.«

Die entstandene Stille wurde nur durch das Zwitschern der Vögel gestört. Sie saßen eng nebeneinander, und Leo fühlte sich erschöpft. Die Aufregung der Flucht hatte seine Energien in hohem Maße gefordert.

»Wollen wir uns die Karte aus dem Büro des Bürgermeisters ansehen?«, fragte er und wischte sich die Müdigkeit aus dem Gesicht.

Ihre Stimme hatte eine grimmige Entschlossenheit, als sie antwortete: »Ja, auf jeden Fall.«

Er zückte das Handy, stellte das Foto mit dem Plan ein und zoomte mit zwei Fingern die Details heran. Zofia rückte näher, um besser sehen zu können.

»Gut, also hier ist Waidingen«, sagte Leo. »Da ist die Straße, die zu unserem Mosthof hinaufführt. Und die da zweigt ab, geht zu deinem Hof. Das hier ist alles Baugrund.«

Zofia deutete auf eine Stelle, die jemand – vermutlich der Bürgermeister – mit einem orangen Marker angestrichen hatte. Es sah aus wie ein Pfeil, der durch ihren Garten und quer durch das Haus schoss und alles, was ihm im Weg stand, gewaltsam wegriss.

»Was will er da mit meinem Grundstück?«

Leo legte die Stirn in Falten. »Irgendein Bauvorhaben.« Er sah genauer hin. Entlang des orangen Balkens bewegte sich eine Linie aus kurzen Strichen. »Sieht wie ein Mittelstreifen aus. Könnte ein Weg oder eine Straße sein.«

Sie biss die Zähne aufeinander. »Will er mich deshalb weghaben? Darum setzt er seinen Sohn und die ganze furchtbare Bande auf mich an?«

»Wir wissen noch zu wenig. Es könnte eine Straße sein. Aber warum ist sie wichtig, wo führt sie hin?«

»Mich beschäftigt vor allem: Wie kann ich mich wehren?«

Er starrte in den Boden, in genauso einen Waldboden war er als Kind von Rudi und seinen Kumpanen gedrückt worden.

»Es ist schwer, sich gegen Unrecht zu wehren«, sagte er.

»Zunächst müssen wir wissen, ob wirklich etwas gebaut werden soll. Dann stellt sich die Frage, welche politischen und wirtschaftlichen Interessen dahinterstecken. Was das mit seinem Vorhaben zu tun hat, Landesrat zu werden.«

»Wie sollen wir an solche Informationen kommen?«

Leo dachte nach. »Ich hatte mal«, sagte er, »einen Stammgast aus St. Pölten im Goldganserl. Einen Journalisten, der bei einer Regionalzeitung arbeitete und in Wien zu tun hatte. Sein Hobby ist gutes Essen. Darum kam er oft zu uns, und wir haben uns lange unterhalten. Sind Freunde geworden, kann man sagen. Er weiß so ziemlich alles, was auf politischer Ebene in Niederösterreich abgeht, er kennt jeden, hat jedes Gerücht gehört.«

»Du willst ihn kontaktieren?«

»Ich sehe gute Chancen, dass er uns helfen kann.«

Ihre Miene entspannte sich. Die Aussicht darauf, endlich zu erfahren, warum Rudi und der Feitelverein sie verfolgten und tyrannisierten, gab ihr Auftrieb. Ein zaghaftes Lächeln umspielte ihre Lippen. Sie zeigte auf einen Buntspecht, der neugierig von einem dürren Ast zu ihnen herunterblickte. »Was für ein prächtiger Vogel«, meinte sie. »Hast du gewusst, dass sich wunderbare Dinge oft in schönen Momenten materialisieren?«

Sosehr diese Aussage wieder ins Esoterische ging – er glaubte ihr.

Später im Auto, als sie den Hügel hinauffuhren, dachte Leo darüber nach, was sie bisher erfahren hatten. Er wusste, dass Rudi zu allem fähig war. Terror auszuüben fiel ihm nicht schwer. Auch Menschen verschwinden zu lassen ging ihm zumindest nach seinen dahingesagten Worten an den Vater kaum gegen den Strich.

Aber selbst wenn es ein dubioses Straßenbauprojekt gab – weder Rudi noch sein Vater konnten irgendeinen Vorteil aus Oskars Tod ziehen. Es gab da keinen Zusammenhang.

Eher hatte Frau »Doktor« Nonn, die Frau des Arztes,

ein Interesse daran, Zofia anzuschwärzen – aber das reichte, Wahnsinn ausgeschlossen, nicht für eine solche Tat. Und Jasmin? Sie erbte. Doch sie hatte ihren Großvater gerngehabt und empfand echte Trauer. Oder gab es Dinge, die sie ihnen nicht gesagt hatte?

Für Leo vermischten sich Aussagen, Personen und Erlebnisse in einem Nebel, wie er sich manchmal im November über Waidingen legte und der so undurchdringlich war, dass man die Hand nicht vor Augen sah.

»Wir müssen den Safe-Schlüssel finden«, sagte Zofia in diesem Moment. Ganz so, als hätte sie seine Gedanken gelesen.

Leo nickte und sah auf die Straße, die unter ihnen vorüberzog.

Sie waren ein Stück weiter-, aber noch lange nicht angekommen.

18

Am nächsten Morgen forderte Franziska vor dem Frühstück vehement, dass Leo wirklich mal am Hof mithalf.

Ihre Stimmung war merklich eingetrübt.

Leo erfuhr von ihr auch, warum. Es hatte für einiges Aufsehen gesorgt, dass er die Mostverkostung verlassen hatte, um Zofia zu folgen. Franziska hatte sich halb lustige Kommentare anhören müssen – wohin ihr Sohn denn verschwunden sei, ob er es gewesen sei, der Zofia zur Verkostung eingeladen hatte, und so weiter … Es wurden Gerüchte gestreut, etwas, das Franziska unruhig machte. Gerüchte konnte sie nicht brauchen. Sie waren wie eine unsichtbare Keule, mit der man von hinten erschlagen wurde.

So blieb Leo nichts anderes über, als die Laune seiner Mutter dadurch zu verbessern, dass er seine Arbeitskraft in ihren Dienst stellte. Bald fand er sich im Abfüllraum wieder.

Einerseits war es ganz gut, dass seine Eltern kaum Personal hatten, dachte er, während er auf dem lang gezogenen Holztisch Etiketten auf die Flaschen klebte. Immerhin verhinderte das zu hohe Fixkosten, die den Betrieb schon in den Ruin getrieben hätten. Auf der anderen Seite bedeutete das, dass in Normalzeiten – wenn keine zusätzlichen Hilfskräfte wie Erntehelfer vorübergehend angestellt waren – an Franziska und Joseph wirklich viel Arbeit hängen blieb. Jetzt, ohne den Vater, würde Franziska dieses Pensum allein nicht schaffen. Leo nahm sich vor, ihr noch mehr unter die Arme zu greifen.

Der Vormittag war strahlend sonnig. Doch davon bekam er nichts mit. Ganz allein im alten gemauerten Keller des Hofes, der immer nach Most roch, klebte er einem Roboter gleich ein Etikett nach dem anderen auf. Bei jedem wünschte er sich, dass ein professioneller Designer die lachende Birne verhindert hätte. Sie sah aus, als hätte ein Kind sie gezeichnet, das in der Schule nachsitzen musste.

Es war ein aufwendiger Vorgang, die Etiketten genau so anzubringen, dass die Abstände zu allen Rändern gleich groß waren. Das war Franziska wichtig. Ein schief geklebtes Etikett, sagte sie immer, sei wie ein schlecht geschnittener Schnauzbart. Ein seltsamer Vergleich.

Warum hatten seine Eltern diese Schufterei nicht längst schon automatisiert? Es gab doch Maschinen, die das rasch erledigten, das hätte Zeit für andere Dinge frei gemacht. Bestimmt ratterten bei Edi Rager die fertig etikettierten Flaschen nur so vom Band. Wenn sich Franziska nicht immer mit ihm gestritten, sondern mit dem zweiten wichtigen Mostproduzenten des Ortes einmal vernünftig geredet hätte, hätte sie sich bei seiner Maschine einmieten können.

Beim Kleben, was Fingerspitzengefühl, aber nicht viele geistige Kapazitäten erforderte, dachte Leo über das Gespräch nach, das er am Abend des Vortages mit Siegfried Wundschuh geführt hatte.

Wann hatte er den Journalisten eigentlich das allererste Mal gesehen?

Er wusste es noch. Siegfried war ihm vor rund zwei Jahren im Goldganserl, als er eine Mostsuppe bestellt hatte, gleich aufgefallen. Der schlanke Mittdreißiger hatte eine Mischung aus bunten Farben getragen, die nicht unbedingt zusammengepasst hatten. Um es vorsichtig zu beschreiben. Aber sie waren Ausdruck seiner lebendigen Persönlichkeit. Er war Leo gleich als ein einnehmender Mensch erschienen, offen, redselig. Man vertraute ihm schnell, und das war ein Vorteil bei seiner Arbeit als Regionaljournalist. Er hatte die Gabe, so erkannte Leo später mit der Zeit, wie ein Trüffelschwein überall die besten Geschichten aufzuspüren. Dann grub er unermüdlich, gern auch im Dreck, um an die Trüffeln zu gelangen. Die beiden waren rasch ins Gespräch gekommen, und Siegfried hatte in der Woche darauf sogar einen sehr erfreulichen Artikel über das Goldganserl und Leo als Küchenchef verfasst. Seitdem waren sie so etwas wie Freunde.

Leos Anruf gestern hatte Siegfried gefreut. Die Geschichte

eines geheimen Bauprojektes, das mit einer Grundstückbesitzerin, die betroffen war, in keiner Weise abgesprochen wurde, hatte ihn auf der Stelle interessiert. Es roch ein wenig nach Skandal, eine tolle Zutat für einen Artikel. Nachdem er dem Journalisten die fotografierten Pläne aus Steiners Schreibtisch mit der Bitte um Diskretion gesendet hatte, hatte Leo Siegfried endgültig begeistert. Er hatte versprochen, sich gleich an die Arbeit zu machen. Es passe ihm gut, er sei ohnehin gerade an einem Artikel dran, in dem es um die heimlichen Verbindungen von Bürgermeistern, Landtagsabgeordneten und der Industrie gehe.

Sobald seine Recherche – also seine Arbeit als Trüffelschwein – abgeschlossen wäre, wollte er sich mit Ergebnissen melden, um ein Treffen zwischen ihnen auszumachen.

In diesem Moment öffnete sich die Tür. Es war Franziska, die einen beachtlichen Stapel von neuen Etiketten brachte. Sie warf einen Blick auf die Kisten, die Leo inzwischen mit etikettierten Flaschen gefüllt hatte, und schien unzufrieden zu sein.

»Na, da kannst aber einen Zahn zulegen«, sagte sie.

Leo sah hoch. »Ich bin halt Koch und kein Verpackungskünstler.«

Sie verzog zunächst keine Miene, zu verärgert war sie wegen der Ereignisse des vorigen Tages. Doch langsam, mit neuerlichem Blick über alles, was Leo schon geschafft hatte, setzte sich die Dankbarkeit durch. Sie lächelte. »Auf den zweiten Blick arbeitest du nicht so schlecht. Finde ich super, dass du mir hilfst.«

Sie nahm ihm gegenüber an der Werkbank Platz. Wohl um ihre freundliche Gesinnung zu zeigen und um zu verhindern, dass sie als eine ausgemachte Sklaventreiberin in die Geschichte einging, begann sie ebenfalls, Etiketten anzubringen. Sie war dabei deutlich fixer als Leo. Ihre flinken Finger feuerten einen Aufkleber nach dem anderen auf die Flaschen. Zu seiner Verteidigung musste sich Leo vor Augen halten, dass Franziska jahrelange Übung darin hatte.

»Du«, begann Leo und strich fest über ein Etikett, damit es auf dem Glas keine Falten warf, »wie findest du den Bürgermeister eigentlich?«

Franziska sah Leo erstaunt an. »Wie meinst du das? Willst du uns verkuppeln?«

Heinrich als Stiefvater zu haben war eine grauenhafte Vorstellung. Leo hoffte, dass die Idee nicht deswegen Mutters Kopf entsprungen war, weil sie sich schon intensiv Gedanken über einen potenziellen Nachfolger von Joseph machte.

»Blödsinn. Ich will bloß wissen, ob er ein guter Bürgermeister ist.«

Franziska zuckte mit den Schultern. »Er ist schon ewig im Amt. Weit über dreißig Jahre. Vielleicht stellt er noch irgendwann einen Rekord auf und wird längstdienender Bürgermeister in Österreich.«

»Hast du ihn gewählt?«

»Sicher, fast alle wählen ihn, da muss man doch mitmachen. Ich will nicht zu den wenigen gehören, die ihre Stimme an jemand anderen verschwenden.«

»Also hat es nie Skandale oder Gerüchte gegeben?«

»Beim Heinrich Steiner? Nein, der hat immer die sauberste Weste gehabt, die man sich vorstellen kann. Er hat den Ruf, unbestechlich und ehrlich zu sein.«

Da hatte er hinter dem Busch anderes gehört, dachte Leo.

»Du kannst«, sagte Franziska mit einem Lächeln, »dich vermutlich nicht mehr erinnern. Aber als du drei Jahre alt warst, hat er uns hier einmal besucht, und da hat er dich hochgehoben und auf seine Schultern gesetzt. Das hat dir sehr gefallen. Du hast gequietscht wie verrückt.«

Leo schwieg. Er hatte keine Erinnerung an einen Höhenflug, den ihm der Bürgermeister angeblich verpasst hatte. Er wusste nicht, warum Heinrich Steiner damals den Hof besucht hatte, vermutlich Stimmenfang. Alles, was er sicher wusste, war: Wenn jemand so lange Zeit Bürgermeister war, dann hing er am gesellschaftlichen Status, den politische Ämter verleihen. Irgendwann, Anfang sechzig, hatte er sich wohl gefragt, ob es bis zum Lebensende beim Bürgermeister einer Gemeinde bleiben sollte – oder ob er alle Hebel in Bewegung setzen wollte, um noch einmal aufzusteigen. Zum Landesrat. Offensichtlich wollte Heinrich Steiner mehr.

Franziskas Handy klingelte. Sie fischte es aus ihrer Hosentasche und nahm den Anruf an.

»Matschler?«

Sie lauschte einen Moment, machte ein griesgrämiges Gesicht. »Das weiß ich nicht. Da müssen Sie meinen Mann fragen.« Wieder Stille, dann: »Hören Sie, er ist derzeit nicht in Österreich … Nein … Keine Ahnung, wann er zurückkommt … Ja, das meine ich ernst. Ich habe wirklich keine Ahnung.«

Mit einem wütenden Drücken auf das Display beendete sie den Anruf.

»Wer war das?«, fragte Leo neugierig.

»Dieser Typ von der Stromgesellschaft. Er hat mich gefragt, ob wir den Tarif Economy Basis, Economy Plus oder Economy … Was war das Dritte noch mal? Wie soll ich denn das wissen! Den Mist mit Strom, Heizung, Wasser und so macht immer Joseph.«

Franziska sah mit einem Mal verzweifelt aus. Leo legte seine Hand auf ihre Schulter. »Du wirst sehen, er ist schon bald wieder zurück.«

Sie antwortete nicht. Dann erst, nach mehreren Sekunden, in denen sie auf die Etiketten und die Tischplatte gestarrt hatte, sagte sie: »Vielleicht jage ich ihn zum Teufel, wenn er wiederkommt.«

Das war nicht das, was Leo sich wünschte. Das klang gar nicht nach Harmonie und schönem Familienleben. Würde es notwendig werden, dass er selbst als Mediator einschritt und seinen Vater anrief? Etwas in ihm sträubte sich dagegen. Nahm er es Joseph doch übel, so ohne Weiteres verschwunden zu sein?

Mit einem Seufzer richtete sich Franziska auf. Es war ein Aufrichten, dass willentlich geschah und sie einiges an Disziplin kostete. Es sollte ihr selbst und Leo zeigen, dass sie sich nicht unterkriegen ließ.

Sie nahm eine Flasche Most, klebte dieses scheußliche Etikett darauf. Sie hielt es Leo vor die Nase.

»Du hast sicher bemerkt«, sagte sie, »dass wir ein paar Extra-Verkäufe gut gebrauchen könnten. Im Mostler zum Beispiel. Aber die Erika Pichler ist so geizig, die kauft lieber vom Rager, weil er ein bisschen billiger ist.«

»Dabei ist unser Most um Klassen besser«, wiederholte Leo brav, was seine Mutter ihm seit Jahren vorbetete.

»Könntest du nicht«, sagte sie plötzlich mit honigsüßer Stimme, »bei der Andrea ein gutes Wort für uns einlegen? Wenn sie einmal für unseren Most eingenommen ist, kann sie ihre Mutter sicher auch überzeugen.«

Er starrte sie ungläubig an. »Ist das jetzt dein Ernst?«

»Warum nicht?«

»Ich soll als Vertreter zum Mostler fahren und der Andrea unseren Most aufschwatzen?«

Franziska verschränkte etwas beleidigt die Arme vor der üppigen Brust. »Wäre das schlimm? Stehst du nicht zu unseren Produkten?«

»Darum geht es nicht. Ich will nur nicht vor Andrea so auftreten.«

»Wieso nicht?«

»Weil das total furchtbar ist!«

Franziska kniff die Augen zusammen und blickte ihren Sohn forschend an. »Sag mal, da steckt doch nicht etwa mehr dahinter?«

Er wich ihrem Blick aus. Das hatte er schon als Jugendlicher gemacht. Wenn er etwas ausgefressen hatte, war sie immer verdammt gut darin gewesen, mit genau diesen Röntgenaugen alles aufzudecken. So hatte er einmal bei einem Modellsegelschiff seines Vaters einen Mast abgebrochen, zwar wieder angeklebt, aber ein winziger Riss war sichtbar geblieben. Der Vater hatte gar nichts bemerkt, aber Franziska schon. Vor ihr zu leugnen war sinnlos gewesen.

»Hast du etwa noch was übrig für die Andrea?«, bohrte sie sanft, aber schmerzhaft weiter.

Er schwieg beharrlich, sah zur Decke aus roten Ziegelsteinen hinauf.

»Übrigens«, sagte sie, jetzt mit einem verschmitzten Grinsen »habe ich das Bild gesehen, das du mitgebracht hast. Du hast es zwar gut im Zimmer versteckt, aber nicht gut genug. Das bist doch du? Ich frage mich, wer das gemalt hat …«

Sie sah Leo an. Er schwieg immer noch, doch war über die Kombinationsgabe seiner Mutter erstaunt. Er bereute es bereits, in einem plötzlichen Impuls das Bild aus dem Auto genommen zu haben.

Seine Mutter verfiel in einen verschwörerischen Ton: »Du weißt, dass Andrea verlobt ist, oder? Mit dem Rudi.«

»Ja, weiß ich!« Jetzt riss ihm gleich der Geduldsfaden.

Sie nickte. »Also – wenn du eh nichts mehr von ihr willst, dann kannst du sie ja fragen, ob sie nicht unseren Most nehmen wollen.«

Er stöhnte. Es waren ihm die Argumente ausgegangen.

»Darf ich hier fertig kleben?«, fragte er.

Franziska nickte großzügig.

19

Als Leo wenig später die Fassade des Mostlers hochblickte, musste er sich eingestehen, dass ihm die Sache mit dem Mostverkaufen zwar unangenehm war, er sich aber zugleich darauf freute, Andrea wiederzusehen. Es war ein guter Grund, sie zu besuchen. Zumindest so gut wie jeder andere.

Er wollte gerade das Gasthaus betreten, als ein leises Schluchzen an sein Ohr drang. Es kam von der Rückseite des Gebäudes, wo die Autos zufahren konnten und wo die Lebensmittel angeliefert wurden.

Leo sah dort nach und fand Andrea. Sie lehnte an der Mauer und wischte sich Tränen aus den Augen. Sie trug das Dirndl und die Schürze, die er zuletzt an ihr gesehen hatte, als sie im Mostler Getränke serviert hatte. War sie von der Arbeit hinausgestürzt und hatte sich hierher in diesen dunklen Hinterhof geflüchtet?

Als sie ihn entdeckte, wandte sie ihr Gesicht sofort in Scham ab. Sie wischte noch einmal die Tränen weg.

»Andrea«, sagte er, »was ist denn los?«

Sie antwortete nicht, sondern blickte zu Boden, in den rissigen und mit Reifenspuren übersäten Asphalt.

Leo war sich nicht sicher, was er tun sollte. Ungelenk, so wie er früher manchmal vor der Schule auf sie gewartet hatte, stand er vor ihr. Er war erfüllt vom dringenden Wunsch, ihr zu helfen, ihren Schmerz, wo immer er herkam, aufzulösen. So wie die Sonne in der Früh die Nebelfelder über den Hügeln rund um Waidingen auflöste. Was war Andrea widerfahren? Sollte er sie in die Arme schließen und trösten, wie er das gern getan hätte?

Er konnte sich erinnern, wie sie geweint hatte, als er ihr damals gesagt hatte, er werde nach Wien gehen, um die Lehre zu machen. An diesem Tag hatten sie beide geweint. Ein düsterer, regnerischer Tag war es gewesen – und er hatte keinen besseren Ort gefunden als eine Bushaltestelle, die den Regen nur notdürftig abgehalten hatte. Regen und Tränen hatten gemeinsam ihre Kleidung durchnässt.

»Ist irgendetwas passiert?«, fragte Leo vorsichtig. Die Frage kam ihm selbst dumm vor. Offensichtlich war etwas geschehen. Aber er wollte ihr einen sanften Anstoß geben, sich ihm zu öffnen.

Andrea schniefte wie ein kleines Mädchen und sah ihn aus geröteten Augen an.

»Können wir spazieren gehen?«, fragte sie, um ein Lächeln bemüht, das ihr schwerfiel. »Ich muss hier raus.«

Er nickte, woraufhin sie sich mit einigem Kraftaufwand von der Mauer löste und ohne ein weiteres Wort den Hinterhof rasch verließ, vor ihm flüchtete. Egal wohin, alles schien ihr besser zu sein als dieser Ort hier. Leo sah ihr einen Moment nach, folgte ihr dann, holte sie ein.

Sie wählten einen Weg, der sie aus Waidingen hinausführte. Schon hatten sie die letzten Einfamilienhäuser hinter sich gelassen. Vor ihnen, unter blauem Himmel und strahlender Sonne, reihte sich ein mit grünen Wiesen bewachsener Hügel an den nächsten. Das Mostviertel könnte auch ein Meer mit mittlerem Wellengang sein, dachte Leo. Zumindest hier in dieser Gegend. Nach Norden hin, näher der Donau, war das Mostviertel wie ein stehendes Gewässer, ganz flach, aber nach Süden hin, Richtung Berge, wurde es zur rauen See. Es änderte seinen Charakter.

In gleichem Maße wie das Mostviertel nach Norden hin ruhiger wurde, beruhigte sich auch Andrea langsam. Ihre Augen waren trocken, dennoch wirkte sie nun erschöpft und leer. Zumindest hatte sie sich so weit gefangen, dass sie wieder sprechen konnte.

»Ich habe mit Rudi gestritten«, eröffnete sie.

Leo hätte gern gesagt, dass ihm das leidtue, aber er wollte nicht lügen. Deshalb hielt er seinen Blick weiter auf den erdigen Pfad gesenkt, der sich vor ihnen durch die mit weißem Löwenzahn durchsetzte Wiese schnitt.

»Seit vorgestern ist Rudi total komisch zu mir. Und heute …« Sie zögerte. Es fiel ihr schwer, es auszusprechen. »Heute Morgen habe ich gefragt, was er hat. Er wollte nicht darüber reden. Und als ich nicht lockergelassen habe, da … hat er mir gedroht.«

»Wie, gedroht?«

»Er hat seine Hand zu einer Faust geballt. Und wenn ich nicht sofort Ruhe gäbe, dann würde es mir leidtun.«

Leo blickte Andrea entsetzt an. »Du meinst, er hätte dich geschlagen?«

Sie sah beschämt zu Boden und nickte.

In Leo löste das eine heiße Welle der Wut aus. Er war nicht mehr mit Andrea zusammen, das war ein Fakt. Auch wenn er sich nicht als selbstgerechter Beschützer aufspielen wollte, hatte er das Bedürfnis, ihr zur Seite zu stehen. Das war etwas Tiefes, ein Instinkt. Kein Mensch hatte es verdient, unter Gewalt zu leiden.

»Hat er das zuvor schon mal gemacht?«

»Nein!«, sagte sie eine Spur zu schnell. »Ich weiß nicht – er kommt mir so anders vor in letzter Zeit. Er ist angespannt.«

»Er hat das Bild gesehen«, sagte er nachdenklich. »Und es hat ihm nicht gefallen.«

Andrea blieb erschrocken stehen. »Aber du hast mir doch versprochen, dass er es nicht zu Gesicht bekommen wird. Dass du auch nicht davon redest. Dieses Bild … es dürfte gar nicht existieren. Es war eine saudumme Idee von mir, dich zu malen. Aber noch blöder war es von dir, ihm das Ding zu zeigen.«

Leo machte eine Geste, die ihm selbst hilflos vorkam. »Es war nicht meine Schuld! Ich war beim Schießplatz … übrigens, warum tragen die Militäruniformen?«

»Was? Das sind doch keine Militäruniformen. Rudi und der Feitelverein sind auch Jäger, verstehst du? Da ziehst du nun mal keinen orangen Pulli an. Sonst ist der Hirsch schon wieder weg.«

»Das waren Jägergewänder? Ich weiß nicht, so hat mir

das nicht ausgesehen. Das war eine Kampfmontur. Irakkrieg, Ukraine, so was in der Art.«

Sie schüttelte den Kopf. »Davon will ich jetzt nichts hören. Ich will nur wissen, wieso du Rudi das Porträt gezeigt hast!«

»Er hat mein Auto kontrolliert. Er hat auf Polizist gemacht. Amtshandlung. Da hat er dein Kunstwerk im Kofferraum gefunden. Ich muss sagen, so blöd kann er dann doch nicht sein – er hat deine Initialen gesehen und alles gewusst!«

Andrea ließ einen wütenden Aufschrei vernehmen. »Na toll, danke, hast du ja super gemacht.«

Leo sah sie mit einem festen Blick an. »Du solltest dich lieber fragen«, begann er, »wieso du jetzt so auf mich losgehst.«

Sie öffnete den Mund, doch sie schloss ihn wieder, ohne ein Wort zu sagen.

Er setzte nach. »Du und Rudi. Warum lebt ihr nicht zusammen? Du wohnst bei deinen Eltern – und er?«

»Wir werden ein Haus bauen. Dorthin werden wir nach der Hochzeit ziehen.«

»Wo wird dieses Haus stehen?«

»Gleich neben Heinrich Steiner. Er hat uns einen Teil seines riesigen Grundstücks geschenkt.«

»Stelle ich mir toll vor«, sagte Leo, nicht sonderlich bemüht, den Sarkasmus in seiner Stimme zu verstecken, »immer im Blickfeld des Schwiegervaters zu leben.«

»Das geht dich gar nichts an.«

Er starrte sie an. »Ja«, sagte er leise. »Da hast du wohl recht, das geht mich nichts mehr an.«

Andrea begann wieder, einen Fuß vor den anderen zu setzen. Das Thema war beendet.

Wohin wollte sie? Sie hatten schon einige Vierkanthöfe hinter sich gelassen, gingen die Felder entlang. Ein Verdacht stieg in Leo auf. Es gab einen kleinen Wald in der Nähe, wo sie immer wieder mal hinspaziert waren. Damals waren sie ein Paar gewesen. Sie hatten sich verändert, waren erwachsen geworden, aber im Grunde waren es doch dieselben zwei Personen, die hier unter derselben Sonne des Mostviertels unterwegs waren. Nur dass sie nicht mehr wie damals ihre Hände hielten.

»Warum bist du heute zum Mostler gekommen?«, fragte sie und sah ihn mit einem neugierigen Blick an. Hoffte sie, dass er ihretwegen das Gasthaus aufgesucht hatte? Sein Herz schlug bei dem Gedanken, dass sie sich das wünschen könnte, schneller, als es der Anstieg über den nächsten Hügel notwendig gemacht hätte.

»Ach, es ist mir ein wenig peinlich. Aber meine Mutter hat einen geschäftlichen Vorschlag für euch.«

»Der lautet?«

»Ihr kauft nicht mehr bei Edi Rager ein, sondern bei meiner Mutter. Begründung: Unser Most schmeckt besser.«

Andrea zog die Augenbrauen hoch.

»Ich weiß«, sagte Leo, »dass das überraschend für dich sein muss.«

»Ich hätte so ein Anliegen eher von Franziska persönlich erwartet. Ein wenig seltsam, dass sie dich als Unterhändler vorschiebt«, gab sie zu.

Er seufzte. »Mir ist das auch total unangenehm, solche Themen überhaupt anzusprechen.«

»Und mir ist es unangenehm, darauf zu antworten. Ich würde ja auch gern bei euch kaufen. Aber meine Mutter sagt, dass der Rager günstiger liefern kann.«

»Ist denn Geld alles?«

Sie warf ihm einen unwilligen Blick zu. »Natürlich nicht. Aber es wird auch für den Mostler enger. Alles wird teurer, Strom, Heizung, Lebensmittel.«

Er sagte nichts mehr, als sie weitergingen. Es war eine idiotische Idee gewesen, sich überhaupt von seiner Mutter breitschlagen zu lassen, ihren Most anzupreisen. Er hätte auf sein Gefühl hören sollen – er war kein Verkäufertyp, sondern ein Kreativer, der seinen Job, das Kochen, liebte.

Er fragte sich, warum er auf Franziskas Drängen eingestiegen war. Die Antwort erstaunte ihn selbst: Es war ihm nicht egal, was mit dem Mosthof geschah. Ob er überlebte. Auch wenn er sich immer um Distanz zur Stätte seiner Kindheit bemüht hatte. Je länger er hier war, desto vertrauter kam ihm diese ländliche Welt vor. Der Mosthof, Waidingen, alles schien sich mit Bedeutung und Sympathie aufzuladen.

Er blickte sich um. Sogar die Felder wirkten einladender als vor ein paar Tagen bei seiner Ankunft. Das Mostviertel mit seiner Schönheit, seinem unwiderstehlichen Charme und dem sommerlichen Duft begann ihn einzufangen. Er konnte es nicht leugnen.

Sie hatten nun den Wald erreicht. Leo war froh, dass es nicht derjenige war, in dem Rudi ihn gequält hatte. Es war vielmehr ein nicht allzu großes, beinahe quadratisches Waldstück, von dem er wusste, dass auf der anderen Seite Zofias Hof lag. Auch dieses schöne Stück Natur würde weichen müssen, wenn Heinrich Steiner hier eine Straße baute.

Sie tauchten in den Nadelwald ein. Er bestand aus Fichten und Tannen, an deren Stämmen mystisch aussehendes Moos wuchs.

Die Luft im Wald war kühl und frisch, angenehm nach der stechenden Sonne des freien Geländes. Nach einer Weile deutete Andrea auf einen flachen Felsvorsprung, der sich aus der Wiese geschoben hatte. Er ragte wie der Thron eines Riesen in den Wald hinein. Feine Risse hatten sich darin gebildet, aus denen, wie von einem begabten Künstler gezeichnet, goldene Gräser wuchsen. Diese natürlichen Ornamente verliehen dem Thron noch mehr Erhabenheit. Hier musste Großes geschehen sein.

Leo erkannte diese Stelle, was ihn augenblicklich lächeln ließ.

»Kannst du dich erinnern?«, fragte Andrea sanft und auch ein wenig neckisch.

Er nickte. »Oh ja.« An diesen friedlichen Platz hatte er Erinnerungen, die zu den allerschönsten in seinem gesamten Leben zählten. Hier hatten Andrea und er sich zum ersten Mal geküsst, als Teenager. Es war ein warmer Maitag gewesen. Sie hatten ausgemacht, sich nach der Schule zu treffen und ein wenig – wie gerade eben – spazieren zu gehen. Sie hatten ohne Unterlass gelacht, und bevor sie sich versahen, hatten sie auf diesem Stein gesessen. Ihre Gesichter waren sich unendlich langsam näher gekommen. Jetzt, so viele Jahre später, konnte er immer noch Andreas Lippen spüren, ihre Zartheit und Geschmeidigkeit.

Als hätten sie sich wortlos abgesprochen, kletterten die beiden den Fels hinauf und nahmen auf dem Plateau Platz. Sie saßen auf dem Thron wie ein Herrscherpaar, eng nebeneinander. Eine Zeit lang schwiegen sie, genossen nur die Ruhe. Eine Biene summte vorbei, Andrea sah dem Insekt nach, bis es in den Tiefen des Waldes verschwunden war.

»Es scheint Ewigkeiten her zu sein«, sagte Leo schließlich.

»Ja, aber es fühlt sich auch vertraut an.«

Er lächelte sie an und sie ihn. Dann kniff sie spielerisch die Augen zusammen. »Sag mal, wie sieht es bei dir mit den Frauen aus? Hast du eine Freundin?«

Er seufzte. »Nein, zurzeit nicht.«

»Warum denn nicht?«

»Hat nicht geklappt. Mit der letzten – Emily hieß sie – war ich zwei Jahre zusammen, aber dann hat sie begonnen zu spielen.«

Andrea runzelte die Stirn. »Was meinst du mit ›spielen‹? Ein Instrument?«

Da musste Leo grinsen. »Nein, kein Instrument. Sie entwickelte auf einmal das Bedürfnis, ständig in diesen Wettbuden zu hocken und auf Fußballvereine zu setzen. Da war dann ihr gesamtes Geld dahin. Und als sie mir Geld aus der Brieftasche gestohlen hat, um wieder wetten zu gehen, habe ich Schluss gemacht.«

»Du machst Witze, oder?«

Er wünschte, es wäre so. Aber mit Emily hatte er wirklich ein schlechtes Los gezogen.

»Wir haben ohnehin nicht zusammengepasst«, sagte er. »Keine Ahnung, wo ich da hingesehen habe.«

Andrea schüttelte mit einem Schmunzeln den Kopf. Leo

folgte dieser Bewegung, und mit einem Mal wünschte er sich, er könnte wie damals seinen Arm um sie legen und sie an sich ziehen, sie auf diese zarten Lippen küssen.

»Und du?«, fragte er. »Was gefällt dir so an Rudi?«

Sie sah ihn unsicher an. »Ich weiß nicht, ob ich das jetzt mit dir besprechen will.«

»Warum denn nicht?«

»Weil es nur Rudi und mich etwas angeht.«

Leo stemmte die Hände in die Hüften. »Warte mal, ich habe dir eben auch mein Liebesleben ausgebreitet.«

»Das war es schon? Diese Emily?«

»Na ja, es gab noch kleinere Geschichten, aber ... Nun lenke nicht ab. Sag einfach, was dich an Rudi so begeistert. Immerhin willst du ihn heiraten, da kann es ja nicht so schwer sein, etwas Gutes zu finden.«

Sie runzelte die Stirn. »Klar kann ich dir sagen, was toll an Rudi ist. Er gibt mir das Gefühl, dass er auf mich aufpasst.«

»Damit du nicht wegläufst, oder wie?«

»Blödsinn. Er beschützt mich.«

Leo stieß verächtlich die Luft aus. »Merkst du nicht, dass er dich bewacht? Wie sein Eigentum.«

Andrea wurde ungehalten. »Hör auf, so etwas zu sagen. Als Nächstes wirst du ihn wieder in diesem zusammenphantasierten Mordfall beschuldigen.«

Er überlegte, ob er ihr von dem Gespräch erzählen sollte, das Rudi mit seinem Vater geführt hatte. Wie klar Rudis totale Skrupellosigkeit hervorgetreten war. Dass Gewalt kein Problem für ihn bedeutete. Gewalt, wie er sie auch gegen Andrea anwenden würde. Gewalt, wie er sie schon als Kind eingesetzt hatte, um seine Machtposition zu festigen.

Doch er schwieg, richtete seinen Blick gedankenverloren auf einen Fliegenpilz, der unweit von ihnen unter einem Baum wuchs. Genauso wie dieser Pilz Gift enthielt, war seine Kritik an Rudi Gift, das er in die Beziehung der beiden spritzte. Stand ihm das zu? Schlecht über ihren Verlobten zu reden war nicht nur ethisch fraglich. Auch könnte es leicht sein, dass er damit am Ende das Gegenteil des Beabsichtigten erreichte und Andrea – bereit, ihren Lebensentwurf zu verteidigen – noch stärker an Rudis Seite rückte.

»Ich glaube«, sagte er und hoffte, dass sie ihm die folgenden Worte schonungsloser Ehrlichkeit verzeihen würde, »du versteckst dich hinter Rudi. Die scheinbare Sicherheit ist bequem.«

Sie sah ihn unschlüssig an. Ein Teil von ihr, das konnte er fühlen, wollte ihn zum Schweigen bringen. Aber ein anderer Teil wollte mehr erfahren, selbst wenn jedes Wort reines Dynamit war, das Löcher in ihre Welt sprengte.

»Du würdest gerne malen«, fuhr er fort. »Das ist tief in dir drinnen – aber du traust dich nicht, deine Wünsche auszusprechen. Rudi ist eine wunderbare Ausrede. Wenn du ihn nicht hättest, müsstest du dich der Welt stellen, mit deinen Kunstwerken, mit dem, was dich ausmacht. Was du bist.«

Sie schüttelte den Kopf, vermied aber seinen Blick. »Du reimst dir ja was zusammen«, murmelte sie und fuhr mit der Hand das kühle Gestein des Throns nach.

»Habe ich nicht recht?«

Statt einer Antwort sprang Andrea auf. Ihre Stimme zitterte. »Was ist denn mit dir? Wenn sich jemand versteckt, dann du!«

»Was, ich?« Er sah zu ihr hoch und war ehrlich erstaunt.

»Glaubst du, es war Mut, der dich aus Waidingen fortgeleitet hat?«

Leo dachte nach. Natürlich hatte es ihn Mut gekostet, das Vertraute hinter sich zu lassen und in eine unbekannte Welt zu gehen.

»War es nicht«, gab Andrea sich selbst die Antwort. »Es war Feigheit. Du bist weggelaufen.«

Nun erhob auch er sich. »Du spinnst doch. Ich bin meiner inneren Stimme gefolgt. Das solltest du ebenso tun. Du musst raus hier aus Waidingen, irgendwohin ziehen, wo Rudi dich nicht unterdrücken kann!«

Sie starrten sich an. Da war eine Spannung zwischen ihnen,

wie sie entstand, wenn keiner nachgab, wenn sich unvereinbare Positionen nicht bewegten. Andrea war an sich eine sanfte Frau, aber sie konnte stur sein, das wusste er. Sie hatte ihn damals zum Beispiel nie bei den Hausaufgaben abschreiben lassen, da sie fest der Meinung gewesen war, dass er dadurch nichts lernen würde.

Nach einer Weile, als ihre verhärteten Züge nicht weicher werden wollten, blickte er zu Boden und sagte: »Entschuldige. Wie komme ich dazu, dir zu sagen, wie du leben sollst?«

Ihr Gesicht entspannte sich langsam. »Ich denke, du meinst es gut mit mir. Aber, Leo, hör auf, mir kluge Ratschläge zu geben.«

Mit einem Seufzer strich er sich über den Nacken. »Gut, mache ich nicht mehr.«

Sie sahen sich einen Moment an. »Früher haben wir uns an diesem Ort besser verstanden«, sagte er. Sie musste grinsen, auch sie erinnerte sich an ihren ersten Kuss hier.

Leichtfüßig kletterte sie vom Stein hinunter. »Wir waren halbe Kinder«, sagte sie dazu. Auf der Erde angekommen, deutete sie in den Wald hinein. »Schau mal, dort drüben hatte ich mich versteckt, und du musstest mich suchen. Dreh dich mal um.«

Leo machte mit und drehte den Kopf in die andere Richtung. Wie es bei diesem Spiel üblich war, schloss er die Augen und begann innerlich zu zählen.

Er war bei sieben, als er ihre Stimme hörte: »Jetzt kannst du herschauen!«

Rasch drehte er sich um und blickte nach unten. Von Andrea war nichts mehr zu sehen. Da waren nur Reihen von schweigenden Bäumen, die ihn wie eine Armee aus stummen Beobachtern umringten. Es war so still. Einem morbiden Gedanken folgend, fragte Leo sich, wie viele Menschen wohl schon in diesem Wald verschwunden waren. Spurlos, ohne dass man jemals wieder von ihnen gehört hatte.

Er kletterte vom Thron hinab und machte erste Schritte hin zu einem Baum, der ungefähr in der Richtung lag, in die sie gedeutet hatte. Er wollte gerade mit einem Sprung um den Stamm herumlaufen, um sie wie in einem Spiel zu überraschen, als aus einer ganz anderen Richtung ein gellender Schrei ertönte. Es war Andrea, und der Schrei war pures Entsetzen gewesen.

Leo sog erschrocken die Luft ein, dann lief er los, tief besorgt. Keine Spur von ihr.

»Wo bist du?«, rief er, so laut er konnte. Doch es kam keine Antwort.

Schnell atmend sah er sich um. Nichts als Bäume, Gestrüpp und undurchdringliche Farne.

Dahinten bewegte sich ein Strauch mit großgliedrigen Blättern. Ein gutes Versteck für eine, die nicht entdeckt werden wollte.

Er lief zum zuckenden Strauch und fand dahinter – endlich – Andrea. Sie saß am Boden, zitterte am ganzen Körper, hatte die Knie angezogen. Ihr verzerrtes Gesicht war erschreckend bleich. Mit der rechten Hand hielt sie sich den linken Oberarm.

»Was ist?«, fragte er.

»Verdammt, mich hat eine Wespe erwischt«, presste sie zwischen bebenden Lippen hervor. Sie zeigte zitternd die Stelle – etwas unterhalb der linken Schulter –, an der sich der Stachel in ihre Haut gebohrt hatte.

Er wusste augenblicklich, was der kleine, fast unscheinbare blassrote Punkt bedeutete. Andrea hatte eine hochgradige Wespenallergie. Schon als Kind hatte sie Notfallmedikamente in einer kleinen Umhängetasche mit sich tragen müssen. Die hatte sie jetzt, so überhastet, wie sie vom Mostler aufgebrochen waren, nicht bei sich.

Heiße Angst stieg in ihm auf. Der Stich brachte Andrea in Lebensgefahr. Das Gift verteilte sich bereits wie ein schwarzer Fluch in ihrem Körper. Der allergische Schock konnte sie innerhalb von Minuten töten. Schon ging ihr Atem schneller, und sie blinzelte, als müsste sie sich zwingen, wach zu bleiben.

Leo zückte das Handy. Er musste sofort die Rettung rufen, obwohl er nicht sicher war, ob sie schnell genug hier sein würde. Und wie sollte er dieses namenlose Stück Land so gut beschreiben, dass der Rettungswagen genau wusste, wohin er zu fahren hatte?

Doch es war ihm ohnehin unmöglich, einen Hilferuf abzusetzen. Sein Handy signalisierte, dass er keinen Empfang hatte. Leo gab nach mehreren Versuchen auf und verfluchte, dass sein Mobilfunkanbieter wesentlich besser in Städten als am Land funktionierte.

Noch während er das Ohr am Handy hatte, kippte Andrea schlaff nach hinten, lag regungslos am Waldboden. Sie hatte das Bewusstsein verloren, atmete aber. Leo trat Schweiß auf die Stirn. Ihm war klar, dass er nicht viel Zeit hatte. Sie würden es nicht bis in den Ort hinunterschaffen, wo sie ihre Notfallmedikamente im Mostler haben musste oder Dr. Nonn ihr helfen konnte.

Er überlegte fieberhaft, der Puls schlug ihm bis zum Hals. Er musste sie dorthin bringen, wo es wenigstens eine kleine Chance gab, dass sie ihr Leben retten konnten: zu Zofias Hof.

Es waren nur wenige hundert Meter, einmal über den Hügel, er konnte es schaffen. Musste es schaffen. Mit schweißnassen Händen hob er Andrea vom Boden hoch. Sie fühlte sich leichter an, als er erwartet hatte – oder ließ das Adrenalin, das ihm durch die Adern schoss, seine Muskeln höhere Leistungen bringen?

Mit Andrea, die blass und schlaff in seinen Armen lag, hastete er los, so schnell er konnte, über den Waldboden, stieg über Wurzeln und Gestrüpp. Der Wald schien ihn mit Ästen und Sträuchern zurückhalten zu wollen. Doch er eilte immer weiter, grimmig entschlossen, alles zu tun, was in seiner Macht stand.

Der kurze Weg dehnte sich endlos. Er spürte, wie die Sekunden zu Ewigkeiten wurden. Die Kraft drohte aus seinen Armen zu weichen. Andrea wurde immer schwerer. Er hatte Angst, mit dem Fuß im Gestrüpp hängen zu bleiben und zu stürzen. Sie nach einem Sturz wieder hochzuheben hätte Zeit und auch Kraft gekostet. Beides hatten sie nicht.

Dann, endlich, tauchten Zofias Garten und ihr Hof mit den braun gestrichenen Holzwänden auf.

Sein Atem war inzwischen in ein Keuchen übergegangen. Er hatte kaum noch Luft zu rufen, als er mit dem Ellbogen die unverschlossene Tür öffnete und ins Haus stürmte: »Zofia!«

Statt ihr kam Amicus freudig angelaufen. Der Cocker Spaniel konnte nicht einordnen, was dieser Besuch zu bedeuten hatte, verwirrt sah er zur bewusstlosen Andrea hoch und bellte.

Zofia kam aus dem oberen Stockwerk die Treppen heruntergeeilt. Sie verstand sofort. Die Dringlichkeit eines Notfalls war ins Haus gekommen. Ihr Blick wanderte rasch über Andrea. »Was ist mit ihr?«

»Sie wurde von einer Wespe gestochen. Sie ist extrem allergisch.«

Zofia legte zwei Finger auf Andreas Hals. »Sie hat kaum noch Puls. Bring sie hier rein.«

Sie stieß eine Tür auf, die aus dem Vorraum in ein Zimmer führte, das sie Leo beim ersten Mal nicht gezeigt hatte. Eine Behandlungsliege, Kräuter und Flaschen, Schröpfgefäße und ein Traumfänger. Hier machte sie ihre energetischen Behandlungen und andere Therapien. Alles geheimnisvolle Tätigkeiten, die ihr die Klage von Frau Dr. Nonn eingebracht hatten. Es roch nach Räucherstäbchen, und Leo fragte sich, ob er einen Fehler gemacht hatte.

Er legte Andrea auf die Liege. Ihr Kopf sackte ohne jeden Halt zur Seite.

Mit raschen, sicheren Bewegungen holte Zofia verschiedene Kräuter aus ihrem Schrank. Leo konnte die eine oder andere Aufschrift erkennen: Spitzwegerich, Helfkraut, Huflattich, Ehrenpreis.

»Ich werde versuchen, das Gift zu neutralisieren«, flüsterte Zofia, und es war so, als spräche sie mit sich selbst oder mit unsichtbaren Mächten.

Sie nahm eine Schale, die vor ihr auf dem Tisch stand, goss Alkohol über die Kräuter und schwenkte das Gefäß. Andere Kräuter, wieder Alkohol.

Leo hielt sein Ohr an Andreas Mund. Ihr Atem war wie ein schwacher Frühlingswind, kaum zu spüren. Sie mussten sofort handeln. Hoffentlich wusste Zofia wirklich, was zu tun war.

»Halte ihren Kopf etwas hoch«, sagte sie.

Er tat es. Zofia hatte die Kräutermischung durch einen Filter gepresst. Den klaren Auszug sog sie nun mit einer Pipette auf, es reichte, um das Glasröhrchen zu füllen. Sie ging zu Andrea.

»Bitte öffne ihren Mund.«

Leo griff vorsichtig an Andreas Kinn und zog den Unterkiefer nach unten. Er war erschrocken, dass es ohne Widerstand ging, wie bei einer Toten.

Zofia hielt die Pipette über Andreas Mund. Dann drückte sie das Gummiende und ließ den Kräuterauszug mehrmals auf Andreas Zunge tropfen. Da Leo ihren Kopf nach oben hielt, blieb die Flüssigkeit im vorderen Bereich der Mundhöhle. Dort, über die Schleimhaut, mussten die Stoffe aufgenommen werden und ins Blut gelangen.

Die Lage des Kopfes war entscheidend, wusste er. Würde etwas nach hinten in den Rachen geraten, könnte es über die Luftröhre in die Lunge fließen, und Andrea würde möglicherweise ersticken. Denn jemand, der bewusstlos war, konnte nicht schlucken.

Leo nahm Andreas Arm. Mit zitternden Fingern fühlte er an ihrem Handgelenk nach dem Puls. »Ihr Herzschlag wird immer schwächer!«

»Sie steht unter Schock. Halte weiter den Kopf. Der Mund muss offen bleiben.« Zofias Stimme war ernst und dringlich. Er tat, was sie verlangte, und Zofia flößte Andrea noch mehr der klaren Flüssigkeit ein.

Mit einem Mal glaubte er, keinerlei Atem mehr bei Andrea feststellen zu können. Ihr Brustkorb bewegte sich kein bisschen, und selbst aus nächster Nähe hörte er kein Geräusch. Grauenhafte Angst flutete ihn.

»Sie stirbt!«

Es durfte nicht passieren. Er wünschte sich, in einem Alptraum zu sein, aus dem er jeden Moment aufwachte. Doch das geschah nicht. Die grausame, unfassbare Realität hörte nicht auf, ihn gefangen zu halten.

»Wir müssen sie wiederbeleben«, rief er. Es durfte hier nicht noch jemand sterben, nicht wie Oskar und bitte nicht Andrea. Er spürte in diesem Moment, als sie für immer verloren zu sein drohte, wie viel er für sie empfand.

Zofia schwieg. Sie schien nicht aufgeregt zu sein, was für Leo völlig unverständlich war. Vielmehr hatte sie die Augen weit geöffnet, als sähe sie über den Körper von Andrea hinaus, direkt in ihre Seele.

Er wischte sich über die Stirn, fassungslos. Er verstand nicht, was Zofia dachte, fühlte, sie befand sich in einer anderen Welt. War es ihr denn gleichgültig, dass Andrea starb? Oder dass sie schon tot war? Ein furchtbarer Gedanke kam ihm. Vielleicht begleitete sie Andrea bereits auf einer für ihn unsichtbaren spirituellen Reise hinüber ins Jenseits.

Er starrte in Andreas kreideweißes Gesicht. War es schon Zeit, Abschied zu nehmen? Oder sollte er kämpfen, wiederum mit Herzdruckmassage und Atemspende beginnen wie im Mostler bei Oskar, wo er versagt hatte? Ohne Zofias Hilfe, die entrückt ins Nichts blickte, waren seine Chancen gering.

Er beschloss, allein alles zu tun, was er konnte, und setzte seine Handflächen auf Andreas Brustbein.

Doch in genau diesem Moment spürte er, zunächst noch schwach, dann immer stärker, die Schläge ihres wiedererwachten Organs.

Plötzlich öffnete Andrea die Augen.

Sie setzte sich mit einer einzigen raschen Bewegung auf, holte gierig Luft, wie jemand, der fast ertrunken wäre, dann hustete sie. Farbe kehrte in ihr Gesicht zurück. Sie blickte sich mit benebelten Augen im Raum um, sah die Schalen, Räucherstäbchen, Glaszylinder – ohne jedes Verständnis, wo sie sich befand, was geschehen war.

Ihre Atemzüge waren schwer, aber wurden gleichmäßiger

und ruhiger, während sie nur vor sich hin starrte. Langsam erholte sie sich. Die Augen fanden wieder Halt, sie kehrte in die Wirklichkeit zurück.

»Ich glaube«, sagte Andrea mit schwacher, bebender Stimme, »das war jetzt wirklich knapp.«

Leo konnte es nicht fassen, sie zurückzuhaben. Seine Augen wurden feucht und seine Kehle eng. Er schloss sie in seine Arme, voller Erleichterung und Freude.

»Oh mein Gott«, schluchzte er trocken. »Ich bin so froh, dass …« Er verstummte.

Andrea legte auch ihre Arme um ihn, noch etwas benommen.

Dann löste er sich von ihr und wendete sich Zofia zu. Sie lächelte, als hätte sie alles gewusst, als wäre alles nach ihrem Plan verlaufen.

»Ich danke dir«, sagte er leise.

20

Andrea sollte sich noch ein Weilchen auf der Liege ausruhen, darum traten Zofia und Leo hinaus vor die Tür. Die Luft war angenehm frisch hier draußen. Ein Schmetterling flatterte vorbei, und Leo fragte sich, wieso es Insekten gab, die wunderschön waren, und andere, die den Tod bringen konnten.

»Ich weiß gar nicht, was ich sagen soll«, begann er. »Du hast ihr Leben gerettet.«

»Die Pflanzen haben das getan.«

»Wie ist das möglich? Andrea hat mir damals, vor vielen Jahren, beschrieben, was es bedeutet, so allergisch zu sein: Sie muss immer eine Adrenalinspritze mit sich herumtragen, für genau solche Fälle. Und du rettest sie mit ein paar Kräutern?«

»Es müssen schon die richtigen sein«, gab Zofia zu bedenken.

»Ab heute glaube ich dir jedes Wort, auch dass du mit Geistern reden kannst.«

Auf ihrer Stirn bildete sich eine Falte. »Jetzt machst du dich schon wieder über mich lustig. Übrigens waren es nicht nur die Kräuter, die sie gerettet haben.«

»Nicht?«

Ihr Gesicht wurde wieder weicher, als sie sagte: »Vor allem warst du es.«

»Ich?«

»Ja, Andrea hatte das Gefühl, dass du sie nie im Stich lassen wirst. Deshalb hat sie durchgehalten.«

Leo schwieg. Es stimmte, nichts hätte ihn davon abhalten können, alles für Andreas Überleben zu tun.

»Ihr gehört zusammen. Mehr, als ihr denkt«, sagte Zofia. »Eure Seelen haben sich vor langer Zeit verbunden.«

Gerade eben, dachte er, hatte er Andrea, die auf der Liege immer noch erschöpft an die Holzdecke gesehen hatte, an der Schulter berührt. Da hatte er sich für einen Moment so gefühlt, als wäre keine Zeit vergangen, als wären sie immer noch die Teenager, die mit klopfenden Herzen auf dem Weg von der Schule heim Händchen hielten.

Er fühlte sich Andrea jetzt so viel näher, nun, da sie beide dieses furchtbare Abenteuer gemeinsam überstanden hatten.

»Die Situation eben, die Begegnung mit dem Tod«, sagte Zofia, »hat dich in einen spirituell besonders offenen Zustand gebracht, den müssen wir unbedingt nutzen.« Sie bedeutete ihm, ihr in den Garten zu folgen.

Er wusste nicht, was sie meinte, aber er ging mit ihr.

Inmitten der hohen Blumen, im Schatten einer groß gewachsenen Birke, gab es eine Stelle, an der das Gras kurz geschnitten war.

»Leg dich dort hin«, sagte Zofia sanft, aber doch mit Nachdruck in der Stimme.

Er betrachtete den Flecken Rasen unschlüssig. »Was hast du vor?«

»Keine Fragen«, sagte sie. »Leg dich hin.«

Nach kurzem Zögern tat er, worum sie ihn so eindringlich gebeten hatte.

Das Gras fühlte sich wie ein weiches Bett an. Durch den Duft der ihn umgebenden Blumen fiel die Angst, die er um Andrea gehabt hatte, wie viele kleine Kieselsteine von ihm ab.

»Mach bitte die Augen zu«, sagte Zofia.

»Äh, was genau hast du jetzt mit mir vor?«

»Du kannst mir vertrauen. Ich werde schon nicht über dich herfallen. So sexy bist du dann auch wieder nicht.«

Ein wenig beleidigt schloss er die Augen.

»Spüre den Boden unter dir«, sagte sie. Ihre Stimme klang tiefer, angenehm und hypnotisch.

Leo fühlte, wie sein Körper immer schwerer auf der Wiese lastete. Er gab sich dem Gefühl hin. Seine Arme wurden schwer, seine Beine wurden schwer, dann sein gesamter Körper.

»Lass einfach los.« Ihre Stimme führte ihn noch weiter in die tiefe Entspannung hinein. Er atmete jetzt ganz ruhig und gleichmäßig.

»Deine Gedanken dürfen sich frei bewegen«, sagte Zofia. »Lass sie streifen, wohin sie wollen.«

Leo versuchte, an gar nichts mehr zu denken. Er war ganz in diesem Moment.

»Die Leere ist der Schlüssel zu deiner Seele«, sagte sie. Und das war das Letzte, was er bewusst hörte. Er schien sich aufzulösen, seine Grenzen verschwanden, er wusste nicht mehr, wo er aufhörte und wo die Umgebung, das Gras, der Garten anfingen. Er verfiel in einen Zustand, in dem die Bilder in ihm aufstiegen wie in einem Traum.

Er ist jung, klein, ein Kind. Er tritt in einen Raum, der ihm sehr hoch erscheint. Überall an der Wand und in den Schränken lachen bunte Waren zu ihm hinunter: Milch, Nudeln, Eier, Kekse, Marmeladengläser.

Leo fühlt sich schlecht. Die anderen Kinder wollten ihn beim Fußball nicht mitspielen lassen. Sein Blick ist getrübt von den Tränen in den Augen. Aber er weiß, dass das hier der richtige Ort ist, der, an den er gehen muss, um Trost zu finden.

Hinter einem riesigen Tresen steht ein großer Mann. Er sieht den eintretenden Jungen. Er schenkt ihm ein Lächeln, kommt zu ihm. Plötzlich fliegt Leo durch die Luft. Der Mann hat ihn hochgehoben und setzt ihn auf dem Tresen ab.

Der kleine Leo hat es als aufheiternd empfunden, hochgehoben zu werden. Doch er weiß, dass noch Besseres kommen wird. Erwartungsvoll blickt er den Mann an, liest in seinem gütigen Gesicht. Der Mann lächelt wieder, nickt und geht zu einem ganz hoch oben angebrachten Regalbrett. Darauf sind mehrere Glasbehälter sauber aufgereiht. Er holt aus einem der Gläser einen Schokoladenfrosch heraus. Leo nimmt ihn voller Dankbarkeit an und steckt ihn sich augenblicklich in den Mund. Der süße, wunderbare Geschmack der Schokolade breitet sich in ihm aus. Das Schlechte, die gemeinen Worte der anderen, all das ist wie weggewaschen vom Genuss.

Der Mann hebt Leo vorsichtig vom Tresen, stellt ihn auf

dem Boden ab – und Leo läuft los, hinaus ins Licht, das durch die offene Tür dringt.

Wieder in Zofias Garten, öffnete Leo seine Augen und erblickte einen blauen Himmel, auf dem sich nur ein paar wenige Wolken abzeichneten.

»Wow, das war jetzt wie eine schamanistische Reise«, sagte er und richtete sich langsam in eine sitzende Position auf. Er blinzelte mehrmals. »Hast du mich hypnotisiert?«

»So ähnlich.«

»Ich war in Oskars Laden. Als Kind.«

Zofia war erstaunt. »Was ist dort geschehen?«

»Oskar hat mir einen Schokofrosch geschenkt. Das hat er öfter gemacht.«

Nachdenklich rieb sich Zofia die Hände. Es war, als wollten ihre schlanken Finger begreifen, was dieses Bild zu bedeuten hatte.

»Wo hatte er den Frosch her?«

»Aus einem Glasbehälter an der Wand. Es hat so gut geschmeckt. Wahnsinn.«

Leo blieb sitzen, es gefiel ihm, sich wie ein kleiner Junge zu fühlen, der seine Bauklötze vor sich ausgebreitet hat.

»Ich habe«, sagte Zofia, »mit dem Wort ›Schlüssel‹ deine Trance eingeleitet. ›Die Leere ist der Schlüssel zu deiner Seele‹, habe ich gesagt.«

»Echt? Daran kann ich mich gar nicht erinnern.«

»Ich habe gehofft, dass dein Unterbewusstsein uns verraten wird, wo Oskar den Tresorschlüssel versteckt hat.«

Leo stand auf, streckte sich. Er fühlte sich frisch und erholt, als hätte er ein oder zwei Stunden geschlafen.

»Weißt du«, sagte er, »ich kann mir nicht vorstellen, dass so etwas funktioniert.«

Sie stemmte die Hände in die Hüften. »Jetzt bist du wieder der erwachsene, alte Leo, der Zweifler. Ich erkläre es dir.«

»Ich höre.«

»Du hast Oskar gut gekannt. Du warst viel mit ihm zusammen, als du ein Kind warst. Kinder haben ein besonderes Gespür für Menschen. Sie beobachten jede Regung, jeden Gesichtsausdruck, jedes Verhalten. Und formen sich ein Bild.«

»So weit bin ich bei dir.«

Sie nickte. Wortlos holte sie den Zettel hervor, den sie in Oskars Haus gefunden hatten. Sie faltete ihn auf, hielt ihn Leo hin. »Der Schlüssel zu ihrem Glück liegt in der Süße des Lebens«, stand da. Ihm fiel ein, dass sich Jasmin nie zu der Nachricht gemeldet hatte, in der er sie gefragt hatte, was denn dieser Satz bedeuten könnte.

»Verstehst du?«, fragte sie. Ja, er verstand. Im Grunde hatte sie zu den gleichen Methoden gegriffen, wie er sie beim Kochen anwendete. Wenn er uninspiriert war, was er als Nächstes zubereiten sollte, stellte er alle Gewürztöpfe geöffnet vor sich hin. Der bunte Reigen von Gerüchen löste fast immer Assoziationen in ihm aus. Zofia hatte mit dem Wort »Schlüssel« in ihm einen ähnlichen Prozess gestartet. Sein Ich hatte alles zusammengemischt, was es durch Oskars Nachricht auf dem Zettel zur Verfügung gehabt hatte: Schlüssel, Süße und Oskar.

»Wir sollten bald bei Oskar im Laden nachsehen«, sagte er. »Und bevor wir in einen Schokofrosch beißen, müssen wir unbedingt sichergehen, dass sich kein Schlüssel darin verbirgt.«

Gerade wollte sie wieder einen tadelnden Blick aufsetzen, als die Tür aufging. Andrea stand da, blass, aber gefasst.

Sie sah Zofia lange an. »Ich danke dir.« Dann, nach einer Pause, in der sie sich sammeln musste, murmelte sie mit gesenktem Kopf: »In Waidingen erzählen sie jede Menge Unsinn über dich. Ich habe das ohnehin nie geglaubt, aber jetzt weiß ich, wie unglaublich falsch sie liegen.«

Zofia nickte. Ein kaum merkliches Lächeln umspielte ihre Lippen. Leo wusste, dass diese wenigen Worte der Anerkennung ihr viel bedeuteten. Sie hatte sich daran gewöhnt, ohne Lob zu leben, aber sie nahm es dankbar an wie ein seltenes Geschenk.

»Gehen wir«, sagte er. »Ich bringe dich zurück zum Mostler.«

In diesem Moment war Donnergrollen zu hören. Er sah hoch zum Himmel. Die Wolken hatten sich verdichtet. Am Horizont waren sie zu unheilvollen grauen Ballen geworden, die sich ihnen näherten.

21

Die Luft wurde drückend schwül in Waidingen.

Gerade noch konnte Leo Andrea auf einem Spaziergang, bei dem kein Wort gesprochen wurde, zurück zum Mostler bringen, als die ersten Regentropfen einsetzten. Andrea verabschiedete sich leise von Leo, wobei Verwirrung in ihren schönen Augen stand. Sie bedankte sich bei ihm und sagte, dass sie bald etwas tun wolle, damit Zofia besser im Ort dastehe. Sie blickten sich lange an, nach Worten suchend, dann riss sich Andrea los und eilte hinein in den Mostler.

Jetzt wollte Leo zu seiner Mutter. Bestimmt brauchte sie wieder Hilfe, und sie würde sich lautstark beschweren, wenn sie keine bekam.

Am Weg zum Mosthof begann es dann wie aus Eimern zu schütten. Es blitzte und donnerte, als gäbe es dort oben einen gewaltigen Streit zwischen Gott und seinen Engeln.

Als Leo – die Kleider klebten an ihm wie ein nasses Handtuch – gerade durch das Tor des Mosthofes hinein ins Trockene wollte, blendete ihn plötzlich ein helles Licht, und zugleich krachte es, als wäre etwas Gewaltiges in der Nähe explodiert.

Er sah sich um und erkannte, dass oben am Hügel der Hof von Edi Rager durch den Blitz Feuer gefangen hatte. Eine Flamme züngelte begehrlich über das Dach, und schwarzer Rauch stieg auf. Als der Wind drehte, war verbranntes Holz zu riechen. Die gewaltige Entladung musste etwas Brennbares getroffen haben, vielleicht Benzin, anders konnte Leo es sich nicht erklären, dass sich das Feuer trotz des Regens hielt und sogar noch größer wurde.

Er lief ins Haus, wo er im Vorraum auf seine Mutter traf, die aus dem Keller kam. Erstaunt sah sie ihn an, wie er da so auf den Fußboden tropfte. Es bildete sich rasch eine Lacke auf den Dielen.

»Mein Gott, Leo, was ist denn los?«

»In Ragers Hof hat der Blitz eingeschlagen!«

»Was?«

Sie eilten gemeinsam zum Fenster und sahen den Rauch über Edis Hof. Ein schwarzer Pilz, der rasch aus dem Hügel wuchs. Die Mutter schüttelte ungläubig den Kopf. »Zum Glück nicht bei uns.«

In diesem Moment raste der Einsatzwagen der Freiwilligen Feuerwehr Waidingen an ihnen vorbei, zischte die Straße entlang. Die Sirene brüllte so laut, dass an der Ernsthaftigkeit des Einsatzes nicht zu zweifeln war.

»Hoffentlich hat es nur seinen Most erwischt«, sagte Franziska.

»Mama, für Schadenfreude ist jetzt aber kein Platz.«

»Du verstehst mich falsch. Ich hoffe ehrlich, dass keinem lebendigen Wesen etwas passiert ist.«

Das glaubte ihr Leo. Sie wollte nicht Edi brennen sehen, sondern höchstens seine Mostfässer.

Die Feuerwehr begann rasch mit Löschschaum die Flammen zu bekämpfen. Die eifrigen Männer in ihren Uniformen taten alles, um den Brand unter Kontrolle zu bringen. Die Nachbarn kamen aus den Häusern und wurden zu Schaulustigen.

»Sollten wir nicht hin und helfen?«, fragte Leo.

»Die schaffen das schon, die Jungs sind gut. Ich will nicht nur danebenstehen und gaffen«, sagte Franziska.

»Ist das der einzige Grund?«

»Außerdem hat mir der Rager Edi auch nicht geholfen, als der Sturm unser Dach abgedeckt hat und es eine Woche hereingeregnet hat.«

Da war nichts zu machen, die Konkurrenz der beiden war wohl zu groß für nachbarschaftliche Hilfe. Und in der Tat, die Feuerwehr hier verstand ihr Handwerk. Leo hatte das schon mehrmals erlebt.

Franziska wandte sich an den immer noch durchnässten Leo. »Du solltest jetzt wirklich ein heißes Bad nehmen. Sonst holst du dir den Tod.«

Als er nicht gleich reagierte, sondern sich nur nachdenklich das nasse Haar nach hinten strich, fragte seine Mutter: »Wo bist du eigentlich gewesen? Warst du wieder mit dieser Zofia unterwegs?«

»Mit Zofia *und* Andrea. Wir hatten wirklich Spaß zu dritt …« Er konnte sich ein Augenzwinkern nicht verkneifen. Franziska sah ihn erschrocken an.

»Na ja, ist ja egal. Du solltest dich aber langsam fertig machen, wir gehen in einer Stunde in die Kirche.«

»Hä?«, gab sich Leo eloquent.

»Du weißt doch, dass heute der Gottesdienst stattfindet, bei dem wir um einen g'schmackigen Most bitten.«

»Da geh ich aber sicher nicht mit.«

Sie setzte ein flehendes Gesicht auf. »Ach, komm schon, mein Sohn, du kannst doch deine alte Mutter nicht alleine in der Kirche sitzen lassen.«

»Kann ich nicht?«

»Nein, kannst du nicht!« Ihre Stimme hatte an Nachdruck gewonnen. Dazu zeigte eine Stirnfalte, dass sie ganz bestimmt nicht ohne ihn gehen würde.

Er zuckte mit den Schultern. »Von mir aus. Ich nehme jetzt sogar ein Bad, damit ich in der Kirche nur die besten Düfte verströme und dir keine Schande mache. Bist du zufrieden?«

Ihr Gesicht entspannte sich, und sie nickte.

Er warf einen Blick durch das Fenster. Die Flammen am Hof waren beinahe unter Kontrolle gebracht. Auf die Feuerwehr in Waidingen war Verlass. Auch der Regen, der bestimmt viel zum unerwartet raschen Löschen des Brandes beigetragen hatte, hörte auf. Sonnenschein kam durch die Wolken. Edi hatte Glück gehabt.

Als Leo bald darauf in der Badewanne der Eltern lag, dachte er über das Foto nach, das er auf Andreas Dachboden gesehen hatte. Die Aufnahme war wie ein gemeiner Wurm, der an ihm nagte, ihn quälte und nicht wegging. Etwas störte ihn an dem Foto, eine Ungereimtheit, aber er kam nicht drauf, was es war.

Als er sich abgeduscht, abgetrocknet und wieder angekleidet hatte, kramte er in seinem Zimmer den Laptop heraus. Er hatte vor Jahren die autorisierte Biografie von Paul Langbert gelesen, als E-Book, und hatte sie im virtuellen Bücherschrank stehen. Er öffnete die entsprechende Datei und begann zu lesen.

Dieser Koch war einzigartig, kein Wunder, dass er Leo immer schon interessiert hatte. Er hatte mit siebzehn internationale Preise gewonnen, war in ganz jungen Jahren von den besten Küchen der Welt umworben worden: Paris, Schweiz, New York.

Leo blätterte vor, bis er zu dem Lebensabschnitt des Starkoches kam, in dem er mit den Shows begonnen hatte – ein Geheimtipp unter Kochbegeisterten. Langbert hatte keine Massenveranstaltungen daraus gemacht, sodass er nie den breiten Bekanntheitsgrad erreicht hatte, den etwa sein Landsmann Jamie Oliver hatte. Klein, fein, qualitativ hochwertig waren seine Auftritte gewesen.

Und dann, so die Biografie, hörte er auf mit den Shows. Es sei ihm zu anstrengend geworden, die Organisation und das Reisen. Also eröffnete er ein Restaurant in einem Vorort von London, das unter Gourmets bis heute einen ausgezeichneten Ruf genoss.

Plötzlich, zwei Absätze darunter, war sie da, die Zeile, die ihn völlig überraschte. Wieder und wieder kontrollierte er, was da vor ihm schwarz auf weiß geschrieben stand.

Erst als er sich sicher war, keiner Täuschung zu unterliegen, klappte Leo den Laptop zu. Sein Blick fiel auf die Wand gegenüber. Dort sah er sich selbst, in bunten Farben. Er hatte das Bild aufgehängt, das Andrea von ihm angefertigt hatte.

Der mit Acrylfarben gemalte Leo konnte ihm nicht verraten, was Erika zu verbergen hatte. Aber sein Gefühl sagte ihm, dass es etwas Bedeutendes war.

22

Leo hatte es nicht so mit der Kirche, der Institution hatte er immer schon misstraut. Aber rein aus architektonischer Sicht gefiel ihm das Kirchengebäude von Waidingen. Es war uralt, angefangen hatte man mit dem Bau vor vielen Jahrhunderten im romanischen Stil, und in der Gotik war weitergebaut worden. Diese Mischung aus verschiedenen Epochen, die Leo als halbwegs gebildeter Mensch an den Rund- und Spitzbögen der Fenster erkannte, machte das Gebäude markant.

Der »Most-Gottesdienst«, wie er in der Gegend genannt wurde, diente dazu, den da oben dazu zu bewegen, eine möglichst reiche Birnenernte stattfinden zu lassen. Wie immer er das machte. Es handelte sich um eine Art Prolog zur Ernte. Hingegen sollte das Erntedankfest im Herbst, wie der Name schon sagte, nach der Ernte die ganze Dankbarkeit der Erdenbürger für eine reiche Gabenfülle express nach oben senden.

An diesem Nachmittag hatte sich die gesamte Gemeinde eingefunden. Die gut zwanzig Reihen der Kirche waren bis auf wenige Plätze gefüllt. Interessanterweise waren die ganz vorne noch frei. Diejenigen, in denen man beobachtet wurde.

Als Leo und Franziska sich in eine dieser vorderen Reihen setzten, konnte er ein deutliches Tuscheln hinter sich vernehmen. Jemand – er wollte gar nicht wissen, wer, deswegen drehte er sich nicht um – flüsterte einer anderen Person zu, dass das ja der Leo Matschler sei. Von dem die Leute sagten, dass er mit dem angeblichen Mord an Oskar Kloiber zu tun habe.

Er schluckte, dachte, dass am Land eher die Schuldvermutung als die Unschuldsvermutung galt, und sah hinüber zu seiner Mutter. Aber die hatte das nicht gehört oder wollte sich nichts anmerken lassen. Sie blickte mit einem versonnenen Lächeln zum Pfarrer hinauf.

Der Geistliche, der in weiten Gewändern vor dem goldverzierten Altar seine Predigt begann, hieß Pater Rothschedl. Franziska hatte ihm auf der Fahrt hierher einiges über ihn erzählt. Sie war ein ziemlicher Fan.

Pater Rothschedl war ein schlanker Mann um die fünfzig. Sein fast vollständig ergrautes Haar lichtete sich an den meisten Stellen. Die runde Brille kontrastierte sein scharf geschnittenes Gesicht. Seine Stimme klang nicht unangenehm, aber sie erinnerte Leo an einen Lehrer, den er nicht gemocht hatte. Da hatte Pater Rothschedl es gleich ein wenig schwerer.

Der Pater war kein gebürtiger Waidinger, wie Franziska verraten hatte, aber der Personalmangel hatte es notwendig gemacht, dass jemand, eben er, aus dem nahen Oberösterreich, aus Linz, sozusagen als Legionär verpflichtet worden war.

»Liebe Gemeinde«, begann der Diener Gottes. Und das war der Auftakt für eine bildreiche Rede, in der er die Bedeutung des Mostes für die Region hervorhob. Die Birnen seien ein Geschenk des Herrn. Franziska nickte eifrig dazu. Tatsächlich waren Birnen, deren Form Leo aus für ihn selbst unerklärlichen Gründen immer erheiternd gefunden hatte, ihre Lebensgrundlage.

Dann folgte ein kirchliches Ritual dem anderen, wie das eben bei Messen so der Brauch war, mit ein wenig Singen dazwischen. Wahrscheinlich wäre Leo auf der harten Holzbank unter den Worten von Pater Rothschedl eingedöst, wenn nicht eine kleine Änderung in der Stimmlage des Pfarrers seine Aufmerksamkeit wieder geweckt hätte.

»Heute haben wir etwas zu vermelden. Eine erstaunliche, geradezu wundersame Heilung.«

Leo sah hinüber zu Andrea, die sich eng an Rudis Seite gedrückt hatte. Sie erwiderte seinen Blick, sehr kurz, doch lang genug, um klarzumachen: Sie hatte ihr Versprechen eingelöst, für Zofia etwas Gutes tun zu wollen. Es sollte Positives über sie berichtet werden. Er hoffte, dass das eine glückliche Idee gewesen war.

»Unser Gemeindemitglied Andrea wurde heute von einer Wespe gestochen. Und weil sie leider eine Allergie hat, war das eine lebensgefährliche Situation für sie.«

Der Pater machte eine spannungsfördernde Pause, während er die Hände faltete und in Richtung Himmel blickte.

»Aber es gab Rettung. In Form der Frau, die oben am Hügel lebt, im Zaluski-Hof. Sie, Zofia ist ihr Vorname, hat nur mit Kräutern den allergischen Schock geheilt. Wir danken ihr dafür.«

Viele der Menschen in der Kirche sahen sich ungläubig an. Nur durch Kräuter? Jetzt entdeckte Leo in einer der hinteren Reihen Frau »Doktor« Nonn. Ihr Gesicht war verdrießlich verzogen, und ihre Lippen waren aufeinandergepresst. Sie hätte wohl wesentlich lieber gehört, dass ihr Mann für Heilungen gelobt würde.

»Ohne Frau Zaluski«, hob der Pfarrer die Stimme, »und, wie ich glaube, ohne die Hilfe eines höheren Wesens – nehmen wir an, es war Gott, denn wer sonst hätte es sein sollen – wäre Andrea heute gestorben!«

Er ließ die Worte einsinken, um dann mit erhobenen Armen hinzuzufügen. »Ist es nicht erstaunlich? Dass noch Dinge passieren, die die Wissenschaft nicht erklären kann? Der heutige Tag zeigt uns wieder einmal eines: Es gibt höhere Mächte – gute, aber auch dunkle, böse –, die sich unserem Verstand entziehen. Nur unsere Seele nimmt Kontakt auf. Achten wir darauf, auf welcher Seite wir stehen. Nun lasset uns beten für die gerettete Andrea.« Er senkte den Kopf und faltete die Hände.

Franziska beugte sich zu Leo und flüsterte: »Ist er nicht ein toller Redner? Er hat sogar einen Instagram- und einen Facebook-Account. Mit mehr Followern als jeder andere Geistliche in Niederösterreich.«

Leo war erstaunt, dass seine Mutter all diese Ausdrücke kannte. Follower! Doch mehr beschäftigte Leo etwas anderes. Es beunruhigte ihn, dass der eifrige Pfarrer schon mit wenigen Sätzen – in voller Absicht – den Eindruck erweckt hatte, dass es sich hier eher um Hexerei als um Erste Hilfe gehandelt hatte.

Er konnte an den Gesichtern der Anwesenden erkennen, dass die klerikale Polemik auf fruchtbaren Boden gefallen war. Die Menschen sahen sich um, um festzustellen, wie die anderen darüber dachten. Und ohne ein Wort bildete sich eine gemeinsame Meinung, nämlich, dass es bei Zofias Heilkünsten bis zu einem gewissen Grad nicht mit rechten Dingen zugehen konnte.

Mitten hinein in diese Stimmung aus wachsender Beunruhigung und steigender Bereitschaft, Zofia zu verdammen, quietschte die Kirchentür.

Es war Edi Rager. Sein hochroter Kopf verriet, dass er in der halb geöffneten Tür gelauscht haben musste. Er stapfte Richtung Altar und blieb abrupt im Mittelgang vor den Augen aller stehen. Er rief zum Pfarrer hinauf: »Und was du auch gleich erzählen kannst: Bei mir hat der Blitz eingeschlagen. Warum das gerade heute passiert – ausgerechnet dann, wenn die Hex auf ihrem Hügel da oben besonders aktiv ist –, das könnt ihr euch selbst denken.«

Mehr hatte er nicht zu sagen. Er machte kehrt und eilte aufgebracht hinaus. Seine Worte wirkten aber wie ein Stachel, der Gift in die weihrauchgeschwängerte Luft gespritzt hatte. Es waren Tuscheln und leises Raunen zu vernehmen, das in Summe dann gar nicht so leise war. Die Kirche füllte sich mit den wildesten Vermutungen.

Leo sprang von seinem Stuhl auf. Er würde nicht wie auf der Mostverkostung schweigen. Wütend warf er Blicke in die Reihen. Wie sie da alle heilig hockten, diese Heuchler! Er öffnete den Mund und war selbst erstaunt, mit welcher Überzeugung und für ihn untypischen Lautstärke der Satz sich seinen Weg bahnte: »Wir leben doch nicht mehr im Mittelalter!« Seine gerufenen Worte wurden von den Wänden der Kirche zurückgeworfen und hallten im Gebälk wider.

Er starrte den Pfarrer an, der verblüfft und etwas peinlich berührt die Hände faltete. Leo dachte, dass hier nicht mehr viel fehlte, und die Kirche würde wieder Hexenprozesse einführen. Sie hatten schon lange niemanden mehr verbrannt. Zumindest hörte man nichts mehr davon.

Die Menschen waren verstummt und warteten mit aufgerissenen Augen und Ohren, ob Leo noch etwas von sich geben würde. Doch er hatte alles gesagt. Nach seinem lautstarken Ausbruch, der ihm eine wilde Kraft verliehen hatte, erfasste ihn nun ein Gefühl der Beklemmung. Er meinte, die schwarzen Sitzreihen würden sich gleich wie gierige Kiefer um ihn schließen und ihn verschlingen. Hier konnte er nicht mehr bleiben. Er eilte unter den schockierten Blicken seiner Mutter dem verschwundenen Edi Rager nach und schlug die Tür hinter sich zu, dass es nur so durch die Kirche donnerte.

Draußen ließ er sich auf die Bank fallen, die sich gegen die Kirchenwand lehnte, atmete tief durch und betrachtete die Grabsteine des kleinen Friedhofes vor dem Gotteshaus. Er wusste, dass er hier niemals unter der Erde liegen wollte.

Nachdenklich sah er auf seine Schuhe. Er hatte sich extrem ungewöhnlich benommen. Er war aus der Herde der Schafe ausgebrochen, hatte eine andere Meinung vertreten, was gefährlich war. Bereute er es bereits? Nein, die Stimme zu erheben war richtig gewesen.

Der Gottesdienst dauerte noch ungefähr eine halbe Stunde. Dann kamen die Leute einzeln und in kleinen Gruppen aus der Kirche. Sie sahen Leo scheu von der Seite an, während sie sich so rasch an ihm vorbeidrückten, als könnten sie sich bei ihm irgendeine ansteckende Krankheit holen.

Einen besonders weiten Bogen um ihn machte Frau »Doktor« Nonn. Sie würdigte ihn keines Blickes, und er war sich sicher: Die vorbeistolzierende Dame mit ihrem übergroßen Hut bereitete geistig bereits die nächste Klage wegen Kurpfuscherei vor. Zweifellos war es ihr lieber, dass ein Mensch an einem allergischen Schock starb, als dass eine Unbefugte heilte – besonders wenn sie dann anstatt ihres Mannes gelobt wurde.

Nur Franziska brachte es nicht fertig, an Leo vorbeizumarschieren. Etwas widerwillig blieb sie stehen und setzte sich nach kurzem Zögern zu ihm auf die Bank.

»War das denn notwendig?«, fragte sie mit einem Kopfschütteln. »Du hast mich echt blamiert. Du weißt ja, wie die Leute reden.«

Leo wurde wieder zornig. »Mir hat es gereicht mit dem Blödsinn! Diese versteckten Anschuldigungen gegen Zofia, die einfach viel über pflanzliche Medizin weiß, sind das Letzte. Was wäre geschehen, wenn ich Andrea nicht zu ihr gebracht hätte?«

Franziska hob in einer entschuldigenden Geste die Arme. »Pater Rothschedl hat doch gar nicht behauptet, dass sie eine Hexe ist.«

»Aber offensichtlich hast du wie alle anderen sehr gut zwischen den Zeilen gelesen.«

Ertappt schaute sie zu Boden.

In diesem Moment näherte sich Edi Rager. Er hatte sich immer noch nicht beruhigt.

»Ich komme aus dem Feuerwehrstützpunkt«, schnaufte er. »Die Schäden an meinem Hof durch das Feuer, aber vor allem durch den Löschschaum werden nicht unerheblich sein.« Er starrte Leo an. »Ich hatte mein ganzes Leben lang keinen Blitzschlag. Seit vielen Jahrzehnten nicht. Ich hätte nie gedacht, dass mir so was mal passiert!«

»Das tut mir leid, Edi«, sagte Franziska, wobei ihr Mitgefühl nur mit einem Bein auf einem ehrlichen Fundament stand.

»Ja sicher.«

»Aber mein Bub hat nichts damit zu tun!« Endlich mal setzte sich seine Mutter für ihn ein, dachte Leo angenehm berührt.

Edi Rager legte sein Gesicht in viele runzelige Falten. Er sah keineswegs überzeugt aus. »Wenn dein Sohn sich dauernd mit der Hexe abgibt, ist es kein Wunder, dass ich auch auf ihn nicht gut zu sprechen bin!«

Leo, der es lächerlich fand, dass über ihn in der dritten Person verhandelt wurde, machte ein verächtliches Geräusch.

»Ich glaube wirklich«, ließ Edi nicht locker, »dass die Zaluski damit zu tun hat. Solche wie sie können das Wetter beeinflussen. Haben sie immer schon getan. Das ist historisch nachgewiesen.«

Edi Rager war in Waidingen als besonders abergläubisch bekannt. Er malte bei jedem dritten Vollmond geheimnisvolle Runen auf die Tore seiner Gebäude. Sie sollten seinen Most vor Geistern schützen, die es alten Sagen zufolge im Mostviertel gab. Es war nicht rational zu erklären: Auf der einen Seite war er moderner als Franziska, immerhin schaffte er aufgrund seiner Maschinen eine viel höhere Produktionsmenge an Most, auf der anderen Seite hatte er zum Beispiel Angst vor den Seelen der Verstorbenen. Ihm sei mal seine Großmutter erschienen und habe ihn die ganze Nacht lang beschimpft. Man hatte im Ort von dem Vorfall erfahren, da Edi am Tag danach in der Kirche laut vor sich hin gebetet hatte.

In diesem Moment zeigten Edis fanatische Augen, dass er den Unsinn mit Hexerei und Wettermagie für möglich hielt. Zumindest in seiner jetzigen Verfassung, in der er sich mit aller Verzweiflung an etwas klammerte, das sein Unglück erklären konnte. Der Hof schwer beschädigt, da musste eine Schuldige her. Und wenn die im Hexenreich zu suchen war.

Leo erhob sich von der Bank. »Edi, du bist echt nicht normal im Kopf.«

Er hätte noch mehr gesagt, wenn in diesem Moment nicht Andrea und Rudi an ihm vorbeigekommen wären. Rudi ignorierte Leo völlig, Andrea schickte einen kurzen, scheuen Blick, ohne stehen zu bleiben. Als sie fast schon hinter der Mauer, die Kirche und Friedhof mit groben Steinen umschloss, verschwunden waren, nahm sich Leo ein Herz und folgte den beiden. Auf der Straße trat er an Andrea heran.

»Du, ich muss dringend etwas mit dir besprechen«, begann er, aber weiter schaffte er es nicht.

Blitzartig baute sich Rudi vor ihm auf. »Du glaubst nicht

wirklich, dass du jetzt mit meiner Verlobten reden kannst? Nach allem, was du dir geleistet hast.«

»Von dir wollte ich eigentlich gar nichts«, sagte Leo ruhig, »aber gut. Geleistet? Du meinst, dass ich Andrea das Leben gerettet habe? Du wolltest mir sicherlich gerade dafür danken.«

Rudi verkrampfte sich. Jeder seiner Muskeln schien losschlagen zu wollen.

Aber Leo beachtete ihn nicht weiter. Stattdessen fixierte er Andrea mit einem eindringlichen Blick. Was würde sie tun? Es lag einzig an ihr, wie das hier weiterging.

Sie schien innerlich zu kämpfen, ihre Instinkte gaben ihr unterschiedliche Ratschläge, auf welche Seite sie sich stellen sollte. Es war gefährlich, Rudi zu brüskieren. Sekundenlang schwieg sie. Doch schließlich war ihr Mut stärker als ihre Angst. Sie legte die Hand auf Rudis Brust und sagte: »Ach komm schon, gib uns nur ein paar Minuten.«

Es kostete ihn sichtlich viel Überwindung, aber da seine Verlobte ein so gewinnendes Lächeln einsetzte, konnte er nicht hart bleiben. Außerdem wollte er hier, vor den vorbeiziehenden Leuten, kein Aufsehen erregen. Bestimmt war schon genug geredet worden über ihren Ausflug, der beinahe fatal geendet hätte. Also nickte er zustimmend und trat zur Seite, während seine Kiefer malmten.

23

Auf Leos Bitte hin machten sich Andrea und er auf, um zum geheimen Raum auf dem Dachboden des Mostlers hinaufzusteigen. Es gefiel ihr nicht, dass er sich trotz mehrmaligen Drängens weigerte zu erklären, worum es ging. Doch er wollte ihr zeigen, was er meinte, nicht darüber reden.

Während sie schweigend die Stufen hinaufgingen, erinnerte sich Leo an den Moment, als er sie – es kam ihm vor wie in einem anderen Leben – gefragt hatte, ob sie mit ihm zusammen sein wollte. Auch da hatten sie still eine Treppe im Schulgebäude erklommen. Damals war er unheimlich aufgeregt gewesen und hatte dort in einer Ecke neben der kleinen Bibliothek nicht gewusst, ob er die richtigen Worte finden würde. Doch sie hatte schüchtern genickt, und er war glücklich gewesen.

Oben, inmitten der Bilder, die die beiden zu beobachten schienen, fiel ihm auf, wie nervös sie war. Ihre Finger krampften sich so fest ineinander, dass sie weiße Stellen bekamen.

»Rasch jetzt«, drängte sie ihn, »Rudi wartet unten, und er hat schlechte Laune. Was willst du mir sagen?«

»Entspann dich, wir tun hier nichts Verbotenes.«

»Ja, ich weiß, aber …«

»Rudi und du, ihr seid gleichberechtigt. Du solltest nicht einfach tun, was er will. Du bist doch keine Bettlerin, die sich benehmen muss, damit sie ein paar Brotkrumen zugeworfen bekommt.«

Sie blickte störrisch zu Boden. »Das ist alles etwas komplizierter, als du denkst.«

Er sah sie an. Er wollte das Thema nicht vertiefen, zu gut wusste er, dass sie es nicht mochte, belehrt zu werden. Also sprach er von etwas anderem. »Auf jeden Fall war es gut gemeint, dass du für Zofia ein paar nette Worte beim Pfarrer herausholen wolltest.«

Sie zuckte mit den Schultern. »Ja, aber so wahnsinnig gut hat das nicht geklappt«, grinste sie.

»Nicht wirklich.« Auch Leo grinste. »Vermutlich starren gerade alle in den Himmel und schauen, ob da irgendwo Zofia auf einem Besen herumfliegt.«

Sie lachten.

Er sah, wie sie sich entspannte. Die Stimmung hatte sich geändert. Einmal mehr dachte Leo, dass Rudi ihr nicht guttat. In seiner Gegenwart konnte sie nicht atmen. Sie war dann wie eine Kerze, die zu wenig Sauerstoff bekam und nur schwach glühte, anstatt ihre ganze Strahlkraft zu entfalten.

»Also«, sagte Andrea und fuhr sich durch das Haar, »was wolltest du mir so Wichtiges zeigen?«

»Komm mit.« Leo führte sie näher zur Wand und deutete auf das Foto, auf dem Erika in Kopenhagen posierte, neben der bronzenen Kleinen Meerjungfrau und vor dem Plakat des Kochmeisters.

»Deine Mutter ...«, begann er. Doch weiter kam er nicht. In diesem Moment war ein Geräusch zu vernehmen. Stiefel auf den metallenen Sprossen der Leiter, die Andrea in ihrer Eile nicht hochgezogen hatte.

Wenige Sekunden später schob sich Rudis massiger Körper durch die Luke herauf zu ihnen. Es war, als dränge ein Raubtier aus den Wäldern in ein schutzloses Wohnzimmer ein.

Ohne zu zögern, kam Rudi näher, stellte sich breitbeinig vor die beiden und ließ den Blick über die Gemälde schweifen. »Das machst du hier also«, kommentierte er.

»Rudi«, sagte Andrea beschwichtigend, »kannst du nicht eine Minute unten warten?«

»Ich frage mich«, sagte dieser, »was ihr beiden hier oben so treibt. Ihr werdet doch nicht alte Geschichten aufwärmen ...«

Leo spürte Rudis Aggression. Der Mann, der da groß und stark vor ihm stand, war in Kampfbereitschaft. Aber hinter der zur Schau gestellten Stärke lauerte bodenlose Unsicherheit. Rudi war ganz von der Angst beherrscht, Andrea zu verlieren. Hunde, die Angst haben, beißen. Das war bei Menschen nicht anders.

Leo hätte besser für Deeskalation sorgen sollen, aber er wollte nicht klein beigeben. Ein störrischer Kobold flüsterte ihm ins Ohr, er dürfte kein Weichei sein, schon gar nicht vor Andrea. Also setzte er sogar noch eins drauf: »Was wir hier tun, geht dich gar nichts an.«

Dafür erntete er zunächst einen giftigen Blick, aber dann setzte Rudi ein gespielt trauriges Gesicht auf.

»Ich fühle mich benachteiligt«, sagte er, an Andrea gewandt. »Du bringst diesen Kerl hier in deinen« – er suchte nach dem richtigen Wort – »Bastelraum. Vor mir hast du deine Hobbys jahrelang geheim gehalten.«

»Vielleicht hättest du dich mehr für Andreas Leben interessieren sollen«, gab Leo zurück. »Du willst sie heiraten, dabei weißt du gar nichts über sie.«

Andrea sah aus, als wollte sie sich einmischen und widersprechen, aber sie öffnete nur kaum merklich den Mund. Es wollte nichts herauskommen.

»Noch was«, schleuderte Leo Rudi entgegen. »Es ist deine Schuld, dass Andrea fast gestorben wäre.«

»Meine?«

»Ja, denn du hast sie im Mostler so fertiggemacht, dass sie ihre Medikamente vergessen hat. Verstehst du, sie wollte so schnell wie möglich weg von dir. Das war eine Flucht.«

Rudi sagte nichts mehr, sondern stierte Leo nur mit einem vernichtenden Blick an. Sein Kopf errötete, und seine Stimme wurde leise, drohend und schneidend: »Du bist mir im Weg, seit du hier in Waidingen angekommen bist.«

Leo wartete einen Moment, dann sprach er weiter: »Ich sage es dir ganz offen ins Gesicht, ich bin der Meinung, dass Andrea etwas Besseres als dich verdient hat.«

Natürlich wusste Leo, dass er damit sich selbst in Gefahr brachte. Dennoch war er überrascht, wie wenig Rudi versuchte, sich zu kontrollieren. Eigentlich ging die Zeitspanne, in der alle friedlichen Optionen in Betracht gezogen wurden, gegen null: Rudis Faust schoss vor, im selben Augenblick, in dem sein Gehirn den Inhalt des Gesagten verarbeitet hatte.

Ein Ausweichen war unmöglich, es ging zu schnell. Rudi hatte ohne jeden Zweifel viel Ahnung, wie man Leute verprügelte, vermutlich auch in Gefängniszellen.

Wumm!

Leo fühlte einen stechenden Schmerz in seinem linken Unterkiefer explodieren, genau dort, wo Rudis Faust ihn getroffen hatte. Er wurde von der Wucht des Schlages niedergerissen und stürzte zu Boden. Vor seinen Augen tanzten grelle Sternchen im Kreis.

Andrea schrie auf und eilte zu Leo. Sie beugte sich hinab und legte die Hand auf seine Schulter.

Rudi wollte nachsetzen, die Wut war nicht getilgt. Er holte zum Schlag aus, und sein verzerrtes Gesicht machte Leo klar, dass auch der kommende Schlag, der vielleicht noch härter ausfallen würde, nicht der letzte sein würde. So sah jemand aus, der sein Gegenüber vernichten wollte. Darauf eindreschen, bis das, was man aus der Welt haben wollte, ausgelöscht war.

Doch Andrea warf sich vor Leo. Sie schützte ihn mit ihrem Körper und streckte Rudi eine Hand entgegen. Stopp!

Er erstarrte und ließ die Faust sinken.

Vorwurfsvoll sah Andrea zu ihm hinauf. Ihre Stimme bebte. »Bist du denn komplett verrückt geworden?«

Rudi blickte dümmlich grinsend zu den beiden hinab. Er sah aus wie ein Kind, das etwas kaputt gemacht hat und sich dafür schämt, aber genau weiß, dass es keine gute Entschuldigung finden wird.

Mit der flachen Hand rieb sich Leo die schmerzende Stelle am Kinn, während die Sternchen langsam wieder abzogen. Andrea kniete sich besorgt neben ihn hin.

In Leo tobte eine Wut, wie er sie kaum kannte.

Sein erster Impuls war, aufzustehen und Rudi das zurückzugeben, was er von ihm erfahren hatte: Schmerz. Aber Leo wusste zugleich, dass das sein am wenigsten hoch entwickelter Gehirnanteil war, der ihm diesen Vorschlag machte. Leo hatte ein friedliches Gemüt. Er hatte schon oft über das Phänomen Gewalt nachgedacht. Irgendwann hatte er die eindeutige Erkenntnis gewonnen, dass es die nach Vergeltung strebende Natur des Menschen war, die dafür sorgte, dass die Erde mit Kriegen überzogen wurde. Leo hatte für immer beschlossen, dass er niemals diesen Weg gehen wollte. Also verzichtete er auf einen Gegenschlag. Was wohl gut war: Er hätte ohnehin keine Chance gegen Rudi gehabt.

»Ich glaube, du gehst jetzt«, sagte Andrea ganz leise. Sie hatte Rudi gemeint und nicht Leo. Ohne Verständnis starrte Rudi seine Verlobte an, doch in ihrem entschlossenen Gesicht erkannte er, dass es ihr Ernst war. Leo war stolz auf sie – sie ließ sich nicht einschüchtern.

Rudi schlich langsam zurück zur Luke und begann die Leiter hinunterzusteigen, ohne sich umzusehen.

Als er die ersten Sprossen genommen hatte, rief ihm Leo nach: »Du hast einen mörderischen Haken. Echt wie ein Mörder.«

Beim Wort »Mörder« war Rudi kurz zusammengezuckt, so als hätte er diesmal einen Schlag erhalten. Doch für einen neuen Wutausbruch reichte es nicht, er machte stumm seine Schritte nach unten, verschwand aus der Luke und würde wohl bald in der Wirtsstube auftauchen.

Als Rudi weg war, wischte sich Leo mit dem Handrücken über den Mundwinkel. Das Blut schmeckte süß und zugleich metallisch. »Ich sage dir, der hat ein Problem mit seiner Aggressionskontrolle.« Die Worte kamen gar nicht so leicht heraus, seine Zunge fühlte sich geschwollen an.

Andrea schluckte, sie war bleich geworden – der Vorfall hatte sie erschüttert.

»Geht es?«, fragte sie sanft und strich ihm über die Schulter.

Er nickte. »Danke der Nachfrage.« Langsam, mit Mühe, erhob er sich. Er stand etwas wackelig auf den Beinen, rieb sich das Genick und blinzelte, bis die Sicht klar war. Sein Kopf begann zu dröhnen, als wäre er eine Glocke, die nach einem Schlag weiterschwang.

Plötzlich waren wieder Schritte zu hören. Leo befürchtete, dass Rudi zurückkommen könnte, um ihm den Rest zu geben. Doch die Schritte waren leichter, polterten weniger, eher vorsichtig kamen sie die Leiter herauf.

Dann stand Erika vor ihnen. Sie blickte zwischen Andrea und Leo hin und her, dabei hatte sie wieder ihr schützendes Lachen aufgesetzt. »Na, was ist denn hier los?«, fragte sie fröhlich.

»Mama?« Andrea war erstaunt.

»Entschuldige«, sagte Erika, halb lachend. »Ich weiß ja, dass du hier oben gerne alleine bist. Aber ich habe einen dumpfen Knall gehört. Darum bin ich heraufgekommen.« Sie blickte sich fahrig um, streifte die Bilder nur flüchtig – als wollte sie überdeutlich vermitteln, dass diese Werke Andreas Sache seien und sie sich als Mutter keine Beurteilung anmaße.

»Der dumpfe Knall«, sagte Leo. »Das war ich. Dein zukünftiger Schwiegersohn hat mich niedergeschlagen, nur so zur Information.«

Erika lachte ebenso unpassend wie nervös auf. »Deswegen lief er gerade so aufgebracht aus dem Mostler. Hast du ihn provoziert? Bei dir kann ich mir das gut vorstellen.«

»Ja klar, ich hab's verdient.« Er fühlte nach seinen schmerzenden Lippen, nahm mit dem Zeigefinger die letzten Tropfen Blut auf und zerrieb das Rot zwischen den Fingern.

»Hier«, sagte Andrea und reichte ihm ein Taschentuch, sodass er sich säubern konnte.

»Aber gut, dass du da bist, Erika«, fuhr er fort. »Du kannst mir sicher bei einer Frage helfen, die mir nicht mehr aus dem Kopf gehen will.«

Erika sah ihn mit einigem Misstrauen an und verschränkte abwehrend die Arme vor der Brust.

Leo lockerte mit ein paar kreisenden Bewegungen seine Schultern – endlich ließ der Kopfschmerz nach – und nahm das Foto von der Wand, das er vorhin schon Andrea zeigen wollte. Bevor ihr Verlobter wie eine Dampflok über ihn hergefallen war.

Er hielt Erika das Bild hin. »Die Kleine Meerjungfrau. Sind wir uns so weit einig, dass diese Aufnahme in Kopenhagen entstanden ist?«

»Was willst du denn jetzt mit dem uralten Foto?«

Er sagte nichts, sondern ließ seinen Blick auf ihr ruhen. Er kannte sie. Die Antwort würde kommen. Sie war kein Typ, der gut schweigen konnte.

»Sicher«, sagte sie schließlich, »Kopenhagen.«

»Du hast Andrea gegenüber behauptet, dass es 1988 aufgenommen worden ist. Stimmt das?«

Erikas Augen flackerten, aber da sie merkte, dass auch Andrea eine Antwort erwartete, gab sie eine, wieder von einem nervösen Lachen begleitet: »Ja, 1988.«

»Warum lügst du?« Die Frage hatte er ganz schnell gestellt, ein Überraschungsangriff.

Erika wirkte verwirrt, aber auch besorgt. Sie stieg von einem Bein auf das andere, stammelte dann nicht mehr als ein »Was?«.

»Du weißt ganz genau, dass dieses Foto nicht aus dem Jahr 1988 stammt.«

»Warum sagst du das?«

»Siehst du das Plakat hier?« Er deutete auf Langbert, der ihnen voller Vorfreude auf seine Kochshow entgegenstrahlte. »Ich habe die Biografie dieses Herrn gelesen. Er hörte bereits 1987 mit seinen Shows auf. Seine Abschiedstour führte ihn auch nach Kopenhagen. Wie gesagt: 1987.«

Sie stemmte die Hände in die Hüften. »Blödsinn. Das war sicher 1988. Ich war zweimal für einen Ferialjob in Kopenhagen. 1987 und 1988. Das ist bei meinem zweiten Aufenthalt dort entstanden. 1988, ich schwöre es dir.«

»Das kann nicht sein.«

»In deinem schlauen Buch wurde falsch recherchiert«, behauptete sie, lächelte und machte eine wegwerfende Bewegung. »Was soll's, 87, 88, diese Jahreszahlen sind völlig ohne Bedeutung.«

Sie wandte sich zum Gehen ab, drehte sich aber dann noch

mal zu Andrea um. »Du solltest jetzt dem Rudi nach. Er macht sich sonst Sorgen, du kennst ihn ja.«

Andrea sah die Mutter nachdenklich an. »Vielleicht solltest du dir lieber Gedanken um deinen eigenen Mann machen. Mir kommt vor, Bernd trinkt immer mehr. Härtere Sachen als nur Most.«

»Wie redest du denn über deinen Vater?«, fragte Erika entsetzt. Vor Leo musste ihr so ein Gespräch besonders peinlich sein.

»Ich sage nur die Wahrheit«, meinte Andrea ernst. Mit einem Blick auf das Foto, das Leo immer noch anklagend in Händen hielt, fügte sie hinzu: »Und du solltest das auch tun.«

»Mache ich doch!« Erika stieß verärgert die Luft aus. »Ich gehe jetzt.«

Sie machte sich zur Luke auf, warf den beiden noch einmal einen unsicheren Blick über die Schulter zu, dann stieg sie unter den Augen der gemalten Frauen die Leiter hinab.

Leo blieb mit Andrea zurück, und es wurde still. »Was denkst du?«, fragte er nach einer Weile. »Erzählt deine Mutter die Wahrheit?«

Sie zog die Augenbrauen hoch, doch sie sagte nichts. Für Leo war es Antwort genug.

24

Das Frühstück am nächsten Morgen genoss Leo im Garten vor Zofias Haus.

Die Hausherrin hatte den Tisch wunderbar gedeckt, es gab Aufstriche, alles vegetarisch. Dazu Früchte und Gemüse in Scheiben. Ein appetitlicher und farbenprächtiger Anblick, das Grün der Gurken und des Schnittlauchs dominierte, kontrastiert vom frischen Rot der Radieschen. Das Brot, das Zofia in einem Steinofen selbst gebacken hatte, lag einladend duftend in einem kleinen Bastkorb.

Leo war froh und dankbar dafür, dass Zofia ihn eingeladen hatte.

»Wie köstlich alles ist«, sagte er und biss herzhaft vom knusprigen Schwarzbrot ab. »Danke. Du hast mich gerettet. Meine Mutter wollte mich mit Arbeit eindecken.«

»Dafür hat sie dich ja nach Waidingen geholt, zum Arbeiten«, erinnerte ihn Zofia und goss sich etwas Tee ein.

»Ich helfe gern. Heute früh habe ich zwanzig Kisten mit Most aus dem Keller raufgeschleppt. Als sie dann aber noch wollte, dass ich alle Gästebetten frisch mit Leintüchern überziehe, kam dein Anruf genau richtig.«

Sie grinste spöttisch, sie fand es wohl etwas seltsam, dass der Mann ihr gegenüber das Überziehen von Betten einer Herkulesaufgabe gleichsetzte.

»Ich habe meiner Mutter auch immer geholfen«, sagte sie. »Bis sie dann leider zu früh verstorben ist. Und wenn ich sie nicht unterstützt hätte, hätte das niemand getan.«

»Sie hatte es schwer, nehme ich an. Keine Freunde hier im Ort.«

Zofia dachte nach. »Die Einzige, mit der sie sich gut verstand, war die Erika Pichler.«

»Andreas Mutter, tatsächlich? Die hätte ich gar nicht so eingeschätzt, dass sie –«

»Sich mit Ausländerinnen abgibt?«, sagte sie verächtlich. »Mit mir kann sie eh nichts anfangen, vor mir hat sie sogar Angst, glaube ich. Aber zu Dana hatte sie immer ein gutes Verhältnis. Mit ihr war sie schon vor meiner Geburt viel zusammen gewesen.«

Leo blickte hinunter zu Amicus, der auf seinen Hinterbeinen neben dem Tisch Position bezogen hatte. In dieser sitzenden Stellung, zu der ihn niemand aufgefordert hatte, hoffte er sich wohl etwas aus dem reichhaltigen Angebot des Frühstücksbüfetts zu ertrotzen.

»Darf ich ihm ein Stück vom Käse geben?«, wollte Leo wissen.

»Bitte lass es. Ich möchte nicht, dass er sich das Betteln angewöhnt. Es ist ein unwürdiges Verhalten für ein Lebewesen.«

Er beherzigte das und beachtete Amicus nicht weiter. Das Käsebrot mit Gurkenscheiben war ein Genuss, der Hund versäumte definitiv etwas.

»Wie geht es Andrea?«, fragte Zofia. »Hat sie sich gut erholt?«

»Ja, ihr geht es gut. Abgesehen davon, dass ihr Verlobter schwachsinnig ist.«

Gern hätte er hinzugefügt, dass hier in Waidingen der Schwachsinn ohnehin um sich griff. Doch er erzählte nichts vom Gottesdienst, von den zweideutigen Worten des Pfarrers. Auch dass Edi Rager Zofia und ihre angebliche Fähigkeit, das Wetter zu beeinflussen, mit dem Blitzschlag in Verbindung brachte, musste sie nicht wissen. Was hätte es geändert? Die Menschen hier hatten ihr längst schmerzhaft gezeigt, dass sie in Waidingen eine Ausgestoßene war. Leo sah keinen Grund, ihr mit seinen Berichten das schöne Frühstück zu vermiesen.

»Ich habe vorgestern mit Siegfried Wundschuh telefoniert«, sagte Leo, um auf das Thema zu kommen, das sie vielleicht weiterbrachte.

»Der Journalist?«

»Genau der.«

»War er hilfsbereit?«

»Ja, war er. Nachdem ich ihm das Foto von dem Plan aus Steiners Büro geschickt hatte, war er Feuer und Flamme. Er hat sofort zugesagt, alle seine Quellen anzuzapfen, um mehr über die laufenden Projekte im Landtag zu erfahren.«

Zofia hob die Augenbrauen. »Na, hoffentlich findet er was raus.«

»Ich denke schon. Er ist ein ziemliches Ass in seinem Job. Ich weiß noch: Vor ein paar Monaten erst hat er geheime Pläne für eine Mülldeponie in der Nähe von St. Pölten hochgehen lassen, das gab einen Riesenaufschrei.«

Amicus bellte ein lautes und forderndes »Wau!«.

Leo sah den Hund mitfühlend an und schüttelte den Kopf. »Tut mir leid, Käse gibt es keinen.«

Der Cocker Spaniel legte sich mit resigniertem Ausdruck lang gestreckt hin.

Doch in dieser Position blieb er nicht lange, denn irgendetwas schien seine Aufmerksamkeit erregt zu haben. Die Witterung aufnehmend, richtete er sich auf.

»Was hat er denn?«, wollte Leo wissen. »Ist er etwa beleidigt, weil er keinen Käse bekommt?«

»Nein, er hat etwas im Wald entdeckt.«

Wie auf Kommando sprang Amicus plötzlich hoch. Er bellte zweimal aufgeregt und raste dann in Richtung der Bäume davon.

Zofia legte die Tomate, die sie eben in zwei Hälften teilen wollte, beiseite. Sie stand so rasch von ihrem Stuhl auf, dass dieser nach hinten kippte und umfiel. Auf ihr scharf geschnittenes Gesicht hatten sich besorgte Züge gelegt, ihre dunklen Augen hielt sie auf den Wald gerichtet.

»Das macht er sonst nie«, sagte sie leise.

Leo begriff nicht, weshalb Amicus' Verhalten so ein Problem darstellte. Aber innerlich nahm er – schweren Herzens – Abschied von diesem kulinarisch vielfältigen Frühstück. »Du meinst also, wir sollten ihm folgen?«

Statt einer Antwort bewegte sich Zofia in die Richtung,

in die ihr Hund verschwunden war. Zunächst vorsichtig, zögernd, dann zunehmend aufgeregt und schneller. Immer noch begriff Leo nicht, warum sie so beunruhigt war. Es musste doch öfter vorkommen, dass ihr Liebling in den Wald lief. Aber irgendetwas schien sie zu irritieren. Etwas, das sich seiner Wahrnehmung völlig entzog.

Er lief ihr nach, wobei es gar nicht so einfach war, mit ihr Schritt zu halten. Der Hund war schon in den dichten Wald eingedrungen, jetzt folgte ihm Zofia in das Grün der Nadeln.

»Amicus!«, rief sie. Doch der Hund hörte nicht, er lief immer weiter. Hin und wieder, zwischen Büschen und Bäumen, tauchte sein braunes Fell für einen Moment auf. Dann huschte das Tier weiter, angezogen von einem unsichtbaren Ziel, das unwiderstehlich sein musste.

Gerade als Amicus wieder einmal aus dem Blickfeld verschwunden war, geschah es. Der Hund bellte plötzlich auf. Und erneut. Es klang sehr aufgeregt.

Bämm! Es fiel ein krachender Schuss, dessen Echo wild und unbändig durch den Wald hallte.

Entsetzt schrie Zofia auf. Sie rannte in die Richtung, aus der der Schuss gekommen war. Leo wollte ihr zurufen, dass sie besser vorsichtig sein sollte, denn sie konnte getroffen werden, aber sie ließ sich nicht zurückhalten. Sie war erfüllt vom Drang, ihrem geliebten Hund zu helfen. Schon war sie über den kleinen Abhang geeilt. Zunehmend außer Atem musste Leo so schnell laufen, wie er konnte, um sie nicht aus den Augen zu verlieren.

Schließlich, nach einer wurzeldurchzogenen Erdkuppe, fand er sie wieder.

Sie kniete am Waldboden, tief über ihren Hund gebeugt. Sofort war ihm klar, dass etwas Schreckliches passiert sein musste. Er verlangsamte seine Schritte.

Er hatte sie erreicht, stand steif neben ihr, sah ihre angsterfüllten Züge, ihre weit aufgerissenen Augen, die hinunter auf Amicus starrten. Der Hund winselte. Er lag da, hechelnd vor Anstrengung und verstört vom Geschehenen. Seine Augen suchten nach Zofias tröstendem Gesicht. Seine linke Vorderpfote war blutgetränkt.

Leo schaute sich um, doch er konnte keinen Schützen ausmachen. Es war, als hätte ein Gespenst die Waffe auf den Hund angelegt, eine schmerzbringende Kugel losgeschickt und wäre dann lautlos verschwunden. Zofia und Leo waren wohl nicht Ziel des Schützen gewesen. Es wäre ihm ein Leichtes gewesen, ihnen beiden auch ein Projektil in den Leib zu jagen.

»Mein Amicus«, schluchzte Zofia mit Tränen in den Augen. Sie schüttelte den Kopf. »Wie kann man einem Lebewesen nur so etwas antun?«

Leo fand keine Worte.

Ihr Gesicht wurde hart. »Das hat Rudi verbrochen!«

Amicus versuchte, seine Pfote zu bewegen, und winselte vor Schmerz erneut auf. Leo strich über das weiche Fell, spürte das Zittern und schnelle Atmen des Tieres. »Er braucht ärztliche Hilfe.«

»Kannst du ihn tragen?« Zofia schaute Leo hoffnungsvoll an.

»Ja sicher.« Er ließ den Blick suchend über den Hund gleiten. Sein Rumpf schien unverletzt zu sein. Es war nur ein Schuss gefallen, und der hatte – beabsichtigt oder nicht – die Pfote getroffen. Er konnte es wagen. Vorsichtig griff er unter den Hund in das Fell und hob den weichen Körper hoch. Das verursachte dem Tier neuerlich Schmerzen, wieder heulte Amicus auf.

»Warte«, sagte Zofia. »Was ist das?« Sie zeigte auf ein kleines Stück Metall zu ihren Füßen, das sich in den Waldboden gegraben hatte.

»Was für ein Zufall«, staunte Leo. »Ich hätte nicht gedacht, dass wir das Projektil finden würden, von dem Amicus getroffen wurde.«

Sie hob die Kugel vorsichtig auf. Sie berührte sie nicht mit der bloßen Hand, sondern nahm ein Blatt dazu, das sie von einem Strauch gerissen hatte. Sie dachte wohl an Fingerabdrücke. Leo bewunderte ihre Geistesgegenwart.

Sie betrachtete das bronzefarbene Stück Metall einen Moment und steckte es ein. »Es gibt keine Zufälle«, sagte sie ernst. »Wenn wir das hier finden, dann soll es so sein.«

Keine Viertelstunde später hatten sie den Hund vorsichtig auf den Rücksitz des Wagens gelegt und waren auf dem Weg zum Tierarzt. Zofia kannte einen Veterinär, der gut zwanzig Kilometer entfernt Richtung Norden seine Praxis betrieb.

Während der Fahrt blickte Zofia immer wieder zu ihrem Liebling, mit Tränen in den Augen. Amicus hechelte, er wirkte verängstigt. Der Geruch von Fell und Hundeatem machte sich im Auto breit.

Sie hatten die Pfote notdürftig mit einem Leinentuch verbunden, sodass die Blutung vorerst gestillt war. Leo sah Zofia von der Seite an. Da waren Trauer und Wut, die auf kalte Rache sannen. Ihr Gesichtsausdruck erschreckte ihn. Sie schien zu allem entschlossen.

»Wie konntest du wissen, dass Amicus in Gefahr ist?«, fragte Leo und bog in eine Abzweigung der Landstraße ein. »Ich meine, du bist aufgestanden und warst extrem besorgt. Lange bevor Amicus überhaupt in den Wald gelaufen ist.«

»Ich habe schwarze Schwingungen gespürt. Rudi hatte sich schon mit der Absicht genähert, mir zu schaden.«

»Du glaubst, unser Herr Polizist war es?«

»Ich bin sicher. Die wollen mich um jeden Preis vertreiben.«

»Aber Amicus konnte doch unmöglich wissen, was Rudi vorhatte.«

»Hunde können die Absichten eines Menschen über den Geruch wahrnehmen. Amicus hat wohl seine Witterung aufgenommen und wollte mich verteidigen.«

Er glaubte ihr. Wütend starrte er auf die Straße vor ihm. Rudi würde dafür bezahlen. Nur – und das ließ ihn das Lenkrad fester drücken – würde ihm auch diese Tat schwer nachzuweisen sein.

Der Tierarzt war ein freundlicher, robust wirkender Mann, der von seiner Assistentin rasch ein Röntgenbild der Vorderpfote anfertigen ließ. Der Cocker Spaniel hatte unglaubliches Glück gehabt. Die Kugel hatte den Knochen knapp verfehlt und nur eine oberflächliche, aber dennoch stark blutende Fleischwunde verursacht.

Amicus wurde auf den Operationstisch gelegt und die Pfote mit einer scharf riechenden Flüssigkeit desinfiziert. Dann betäubte der Arzt die Stelle mit Hilfe von mehreren kleinen Spritzen lokal und nähte die Wundränder zusammen. Die ganze Zeit über hielt Zofia den Kopf ihres Hundes. Amicus bedachte sie mit einem dankbaren Blick aus seinen dunklen Augen.

Als sie die Ordination des Tierarztes verließen, konnte Amicus nur langsam humpeln. Er trat sehr vorsichtig mit der dick bandagierten Vorderpfote auf. Zofia musste ihm ins Auto helfen.

Sie stiegen ein, und Zofia wandte sich entschlossen an Leo.

»Bring mich zur Polizeiwache in Waidingen, jetzt sofort.«

Das tat Leo, wenn er auch keine Hoffnung hatte, dass bei einem Polizeibesuch etwas Sinnvolles herauskommen würde. Doch er konnte sich in einer gut zwanzigminütigen Diskussion nicht gegen Zofia durchsetzen. Sie ließ einfach nicht locker.

Leo stellte das Auto vor der Wache ab. Hier war sommerliche Flaute, wie die ausgiebig verfügbaren freien Parkplätze deutlich machten.

Bevor sie hineingingen, sahen sie noch einmal nach Amicus, der brav am Rücksitz lag. Er schien sich langsam mit seinem bandagierten Bein abzufinden. Als Zofia ihm liebevoll über das Fell streichelte, konnte er sich zu einem ersten Schwanzwedeln durchringen.

Wenig später drückte Leo den Klingelknopf des kleinen, flachen Polizeigebäudes. Nach der Frage aus der Sprechanlage – »Wer ist da?« – und einem gemurrten »Leo Matschler«

als Antwort standen sie schon im Empfangsbereich. Eine Glasscheibe, die einen Meter hochreichte, aber nicht bis zur Decke ging, diente als Abtrennung zwischen Beamten und Besuchern. Es roch muffig. Winzige Fenster ließen nur fahles Licht herein.

Jörg Breitenberger, der dicke Kollege Rudis, der Leo bereits bei der Wagenkontrolle vor dem Schießplatz unangenehm aufgefallen war, stand hinter der Scheibe und machte große Augen.

»Was kann ich für euch tun?« Seine Stimme klang gedämpft durch das Plexiglas, falls etwas Freundlichkeit in seinen Worten gelegen war, musste sie herausgefiltert worden sein.

Zofia schwieg, doch ihr Schweigen war ein einziger Vorwurf. Zwischen Zeigefinger und Daumen – eingehüllt in das schützende Blatt aus dem Wald – drehte sie gut sichtbar die Kugel, mit der Amicus getroffen worden war. Immer noch haftete etwas getrocknetes Blut daran.

»Hol doch mal Rudi her«, sagte Leo mit Bestimmtheit.

Jörg zögerte. »Ich weiß gar nicht, ob der heute Dienst hat.«

»Bitte keine blödsinnigen Ausreden. Ihr seid so wenige in eurem Schuppen hier, dass wohl auch bei euren geistigen Kapazitäten zu kapieren sein sollte, wer anwesend ist.«

Jörg runzelte die Stirn und wirkte unschlüssig.

Erst Zofias eindringlicher Blick setzte ihn in Bewegung. Mit einem Schulterzucken schlurfte er in den Nebenraum. Es dauerte eine Weile. Währenddessen hatte Leo die Gelegenheit, die Amtsstube zu betrachten. Ein Bild des Bundespräsidenten an der Wand, darunter eine Straßenkarte, ein paar nicht mehr ganz moderne Computerbildschirme auf einem hellen Holzschreibtisch. Es wirkte bieder und zugleich unpersönlich.

Schließlich betrat Rudi mit gemessenen Schritten – sich sehr bewusst, dass er der Leiter der Abteilung war – den Raum. Hinter ihm kam nicht nur Jörg Breitenberger, sondern auch der hagere Erwin Droschan nach. Ganz so wie Franziska erzählt hatte, musste Erwin ein starker Raucher sein, denn es roch augenblicklich nach Zigaretten.

Die beiden Männer gesellten sich hinter Rudi, der an die Scheibe herantrat. Alle drei trugen sie Polizeiuniformen und Pistolen. Wo lernen die nur, sich so aufzustellen?, schoss es Leo durch den Kopf. Immer der Chef vorne, die Truppen hinten – ein Kampfgeschwader.

»Ja?«, fragte Rudi gleichgültig.

»Mein Hund wurde angeschossen, mit dieser Kugel.« Zofia legte das kleine, deformierte Stück Metall auf den Tresen.

Er verzog keine Miene.

»Ich möchte Anzeige gegen unbekannt erstatten«, sagte Zofia, ließ Rudi nicht aus den Augen und fügte hinzu: »›Unbekannt‹ ist eigentlich unzutreffend.« Ihr Blick machte klar, was sie meinte.

Rudi räusperte sich. »Sie sagen, Ihr Hund wurde angeschossen? Wann ist das geschehen?«

»Vor etwa zwei Stunden.«

»Wo soll das gewesen sein?«

Zofia antwortete nicht. Sie starrte ihm in die Augen. Ihr Blick sagte: Du weißt ganz genau, wo …

»Im Wald neben meinem Haus.«

»Lief der Hund unbeaufsichtigt herum?«

»Er muss etwas – oder jemanden – gerochen haben und ist der Spur nach.«

Erwin schaltete sich ein. »Ein Hund darf sich nicht alleine im Wald herumtreiben, das ist Vorschrift.« Seine Stimme war kratzig wie ein Reibeisen.

Rudi zog bedauernd die Augenbrauen hoch. »Es ist Jagdsaison für Kleinwild. Wenn Ihr Hund allein im Wald herumläuft, kann es sein, dass ihn irgendein Jäger versehentlich anschießt. Ist schon öfter vorgekommen.«

Zofia bekam aufgeregte Flecken am Hals. »Das war kein Versehen.«

Rudi schüttelte langsam den Kopf und sagte nichts. Leo kannte das nur zu gut. Man musste das als österreichischer Polizist im Rahmen der Ausbildung wohl stundenlang einüben. Die Botschaft war eindeutig: Wer auch immer an die

Türen der heimischen Exekutive klopfte, konnte nach dieser Abfuhr mit Sicherheit keine Amtshandlung erwarten.

Sie starrte den unwilligen Gesetzeshüter kalt an und deutete auf das Projektil. »Du willst also keine Anzeige aufnehmen und der Sache nachgehen?«

Er sah das zusammengedrückte Stück Metall kurz an, zog seine Pistole heraus und präsentierte sie Zofia. »Da passt diese Kugel auf jeden Fall nicht rein. Von uns war das keiner.« Die beiden anderen Polizisten grinsten, sie genossen es, wie cool ihr Vorgesetzter war. Rudi steckte seine Waffe wieder weg – doch erst nach einer fließenden Bewegung, mit der er kaum merklich nacheinander auf Leo und Zofia gezielt hatte.

»Aber möglicherweise«, sagte Leo, »passt die Kugel in eines eurer Jagdgewehre, mit denen ihr am Schießplatz herumballert. Ihr habt ja nicht nur Feitel, euer kleiner Verein ist auch sonst ganz gut ausgerüstet.«

Rudi sah ihn ausdruckslos an. »Rede keinen Unsinn.«

»Noch mal«, sagte Zofia. »Obwohl ich als Staatsbürgerin das verlange, lehnt ihr eine Anzeige ab?«

»Wenn hier jemand angezeigt werden kann, dann Sie, Frau Zaluski. Denn es war fahrlässig von Ihnen als Hundehalterin, den Aufenthaltsort des Tieres nicht insofern ausreichend zu beschränken, als dass keine Gefährdung der Jägerschaft bestand.«

Angesichts dieses in sperriges Beamtenhochdeutsch gepackten Unsinns wurde es Leo zu bunt. »Du meinst, Zofia hat die werte Jägerschaft in Gefahr gebracht, sodass die sich durch Amicus' forschen Auftritt zu unkontrollierten Schüssen gezwungen sah?«

Rudi nickte. »Genau. Ein Mensch hätte getroffen werden können.« Seufzend fügte er hinzu: »Aber in diesem Fall kann man von Strafmaßnahmen gegen die Hundehalterin absehen, denke ich. Wir haben heute unseren freundlichen Tag.«

Leo starrte Rudi fassungslos an. Zofia schloss die Augen, als müsste sie sich sammeln. Dann nahm sie wortlos die Kugel vom Tresen, wandte sich ab und ging zur Tür.

Eben wollte Leo folgen, als er Jörg Breitenbergers Worte vernahm. »Macht kein Theater«, rief dieser. »Halb so schlimm! So eine Pfote heilt doch schnell.«

Leo drehte sich langsam zu den Männern um. »Wir haben nichts davon gesagt, wo der Hund verletzt wurde.«

Die drei schwiegen betroffen. Rudi sah Jörg mit einer Mischung aus Entsetzen und Erstaunen an. Es war ihm wohl unbegreiflich, dass einer dümmer als er selbst sein konnte.

Zofia blickte nicht einmal zurück. Sie nickte nur, zu traurig, um zu triumphieren, und verließ den Raum.

»Ein Hoch auf unsere Polizei«, sagte Leo, strafte alle drei mit dem abschätzigsten Blick, den er je verschossen hatte, und folgte ihr.

Erst beim Auto erkannte er, wie sehr Amicus' Verletzung und die Farce in der Polizeiwache Zofia mitgenommen hatten. Hatte sie sich bisher nach außen hin um Stärke bemüht, ging das nun einfach nicht mehr. Die Trauer und der Schmerz drangen unaufhaltsam durch.

Sie riss die Tür zur hinteren Sitzbank auf, schloss Amicus in ihre Arme, als hätte sie ihn seit Jahrhunderten nicht mehr gesehen, und schluchzte. Erst als sie ihren Hund ausreichend gedrückt hatte, sah sie zu Leo hoch. »Die Typen da drinnen sind echt das Letzte«, stieß sie unter Tränen hervor. »Sie wollen mir alles nehmen. Alles, was mir etwas bedeutet.« Sie vergrub ihr Gesicht im Fell des Hundes. Als sie wieder aufschaute, waren ihre Augen gerötet. Amicus bellte. Als ob er alles verstanden hätte, stieß er sie sanft mit der Schnauze an.

Gerade als Leo aufmunternde Worte finden wollte, klingelte sein Handy.

Es war Siegfried Wundschuh. »Hast du jetzt Zeit für ein Treffen?«, klang seine freundliche Stimme durchs Telefon.

Leo warf einen Blick auf Zofia, die sich langsam wieder fasste und schon aufrecht saß. »Ich denke schon.«

»Bestens. Dann bei der Raststation an der A 1 nahe St. Pölten. In einer Stunde.«

»Geht klar.«

»Wirst es nicht bereuen. Habe gutes Material für dich.«

Leo beendete das Gespräch, steckte das Handy weg und betrachtete Zofia. Sie schien im Moment zurechtzukommen. Ihre Augen waren wieder trocken, und sie sah zuversichtlicher aus.

»Muss leider los«, sagte er und winkte mit dem Handy. »Mein Journalist. Er hat Neuigkeiten. Zuvor bringe ich Amicus und dich nach Hause.«

Sie nickte.

»Alles gut bei dir?«

Sie antwortete mit einem zerbrechlichen Lächeln.

25

Es war Leo immer schon unerklärlich gewesen, warum die großen Raststationen an den Autobahnen so geschmacklos eingerichtet waren. Lag es vielleicht daran, dass der Gast meist für maximal eine halbe Stunde dort war? Es also gar nicht notwendig oder, mehr noch, gar nicht erwünscht war, dass er es sich allzu gemütlich einrichtete?

Der geflieste Boden war spiegelglatt, die wie zufällig platzierten Regale an der Wand präsentierten ein austauschbares Angebot an magnetischen Plaketten mit Landschaften oder lustigen Sprüchen. Dazu Schlüsselanhänger und Tassen, die Impressionen von Niederösterreich feilboten: die Donau, Kirchen, blühende Obstbäume.

Das Essen, angerichtet in Metalltheken wie in einer Gefängnisküche, roch so, dass einem der Appetit verging – zumindest ihm als Spitzenkoch mit seiner geschulten Nase.

In dieser artifiziellen Umgebung konnte man nur Gespräche führen, die ohne großen Wohlfühlfaktor auskamen. Zu so einem Austausch von Informationen war er nun unterwegs. Er mochte Siegfried zwar gern, seine unbekümmerte Art hatte ihn gleich angesprochen, aber die Natur der Sache ließ Leo einen Schauer über den Rücken laufen.

Siegfried wartete bereits. Nach einer kurzen Begrüßung holten sie sich jeder ein Bier vom Ausschank und setzten sich in den Essbereich, der den Charme eines Operationssaales hatte.

»Freut mich, dass wir uns wiedersehen«, sagte Siegfried und blickte Leo freundlich durch seine rot gerandete Brille an.

Bezüglich seiner Kleidung war Siegfried höchst verlässlich. Man konnte darauf vertrauen, dass er bunte Farben wählte, die nichts miteinander zu tun haben wollten. Das mit grünen Blättern geschmückte Hawaiihemd stand im heftigen Farbenkrieg mit dem violetten Jackett, das wiederum nichts mit der blauen Stoffhose im Sinn hatte. Vielleicht war es ein Statement, eine persönliche Note – auf jeden Fall konnte man einem Menschen, der so tolerant gegenüber seinen Kleidungsstücken war, nichts Böses zutrauen.

»Freut mich auch, länger nicht gesehen«, nickte Leo und nahm einen Schluck vom Bier. Ausreichend gekühlt, stellte er zufrieden fest.

»Wie läuft's im Goldganserl? Ich glaube, ich schau bald mal wieder vorbei.«

»Da habe ich gekündigt.«

Siegfried zog die Augenbrauen so hoch, dass sie seine Brille überragten. »Nein! Warum das?«

»Meinungsverschiedenheiten mit der Geschäftsführung.«

»Eine Schande. Wo soll ich denn jetzt meinen Mostbraten essen?«

Leo zuckte mit den Schultern. »Komm uns doch mal am Mosthof besuchen. Dann koche ich dir einen.«

»Mosthof, ach so, in Waidingen, bei deiner Mutter … Wie läuft's mit ihr?«

»Ganz gut. Ich vertrete in arbeitstechnischer Sicht meinen Vater. Sie hätte gerne, dass ich noch mehr am Hof helfe, aber mir fehlt die Zeit. Dieser Fall beschäftigt mich.«

Siegfried trank ausgiebig von seinem Bier und stellte das Glas ab. Mit einer raschen Bewegung griff er zur Seite und holte aus einer Ledertasche eine orangefarbene Aktenmappe hervor. Er kramte darin und legte einen Stapel von bedruckten Blättern Papier auf den Tisch.

»Ich habe ein paar Kontakte angezapft«, sagte er mit einem schelmischen Lächeln.

Leo betrachtete die Seiten. »Worum geht es da?«

»Du weißt ja, dass es die offiziellen Landtagssitzungen gibt.«

Leo nickte.

»Und dann gibt es die sogenannten Sideletters.«

Davon hatte Leo natürlich schon gehört. In Österreich

wusste jeder, der ein wenig die Medien verfolgte, dass Sideletters etwa bei Koalitionsverhandlungen der Regierung ein Mittel waren, um das auszudealen, was man niemals offiziell niederschreiben wollte.

»Und dir wurde so ein Sideletter zugespielt?«

»Ja, und er enthält sehr interessante Details. Es geht um ein Treffen mehrerer Bürgermeister mit der Landesregierung.«

»Lass mich raten: Auch Heinrich Steiner war bei so einer Sitzung.«

Wieder lächelte Siegfried und betrachtete sein goldgelbes Glas. »Köstlich. Besser als das Gesöff, das es sonst auf Raststationen gibt.« Dann blätterte er weiter und zeigte auf das Stück Papier, das einen großflächigen Bereich des südlichen Niederösterreichs abbildete.

»Der Flächenwidmungsplan *vor* besagtem Treffen.«

Er zog das nächste Blatt heraus. »Das hier ist zwei Wochen *nach* dem Treffen entstanden, nach der Landtagssitzung. Kannst du den Unterschied erkennen?«

»Lass mich noch mal sehen.«

Leo griff zu den Blättern und verglich sie. Schließlich fand er unter den verschiedensten Farben der Pläne eine grüne Stelle, die auf dem älteren Plan noch grau gewesen war.

Er deutete auf den Fleck. »Hier, das wurde wohl umgewidmet.«

Siegfried nickte. »Richtig. Aus einem Wohnareal wurde ein industriell zu nutzendes Gebiet.«

Leo sah noch mal genauer hin. »Moment!«, sagte er. »Das ist doch direkt neben Waidingen!«

»So ist es. Es soll eine Fabrik für Batterien entstehen. Für Elektroautos.«

Nun ging Leo mit der Nase ganz nahe ans Papier heran, um auch noch das letzte Detail erkennen zu können. Vor ihm wurde ein schmaler Korridor sichtbar, der sich ebenfalls von Grau zu Grün gewandelt hatte. Er entsprach von seiner Position her genau dem Pfeil, den Steiner in grellem Orange auf seinen Plan im Bürgermeisterbüro gemalt hatte.

Leo ließ sich schwer auf den Plastikstuhl fallen. »Eine Zubringerstraße«, stöhnte er. »Genau durch Zofias Grundstück.«

»Auf Basis der Raumplanung des Landes kann der Bürgermeister eine lokale Flächenwidmung durchführen«, sagte Siegfried, »aber natürlich ist es ein Problem, wenn auf dem Grundstück jemand wohnt. Durchsetzen kann man wohl alles – doch Zeit, Kosten und negative Schlagzeilen können dir als Politiker das Genick brechen. Besser, die Besitzerin ist entnervt. Ein Angebot im richtigen Moment, über einen Strohmann, ein Verkauf und schon ist die Straße konfliktfrei gebaut.«

Nachdenklich sah Leo Siegfried an. »Aber was hat Steiner davon?«

»Glaub mir: Wenn ein korrupter Bürgermeister ein paar Parteikollegen, die wiederum engste Beziehungen zu heimischen Baulöwen haben, glücklich macht – ja, dann ist seine Wahl zum Landesrat so gut wie sicher.«

Das erklärte alles. Erklärte, warum Bürgermeister Steiner die arme Zofia aus dem Weg räumen wollte. Eine Batteriefabrik und eine Zubringerstraße sollten ihr zum Verhängnis werden. Siegfried wusste, wovon er sprach: Schon seit Jahren recherchierte er tief in den Verflechtungen zwischen Politik und Wirtschaft.

Leo stand auf, legte ein paar Münzen auf den Tisch. »Fürs Bier.«

»Du musst schon weg?«

»Ja, es gibt viel zu tun.«

Siegfried sah verschmitzt zu ihm hoch und setzte ein schiefes Grinsen auf. »Ich hätte große Lust, einen Artikel zu schreiben. Über die Machenschaften in Waidingen. Eine richtig geile Aufdeckerstory. Wie die Batteriefabrik den malerischen Ort vergiftet. Welche Politiker profitieren. Da bliebe kein Stein mehr auf dem anderen.«

Leo schüttelte den Kopf. »Nein, bitte tu das nicht. Es wird die Zeit kommen, damit an die Öffentlichkeit zu gehen. Aber nicht jetzt.«

»Warum nicht?«

Leo hatte das Gefühl, dass es ein Fehler wäre, die geheimen Bauprojekte zu früh bekannt zu machen. Denn immer noch sagte ihm eine innere Stimme, dass Rudi ein schwereres Verbrechen begangen hatte als sein Vater. Sosehr Zofia auch unter Druck stand – am wichtigsten waren jetzt nicht eine zurechtgebogene Raumplanung und politische Deals, sondern der Mord. Oskar hatte sterben müssen, und solange der Täter nicht gefasst war, wollte er keinen Artikel in der Zeitung. Das würde jede Ermittlung beeinträchtigen. Es würde nicht lange dauern, bis Leo als Quelle auffliegen würde. Dann würde er von der Polizei einvernommen und gefragt werden, woher denn die Beweise stammten. Aus einem Einbruch beim Bürgermeister, interessant. Ein Skandal würde alle in Panik versetzen. Heinrich und Rudi würden von Journalisten gejagt werden. Es wäre Leo in dem Trubel unmöglich, noch irgendetwas über den Mord herauszufinden.

Siegfried gegenüber wollte er natürlich nichts von seinem Mordverdacht äußern, das Wort Mord nicht einmal in den Mund nehmen. Sonst würde seine Journalistenseele Blut lecken, er wäre nicht mehr zu stoppen.

»Wenn die Zeit reif ist für einen Artikel, melde ich mich«, sagte Leo. »Ich habe meine Gründe, und ich hoffe, du respektierst sie.«

Nun stand auch Siegfried auf. »Selbstverständlich. Aber warte nicht zu lange, mir das Okay zu geben. Die Story ist einfach zu gut, ich werde sie nicht ewig für mich behalten können. Ich bin nun mal Journalist und lebe von genau solchen Geschichten.«

Leo nickte, und die beiden Männer schüttelten sich die Hände. Siegfried übergab Leo die Unterlagen. »Kannst du behalten, sind Kopien.«

»Danke noch mal«, sagte Leo.

»Gerne doch. Ich komme mal bei dir auf einen Mostbraten vorbei.«

Leo lächelte. »Ich freue mich darauf.«

26

Die brandheißen Neuigkeiten wollte Leo natürlich sofort Zofia mitteilen. Endlich war klar, was Heinrich Steiner mit ihrem Haus vorhatte und was er sich davon versprach. Doch er fuhr nicht direkt zu ihr, sondern machte einen Zwischenstopp beim Mosthof. Er hatte Mostschober gebacken. Eines dieser Küchlein wollte er Zofia mitbringen, um ihre Stimmung zu bessern. Bestimmt war sie noch nicht darüber hinweg, dass ihr Hund angeschossen worden war.

Doch es erwies sich als Fehler, zum Mosthof zu fahren.

Kaum hatte Franziska ihn entdeckt, forderte sie seine Hilfe ein. Konkret verstand sie darunter, dass er die aufwendige Reinigung der Tanks übernahm, die jedes Jahr wieder für die Mostproduktion gebraucht wurden. In ihnen fand die Umwandlung der Birnenmaische in Most statt, ein delikater Vorgang, bei dem viel gewonnen, aber auch alles verloren werden konnte.

Es war eine höllische Arbeit. Leo schrubbte eine gefühlte Ewigkeit, bis die Tanks völlig gereinigt waren. Gerade als er mit dem letzten fertig war und eine ausgiebige Dusche genommen hatte, läutete es an der Haustür.

Zunächst wollte er es ignorieren, da doch seine Mutter aufmachen konnte. Er stand nass und nackt im Bad und hatte keine Lust, so nach unten zu laufen.

Als es aber erneut klingelte, trocknete er sich – mehr als eine Unmutsäußerung ausstoßend – notdürftig ab und schlüpfte in einen weißen Bademantel.

Barfuß lief er die Treppe hinunter und wäre dabei fast ausgerutscht.

Unten keine Spur von Franziska. Also öffnete er selbst die Eingangstür. Draußen stand Andrea. Sein Herz schlug schneller. Er fuhr sich durch das Haar, das noch etwas feucht war.

»Hallo, Andrea«, sagte er, »was tust du denn hier?«

Sie antwortete nicht, sondern sah ihn nur verlegen an. »Kann ich reinkommen?«

Er machte die Tür weiter auf und ließ sie eintreten. Sie betrachtete schüchtern seinen Bademantel.

»Gib mir eine Sekunde«, bat er. Er eilte die Treppe hinauf – wobei er fast wieder ausgerutscht wäre – und warf sich im oberen Stock in T-Shirt und Jeans.

Dann standen sie in der Küche, und keiner sagte ein Wort. Niemand wollte beginnen.

Schließlich brach Leo das Schweigen. »Setz dich doch bitte.« Er deutete auf den Stuhl neben dem Tisch, und sie nahm Platz.

»Möchtest du etwas zu trinken?«

Sie schüttelte den Kopf.

Er lächelte verschmitzt. »Ich habe großartige Mostschober gemacht!«

»Wow!« Andreas Augen strahlten plötzlich. »Die liebe ich. Wie ist denn dein Rezept?« Leo war froh, mit der Zubereitung der Kuchen, die im Mostviertel gern gekühlt serviert wurden, glänzen zu können.

»Ganz einfach«, sagte er und fing an zu dozieren: »Eier trennen. Dotter mit Zucker schaumig rühren. Eiklar zu steifem Schnee schlagen. Eischnee und Brösel unter die Eimasse heben. Masse in gut gefettete, kleine Formen füllen und bei hundertsiebzig Grad etwa fünfzehn Minuten backen.«

Sie kicherte. »Du klingst wie ein Kochbuch. Was ist mit dem Most?«

»Most mit Wasser, Zucker, Gewürzen und Zitronensaft aufkochen und abschmecken, dann gut abkühlen lassen. Das gibst du in eine Schale. Die Mostschober setzt du rein, damit sie sich vollsaugen können.«

»Bin neugierig!«

Leo eilte zum Kühlschrank und holte einen Mostschober heraus. Es blieb noch gut ein halbes Dutzend über, natürlich hatte er nicht vergessen, dass auch Zofia eine dieser Köstlichkeiten zustand. Das niedliche Küchlein setzte er auf einen blumenbemalten Teller und servierte Andrea das Dessert mit etwas Schlagsahne und einer kleinen Gabel.

Schon nach dem ersten Bissen war sie offensichtlich begeistert. »Der schmeckt großartig«, schwärmte sie. »Ich wette, nur du kannst den so gut machen.«

Natürlich hätte der Anstand ein bescheidenes Abwiegeln geboten. Er hätte sagen müssen, dass es bestimmt viele gab, die so einen Mostschober hinbekamen. Doch seine Eitelkeit war gerade stärker und ließ das nicht zu. Außerdem, um bei der Wahrheit zu bleiben, war es schwer, jemanden zu finden, der so gut mit Most als Zutat umgehen konnte wie er. Also lächelte er bloß.

In diesem Moment wurde Andrea ernst. Sie legte die Gabel auf den Tisch und sah Leo mit einem einfühlsamen Blick an.

Er bemerkte diesen Blick, konnte ihn aber nicht deuten.

»Was ist?«, fragte er.

»Ich bin gekommen, um etwas mit dir zu besprechen.«

Ihre Augen waren wunderbar, schön und klar. Die Wahrheit war: Er hatte schon den ganzen Tag an Andrea gedacht. Es hatte ihn tief berührt, dass sie ihm auf dem Dachboden des Mostlers zur Seite gestanden war. Sie hatte sich sogar gegen Rudi gestellt. Das konnte doch nur bedeuten, dass sie noch viel für ihn empfand. Bestimmt war sie gekommen, um ihm zu sagen, dass alte Gefühle aufgeflammt waren. Glaubte auch sie, dass zwischen ihnen neue Zuneigung gewachsen war, die sich auf dem besten Wege befand, zu Liebe zu werden?

»Leo, es geht um mich und Rudi.«

Ihre Gefühle für Leo mussten ihr Probleme bereiten, das verstand er natürlich gut. Immerhin hatte sie sich Rudi versprochen. Nun war die Einsicht, den falschen Mann auserwählt zu haben, sicherlich eine schmerzhafte Erkenntnis.

»Wir beide …«, begann er, doch sie unterbrach ihn rasch.

»Leo. Rudi und ich haben uns auf einen Hochzeitstermin geeinigt. Wir werden in vier Wochen heiraten.«

Es fühlte sich wie ein Schlag in die Magengrube an. »Oh.« Das war alles, was er hervorbrachte.

»Ja, wir wollen es jetzt endlich durchziehen«, sagte sie.

Er atmete tief ein. Wie dumm er gewesen war. Wie hatte er nur glauben können, dass er – gerade erst wieder in Waidingen aufgetaucht – auch nur annähernd eine Rolle in ihrem Leben spielen könnte.

Er schämte sich beinahe, so weit entfernt von der Realität dahingetrieben zu sein.

»Wann genau habt ihr euch auf den Termin geeinigt?«

Andrea studierte die Gabel, als stünde die Antwort dort eingraviert. »Gestern Abend noch.«

Leo schnaubte. »Zuerst schlägt mich dein Verlobter nieder, dann vergesst ihr alles und vereinbart einen Hochzeitstermin? Oder gab es da einen – sagen wir – Zwischenschritt zur Versöhnung?«

Sie legte die Gabel weg und sah ihn vorwurfsvoll an. »Sei nicht kindisch. Was du andeutest, hat nicht stattgefunden.«

»Sondern?«

Sie rückte auf dem Stuhl hin und her. »Es ist so: Wir haben den Hochzeitstermin schon so lange hinausgeschoben. Rudi hat mich hundertmal gedrängt, dass wir uns endlich hinsetzen und einen Tag ausmachen.«

»Und gestern war es dann so weit? Seid ihr in romantischer Stimmung gewesen? Was so ein bisschen Blut alles bewirkt …« Leo legte die Hand an seinen Kiefer, tastete, ob da noch irgendwo eine Schwellung von Rudis Attacke war. So überdeutlich, wie er das tat, war klar: Er wollte sie daran erinnern, was ihm angetan worden war.

Andrea verdrehte die Augen. »Dass Rudi in den letzten Tagen so unausgeglichen war, hatte auch mit dem fehlenden Termin zu tun. Unter seiner harten Schale steckt ein verletzlicher Kern.«

Dass sie jetzt mit solchen Groschenromanklischees daherkam, fand er enttäuschend. Unter Rudis harter Schale war – zumindest was den Schädel betraf – nur ein Hohlraum.

Ihr Schweigen signalisierte ihm lautstark, dass da noch etwas anderes war.

»Ich glaube«, sagte sie zögernd, »es ist besser, wenn wir uns nicht mehr sehen.«

»Wie bitte?«

»Ich möchte, dass wir keinen Kontakt mehr miteinander haben.«

Sie vermied seinen Blick. Für Leo war es gar keine Frage: Das war nicht ihr eigener Wunsch, es war Rudis Befehl. Sie hatte ihm nachgegeben.

Gerade als Leo antworten wollte, öffnete sich die Tür. Franziska kam mit ein paar Gläsern Konfitüre herein, die wohl für das Frühstück der wenigen Gäste bestimmt waren.

Sie sah Andrea, und ihre Augenbrauen gingen hoch, ihr Blick wanderte zwischen Leo und Andrea hin und her. Offensichtlich empfand sie es als nicht schicklich, dass eine Frau, die einem anderen versprochen war, hier ihren Sohn besuchte.

»Also, Leo, mach's gut«, sagte Andrea mit einer Leichtigkeit, die nur gespielt sein konnte. Ihre Augen verrieten etwas anderes.

Mit einer ruckartigen Bewegung stand sie auf und verließ die Stube.

Leo starrte lange auf die geschlossene Tür.

»Na, die hatte es aber eilig«, sagte Franziska.

Eilig hatte es auch Leo, auf sein Zimmer zu kommen. Dort ließ er sich erst mal auf das Bett fallen.

Seine Gedanken rasten. Andrea wollte nichts mehr mit ihm zu tun haben. Wie konnte sie sich nur selbst so verleugnen?

Jetzt, in diesem Moment, als sie so unerreichbar für ihn war, erkannte er einmal mehr, wie viel er für sie empfand.

Langsam, so wie sich gestern die Wolken am Himmel über Waidingen zusammengeballt hatten, verdunkelte sich seine Stimmung. Er zog eine Bilanz über seine Tage hier.

Es war alles schiefgelaufen.

Er hatte nur Ablehnung erfahren. Niemand wollte ihn im

Ort. Es war wieder wie damals. Nein, schlimmer. Diesmal hatte er nicht einmal mehr Andrea mehr auf seiner Seite.

Wozu kämpfen?

Die Menschen hier warfen ihm und Zofia hinter vorgehaltener Hand einen Mord vor. Sie mobbten sie, hatten einen unschuldigen Hund angeschossen.

Er war naiv gewesen zu glauben, dass er Zofia helfen könnte. Zu mächtig waren die Gegenspieler. Der Bürgermeister würde sich aus der Affäre ziehen. Es war ihm nicht nachzuweisen, dass er über Rudi aktiv etwas gegen Zofia unternahm. Sollten seine Bauvorhaben auffliegen, würde ihm sicher ein Parteifreund aus der obersten Riege Rückendeckung geben. Diese Typen fanden immer einen Weg.

Auch Rudi gegenüber war er machtlos. Er war stärker. Er war hier tiefer verwurzelt. Und er hatte Andrea auf seiner Seite.

Was hielt ihn überhaupt in Waidingen? Seine Mutter war ohnehin nicht zufrieden mit seiner Arbeitsleistung. Sein Vater? Nicht mal da, abgetaucht in ein anderes Land.

Er war allein.

Als er so dalag und an die Decke seines Zimmers starrte, wollte er nur eines: abreisen, alles hinter sich lassen.

Er stellte sich bereits vor, wie er seine Koffer packte und wieder nach Wien aufbrach, als sein Handy klingelte.

Zunächst hatte er keine Lust, den Anruf anzunehmen, aber da das Läuten weiter unnachgiebig in seinem Gehörgang hämmerte, hob er ab.

Es war Zofia. »Hallo, Leo. Wir müssen weitermachen.«

Leo sagte nichts. Er war anderer Meinung.

»Ich habe Jasmin angerufen«, sagte Zofia. »Sie ist gerade dabei, das Geschäft ihres Großvaters auszuräumen. Eine bessere Gelegenheit, in Oskars Waren zu wühlen, werden wir nicht bekommen.«

Sie hatte recht. Rein verstandesmäßig war ihm klar, dass – falls sich der Schlüssel zum Safe tatsächlich in Oskars Gemischtwarenladen befand – sich gerade ein günstiger Zeitpunkt auftat, ihn zu suchen. Doch sein Körper schien wie Blei auf die Federkernmatratze zu drücken. Er verweigerte jede Aufforderung aufzustehen. Alle Kraft war aus ihm gewichen.

»Was ist? Wann holst du mich ab?«, fragte sie ungeduldig. Es war etwas Grimmiges in ihrer Stimme, der Anschlag auf Amicus hatte sie sicher nur entschlossener gemacht.

»Ich komme gleich«, hörte er sich sagen. Er legte auf.

Nach einer Minute des Widerstands, in der er einen inneren Dämon nach dem anderen tötete, kam er langsam aus dem Bett hoch.

Es half nichts, er konnte nicht flüchten. Er musste weiterkämpfen. Für die Wahrheit.

27

Zofia hatte sofort bemerkt, dass Leo schlecht gelaunt war. Die Fahrt hatte mit Begräbnisstimmmung begonnen. Nachdem die beiden vor Oskars Laden aus dem Auto gestiegen waren und Leo missmutig die Tür auf der Fahrerseite zugeknallt hatte, fragte Zofia: »Was ist denn mit dir los?«

Er antwortete nicht gleich, was sie dazu veranlasste, sich in Gedankenlesen zu versuchen. »Es ist wegen Andrea, richtig?«

Wieder sagte er nichts. Aber sein genervter Blick war deutlich genug, denn Zofia zog verstehend die Augenbrauen hoch. Leo konnte nur schlecht verbergen, wie sehr es ihn störte, dass Andrea ausgerechnet Rudi heiraten musste. Er war ein Schläger und wahrscheinlich ein Mörder. Wie konnte sie sich bloß so ihr Leben versauen?

»Es geht nicht nur um Andrea«, stieß er schließlich hervor. »Es geht um alles. Ich meine: Was tun wir hier? Vielleicht hattest du von Anfang an recht. Wir können aufdecken, was wir wollen. Das hilft uns nicht. Das macht uns nur noch unbeliebter. Die geben uns doch keine Chance.«

Sie legte ihre Hand auf seine Schulter. »Wir brauchen keine Chance. Es gibt einen Mord. Und am Ende werden wir besser dastehen als jetzt.«

Leo sah sie zweifelnd an.

»Komm schon«, sagte Zofia. »Du hast mir Mut zugesprochen, nachdem sie die Botschaft in mein Haus geritzt haben. Und nachdem sie Amicus fast abgeknallt hätten. Bitte lass mich jetzt nicht hängen. Meinst du, ich habe Lust, unter diesen Umständen hier weiterzuleben, als wäre nichts geschehen?«

Ihr ehrlich besorgter Gesichtsausdruck rührte ihn. Wenn ihm auch im Moment alles sinnlos erschien, fühlte es sich nicht richtig an, die Ermittlungen hinzuschmeißen. So einfach wollte er die anderen nicht gewinnen lassen.

»Siegfried Wundschuh war ein Volltreffer«, sagte er.

»Tatsächlich? Ich bin davon ausgegangen, dass er nichts Neues zu berichten hatte. Du hast dich nach dem Gespräch nicht bei mir gemeldet.«

»Das hatte andere Ursachen. Ich sage nur: Tankreinigung unter Aufsicht meiner Mutter.«

»Du Armer! Hättest aber anrufen können.«

»Wollte ich, doch dann hat Andrea mich mit ihrem Hochzeitstermin überrascht.«

»Was dich in eine Krise gestürzt hat.«

»Allerdings.«

»Okay. Das geht vorbei. Was hat dieser Journalist nun rausgefunden?«

Leo holte Luft. »Einiges. Es ist geplant, ein Batteriewerk in der Nähe von Waidingen zu bauen.«

»Was? Ein Batteriewerk?«

»Genau.«

»Moment mal …« Zofia verschränkte die Arme. »Die eingezeichnete Straße auf Heinrich Steiners Plan …«

»Die soll zu dieser Fabrik führen, richtig.«

Sie schluckte und kniff wütend die Augen zusammen. »Daher muss ich weg, und mein Haus auch.«

»Steiner erhofft sich dadurch, seine Chancen zu erhöhen, zum Landesrat gewählt zu werden. Es gibt einige wichtige Leute, die vom Werk und der Straße profitieren.«

»Diese Verbrecher …«

Da konnte er nicht widersprechen. Moral konnte er jedenfalls weit und breit nicht entdecken.

Eine Falte legte sich auf Zofias Stirn. »Will Wundschuh einen Artikel darüber schreiben? Ich denke, es wäre zu früh. Noch kennen wir Oskars Mörder nicht.«

»Siegfried hält auf meine Bitte hin still. Bis auf Weiteres.«

»Sehr gut.« Sie atmete tief durch und versuchte, ihre Wut, so gut es ging, abzuschütteln.

Sie machten ein paar Schritte auf den Laden zu, bis Leo Zofia forschend ansah. »Wie geht es Amicus?«

»Besser. Er hat schon wieder Appetit.«

In diesem Moment war ein knatterndes Motorengeräusch zu hören. Eine junge Frau fuhr unter beachtlicher Lautstärke mit einem weißen Motorroller vor, den sie unweit von Leos Wagen parkte. Sie nahm den Helm ab, richtete ihr Haar und winkte den beiden. Es war Jasmin.

Nachdem sie alle drei gemeinsam den Gemischtwarenladen betreten hatten, sah sich Leo aufmerksam um. Er war seit vielen Jahren nicht hier gewesen und betrachtete Einrichtung und Waren nicht mehr mit den Augen eines Kindes, sondern mit denen eines Erwachsenen.

»Mir kommt das alles kleiner vor als damals.«

»Du bist jetzt größer«, antwortete Zofia. Sie meinte das natürlich nicht nur im körperlichen Sinne. Wenn er auch im Moment nicht bester Laune war, so schwach und hilflos wie damals, wenn ihn Rudis Bande zugerichtet hatte und er hierhergekommen war, um sich mit Süßigkeiten trösten zu lassen, war er tatsächlich nicht mehr.

Der Laden bestand im Wesentlichen aus zwei Gängen von vielleicht zehn Metern. Es war ein seltsames Gefühl. Oskar war aus dieser Welt geschieden, aber seine Waren standen noch in langen Reihen da, wie ein Vermächtnis und eine unausgesprochene Aufforderung, etwas damit zu tun.

Er hatte ein gutes Sortiment hinterlassen. Auf begrenztem Raum war alles vorhanden, was für den täglichen Bedarf in Waidingen gebraucht wurde. Nudeln, Reis, Dosen, Milchprodukte, Obst, Gemüse, Bier, Kekse, Schokolade und vieles mehr. Sauber und logisch in den stabilen Metallregalen geordnet, das musste man Oskar lassen. Es war heute sicher ein harter Kampf, gegen die allmächtigen Lebensmittelketten zu bestehen. Die meisten Geschäfte dieser Art existierten nicht mehr. Und sehr wahrscheinlich würde es jetzt noch eines weniger geben.

»Hast du«, fragte Leo Jasmin vor dem Dosenregal, das Erbsen, Mais und Kidneybohnen umfasste, »schon einmal darüber nachgedacht, diesen Laden hier weiterzuführen, wenn du ihn erbst?«

Sie lachte auf. »Fragst du das im Ernst? Nein, habe ich nicht. Ich kann zwar kein Medizinstudium beginnen, weil ich den Test versemmelt habe, aber deswegen stelle ich mich noch lange nicht in diesen Laden hier, so nett er aussieht.«

»Was hast du sonst vor?«

Sie zuckte mit den Schultern. »Ich denke, ich werde Lehrerin. Biologie und Werkunterricht.«

Leo beruhigte es, dass sie sich schon Gedanken gemacht hatte, wie nach dem gescheiterten Versuch eines Medizinstudiums Plan B aussehen könnte. Ein Mord, ein schnelles Erbe – das schien nicht ihr Lebensentwurf zu sein.

»Was wirst du dann mit dem Laden machen?«, fragte Zofia sie. »Verkaufen? Verpachten?«

Jasmins Augenbrauen schoben sich zusammen. »Ich weiß nicht. Es ist alles wahnsinnig schnell gegangen.«

So angestrengt sie sich auch um Stärke bemühte, Leo sah deutlich, dass sie mit der Situation überfordert war.

»Meine Großmutter aus Hamburg wird mich unterstützen«, sagte Jasmin. »Sie war auf dem Begräbnis vorgestern. Die Sache mit Oskar hat sie mitgenommen, obwohl sie schon lange getrennt waren. Sie will mir helfen, den Laden loszuwerden.«

Das Begräbnis. Seine Mutter hatte ihm davon erzählt, und Leo wusste, dass er sich richtig entschieden hatte, nicht daran teilzunehmen. Es hatte offenbar eine gedrückt-aggressive Stimmung geherrscht. Statt Feierlichkeit und erhabenen Momenten hatte Franziska nur argwöhnische Blicke in ihre Richtung wahrgenommen. Vielleicht war sie aber auch unter dem Einfluss ihrer paranoiden Angst gestanden, als Mutter eines mutmaßlichen Mörders in Sippenhaft genommen zu werden.

Jasmin räusperte sich, um zu verhindern, dass sich ihre Augen beim Gedanken an den verstorbenen Großvater mit Tränen füllten. »Ihr wolltet nach dem Schlüssel suchen, hat mir Zofia gesagt?«

»Ja«, bestätigte Leo. »Ich ... wie soll ich es ausdrücken ...

hatte eine Vision von Schokofröschen. Hat Oskar hier welche?«

Jasmin sah ihn mit spöttisch verzogenen Mundwinkeln an. »Eine Vision von Schokofröschen? Zu viel getrunken?«

Empört stemmte Zofia die Arme in die Hüften. »Ich habe ihm Zugang zu seinen verborgenen Erinnerungen gewährt.«

»Ach so«, meinte Jasmin mit gespieltem Ernst, »das ist natürlich etwas ganz anderes.«

Leo grinste, die Frechheiten der jungen Dame amüsierten ihn. »Auf jeden Fall müssen die Frösche eine Bedeutung haben. Ich bin fast sicher, dass in einem von ihnen der Schlüssel versteckt ist.«

»In einem Schokofrosch?«, fragte Jasmin. »Wie soll das denn gehen?«

»Es ist ein kleiner Schlüssel. Du drückst ihn in den Frosch, schmilzt etwas Schokolade und verschließt die Eintrittspforte.«

Jasmins Blick blieb skeptisch.

»Weißt du, wie man einen Diamanten versteckt?«

»Keine Ahnung.«

»In einem Haufen wertloser Glassteine, die so ähnlich aussehen.«

Sie erkannte nicht, was das eine mit dem anderen zu tun hatte.

»Der wertvolle Frosch versteckt sich zwischen all den anderen, die keinen Wert haben«, erklärte er die Analogie, die auf beiden Froschbeinen hinkte.

»Wie auch immer«, meinte sie, »überprüfen wir eure Theorie.«

Sie führte die beiden entlang der Gewürzsäckchen, Salz- und Pfefferstreuer weiter nach hinten, um die Kurve herum und wieder Richtung Ausgang. Im Getränkebereich, wo die Most-Platzhirsche – Edi Rager und Franziska Matschler – friedlich nebeneinander mit einigen Flaschen vertreten waren, begann vor dem Kassenbereich die hochkalorische Region: Schokoriegel, Butterkekse, Gummibären.

Es gab dort auch, auf einem sehr hohen einzelnen Regalbrett, das an die Wand montiert war, drei große Gläser mit Schokofiguren, Hasen, Schildkröten und Frösche.

»Das ist jetzt ein ungewöhnlicher Wunsch«, begann Leo, »aber wir würden gerne alle Schokofrösche in der Mitte auseinanderbrechen.«

Jasmin sah ihn erstaunt an.

»Natürlich ersetzen wir dir den Schaden«, sagte er, zog einen Zwanzig-Euro-Schein aus der Brieftasche und hielt ihn ihr hin. »Die Ware könntest du ja verkaufen, somit ist sie etwas wert.«

Sie nahm den Schein und steckte ihn ein. »Kein Problem, macht mit den Fröschen, was ihr wollt.«

Leo musste sich strecken, um an die süßen Amphibien zu gelangen. Er dachte an die durch Zofia ausgelöste Vision, in der seinem kindlichen Ich das Glas unerreichbar hoch oben erschienen war. Womöglich hatte es sich in der Tat um echte Erinnerungen gehandelt, die in ihm aufgestiegen waren, während er in Zofias Garten in Trance gelegen hatte. Bestand die Hoffnung, dass sie so den Schlüssel fanden?

Er stellte das zu drei Vierteln gefüllte Glas auf den Tresen neben der Registrierkasse.

Dann untersuchten sie alle drei gemeinsam einen Schokofrosch nach dem anderen. Sie knickten sie in der Mitte durch. Die dunklen Köstlichkeiten waren mit gelbem Bananenmark gefüllt, wie sich sehr rasch herausstellte. Die armen auseinandergebrochenen Froschhälften landeten in einem anderen, zu Beginn noch leeren Glas, das sich mit den Minuten immer mehr füllte.

Leo hoffte bei jedem Frosch, den er in die Hand nahm, diesmal unter der Schokohülle nicht auf die weiche, nachgiebige Konsistenz von Bananenmark zu stoßen, sondern auf den harten Widerstand eines Schlüssels. Doch vergeblich. Am Ende war der letzte braune Hüpfer zerteilt und das Glas mit dunklen und hellgelben Fragmenten gefüllt. Ein Massaker. Und wie alle Massaker ein sinnloses.

»Kein Schlüssel«, grummelte er. Plötzlich kam ihm das alles idiotisch vor. Wer versteckt schon einen wichtigen Safeschlüssel in einem Glas mit Schokofröschen? Was, wenn Oskar einen Frosch verkauft hätte, und da wäre dann versehentlich sein Schlüssel drin gewesen?

»Dennoch, deine Vision hat etwas zu bedeuten«, beharrte Zofia.

Leo dachte nach. Er sah hoch zum Brett.

»Gibt es hier einen Stuhl oder so was Ähnliches?«, fragte er.

»Moment«, sagte Jasmin. Sie verschwand für einen Augenblick im Lagerraum und kam mit einer kleinen Stehleiter zurück. »Die hier ist besser.«

»Danke.« Er richtete die Leiter auf und bestieg die erste Sprosse. Das Ding war wackelig, deshalb war er vorsichtig, als er hinaufkletterte.

»Ist da was?«, fragte Zofia.

An der Stelle, wo das Glas gestanden hatte, befand sich eine feine Linie im Holz. Sie beschrieb ein Rechteck. Leo fuhr die Rille entlang und bemerkte, dass das von der Linie begrenzte Stück locker war.

»Hast du einen Schraubenzieher?«, fragte er.

Jasmin sah sich um, öffnete die Lade unter der Kasse. Tatsächlich war dort etwas Werkzeug, Nägel, Dübel und ein Schraubenzieher, den sie herausholte und ihm nach oben reichte.

Er setzte den Schraubenzieher an, und nun gelang es ihm, das Holzstück ohne großen Kraftaufwand herauszuhebeln. Ein flaches Fach kam zum Vorschein.

Zofia und Jasmin sahen neugierig zu ihm hoch.

Aus dem dunklen Braun der Vertiefung blitzte Leo etwas Metallenes entgegen. Er griff vorsichtig in die Öffnung und holte einen Schlüssel hervor.

Er hielt ihn wie ein Heiligtum hoch und stieg die Leiter hinab.

»Eindeutig der Schlüssel zum Safe!«, rief Jasmin.

»Wow!« Auch Zofia war beeindruckt.

»Ich muss als Kind gesehen haben, wie Oskar da oben etwas versteckt hat«, gab sich Leo zufrieden. »Meine Vision hat eine Variante dieser unbewussten Erinnerung gebildet. An deiner Hypnose ist was dran, Zofia.«

»Hat niemand angezweifelt.«

»Ich schon«, sagte Jasmin mit einem frechen Grinsen, das Zofia ignorierte, »aber ihr habt mich überzeugt.«

Leo lächelte und steckte den Schlüssel ein. Er hatte es mit einem Mal sehr eilig, einen Blick in den Safe zu werfen.

Was würde sich dort verbergen?

28

Leo gab Gas. Es gelang ihm, trotz der PS-Schwäche seines Kleinwagens jede Geschwindigkeitsbeschränkung zu übertreten. Auch wenn Oskars Haus am anderen Ende von Waidingen lag, dauerte die Fahrt – Zofia saß vorne und Jasmin hinten – nur einen Wimpernschlag. Das ist der Vorteil eines kleinen Ortes, dachte er, du musst nicht erst eine U-Bahn-Station suchen. Oder dich mit dem Auto durch den Stau kämpfen – etwas, das ihn an Wien zunehmend genervt hatte.

Er hatte die kurze Strecke in Rekordzeit geschafft und stellte den Wagen vor Oskars Haus ab. Schnell stieg er aus. Er brannte darauf, herauszufinden, was im Safe versteckt war.

Schon fühlte er den Schlüssel in der Hand und konnte den frischen Wind spüren, den das kleine Stück Metall in diesen Fall bringen musste.

Nachdem Jasmin ihn und Zofia ins Haus gelassen hatte, sprang er die Stufen hinauf ins Schlafzimmer. Ungeduldig nahm er das Gemälde von der Wand und stellte es neben dem Bett auf den Boden.

Gleich darauf betraten Zofia und Jasmin den Raum. Alle drei hielten sie den Atem an, als Leo den Schlüssel im Safe herumdrehte. Ein leichtes Quietschen war zu vernehmen, und ganz langsam öffnete er die metallene Tür.

Zunächst war er enttäuscht.

Hinter der Tür zeigte sich nur ein Hohlraum. Er schien völlig leer zu sein. Erst als er mit der Hand hineingriff und den dunkelblauen Samt, der den gesamten Innenraum auskleidete, abtastete, spürte er etwas. Einen kleinen rechteckigen Gegenstand. Er holte ein Büchlein in schwarzem Ledereinband heraus.

»Was ist das?«, wollte Zofia wissen.

Rasch sah Leo hinein. Die Seiten waren mit enger, ordentlicher Handschrift gefüllt. Die gleiche Schrift, mit der auch die Videokassetten versehen waren. Oskar hatte diese Zeilen geschrieben. Es waren viele kurze Texte, die jeweils mit einem Datum ergänzt wurden. Offensichtlich handelte es sich um ein Tagebuch. Leo blätterte zum letzten Eintrag, der rund drei Wochen alt war. Als er den kurzen Absatz gelesen hatte, ließ er das Büchlein sinken.

Zofia, die ihre Neugierde nicht mehr bändigen konnte, nahm ihm das Buch aus der Hand.

Sie begann laut vorzulesen.

»Heute war ich mit Jasmin wandern. Dabei hat sie mir erzählt, dass sie die Aufnahmeprüfung zum Medizinstudium nicht geschafft hat. Sie war traurig deswegen und hat geweint. Mir hat sie unendlich leidgetan. Seit Stunden frage ich mich nun, wie ich ihr helfen könnte. Sie will so gern Ärztin werden. Eine Privatuni wäre das Richtige für sie. Aber das kostet zu viel Geld, das habe ich nicht. Je länger ich darüber nachdenke, desto mehr glaube ich, dass nun der Zeitpunkt gekommen ist. Jetzt soll sich auszahlen, was ich weiß. Dass ich weiß, was der junge Steiner getan hat. Ich bin sicher nicht stolz darauf. Aber ich werde ihn zwingen, mir das Geld zu geben, sonst werde ich auspacken. Ich war nun mal zur richtigen Zeit am richtigen Ort. Gott verzeih mir, aber ich tue das für meine Enkelin.«

Zofia sah zu Jasmin hinüber. Die blauen Augen des Mädchens waren geweitet. Nervös spielte sie mit ihren Fingernägeln und starrte auf das Tagebuch.

»Was bedeutet das?«, fragte sie mit brüchiger Stimme. Sie sammelte sich, dachte noch mal alles durch: »Hat Oskar jemanden erpresst? Wegen mir? Weil er das Geld für mein Studium zusammenkriegen wollte?«

Nach einem Moment der Stille sagte Leo: »Es sieht ganz danach aus, Jasmin. Oskar wurde ermordet, weil er sein Wissen – was immer das ist – zu Geld machen wollte. Er wurde zur Gefahr für jemanden.«

»Aber für wen?«, fragte Jasmin, zunehmend verzweifelt.

Leo sah die junge Frau mitfühlend an. Nach einer Weile sagte er: »Könntest du uns einen Augenblick alleine lassen?«

»Warum?«

»Ich möchte mit Zofia etwas besprechen. Für dich wäre das jetzt zu belastend.«

»Ich will es aber auch hören.«

Zofia legte ihre Hand auf Jasmins Arm. »Bitte, nur eine Minute.«

Mit einigem Widerwillen nickte Jasmin und verließ das Zimmer.

»Der junge Steiner – das ist Rudi Steiner«, sagte Leo, nachdem er sich vergewissert hatte, dass Jasmin die Tür hinter sich geschlossen hatte. »Unser lieber Bürgermeistersohn hat ein Motiv. Er ist außerdem von seinem Charakter her zu so einer Tat in der Lage. Für mich ist er eindeutig der Mörder.« Nach einer Pause fügte er hinzu: »Wir sollten zur Polizei gehen.«

»In Waidingen? Was soll denn das bringen?«, fragte Zofia.

Leo überlegte. »Wenn ich ›Polizei‹ sage, meine ich es ein klein wenig anders, als du denkst – und ich werde deine Hilfe brauchen.«

29

Sie hatten etwa eine Stunde gewartet, als Rudi aus der Polizeiwache kam.

In sicherer Entfernung, durch die Windschutzscheibe von Leos Wagen, beobachteten Zofia und Leo, wie Rudi gut gelaunt das Gesicht in die warme Sonne des späten Nachmittags streckte. Es war nach Dienstschluss, unschwer daran zu erkennen, dass er seine Uniform nicht mehr trug, sondern graue Jeans und ein kariertes Hemd.

»Sollen wir es nicht gleich jetzt machen?«, fragte Zofia, während Rudi die Fahrertür seines blauen BMW öffnete und im Begriff war einzusteigen.

Leo kniff die Augen zusammen und schüttelte den Kopf. »Nein, ich will wissen, wohin er fährt.«

Ein paar wenige Sekunden gaben sie Rudi einen Vorsprung, dann folgten sie seinem Wagen, der sich gemütlich die Straße auf den Hügel hinaufschob. Rudi musste sich nach einem vermutlich völlig ereignislosen Arbeitstag in einem entspannten Zustand befinden. So langsam, wie er fuhr, war es für Leo gar nicht einfach, ausreichend Abstand zu halten. Wäre er zu knapp aufgefahren, hätte sogar Rudi bemerkt, dass er verfolgt wurde.

Die Fahrt dauerte etwa fünf Minuten. Sie führte aus Waidingen hinaus, auf den Hügel mit der eindeutig schönsten Aussicht über die grünen Wellen des Mostviertels.

Auf diesem Premium-Hügel hatte Heinrich Steiner seine Residenz bauen lassen. Sein beeindruckendes, mit großen Glasfenstern versehenes Designerhaus musste ein Vermögen gekostet haben. Der Baustil lag haarscharf an der Grenze, an der Schönheit in Protz überging.

Hier wohnte also Heinrich Steiner mit seiner Frau, über die Leo nach allem, was Franziska erzählt hatte, zwei Dinge wusste: zum einen, dass sie bereits seit ewigen Zeiten mit

Heinrich verheiratet war, was Leo einfach nicht begreifen konnte. Und zum Zweiten: dass ihre Hauptaufgabe im Leben darin bestand, Wohltätigkeitsevents zu organisieren und Spenden einzusammeln. Das gab schöne Artikel in der Zeitung und förderliche PR-Beiträge im Fernsehen. Die beiden glänzten als politisch engagiertes Paar, was Heinrichs Karriere ein Leben lang vorangetrieben hatte. Insbesondere in einer konservativen Partei wie der seinen war eine vorzeigbare, erfolgreiche Ehe eine wichtige Tugend und brachte Stimmen.

Rudi stellte seinen Wagen vor diesem herrschaftlichen Anwesen ab, das von einem hohen schmiedeeisernen Zaun mit gefährlich aussehenden Spitzen umgeben war. Er stieg aus und wollte das Tor öffnen.

»Es ist so weit«, sagte Leo zu Zofia und parkte sein Auto gleich daneben. »Du wirst mir jetzt helfen müssen.«

Die beiden stiegen aus und blieben breitbeinig neben dem Wagen stehen. In Rudis Gesicht mischten sich Überraschung und Verärgerung zu gleichen Teilen.

»Was macht ihr denn hier?« Abschätzig ließ er den Blick über Leos alte Karre gleiten, die so gar nicht neben sein sportliches Hochleistungsgefährt passen wollte. »Habt ihr mich etwa verfolgt?«

Leo hob die Augenbrauen und verschränkte die Arme vor der Brust. »Das ist wohl nur Polizisten erlaubt, verstehe ich das richtig?«

»Wenn wir jemanden verfolgen«, sagte Rudi, »dann aus gutem Grund.«

Leo räusperte sich. »Wir sind in friedlicher Absicht hier. Du musst also heute nicht deine Fäuste sprechen lassen.«

Argwöhnisch schwieg Rudi. Er warf einen Blick zum Haus, das hoch oben auf dem Hügel thronte. Man musste erst eine parkähnliche Anlage durchmessen, mit vielen weißen Marmorstufen, um es zu erreichen. Bestimmt hatte Rudi es eilig. Sein Vater wartete sicher nicht gern.

»Was wollt ihr?«, fragte Rudi gereizt.

Aus seiner Hosentasche zog Leo Oskars kleines Tagebuch.

»Kennst du das?«, fragte er.
»Nein.«
»Oskar hat darin Aufzeichnungen gemacht.«
»Und?«
Leo schlug das Büchlein auf. »Hier steht, dass Oskar eine geheime Information hatte. Mit der wollte er den jungen Steiner, wie er schreibt, erpressen.« Er winkte mit dem Büchlein in Rudis Richtung. »Aber dieser junge Steiner hat wohl nicht gezahlt. Er hat stattdessen Oskar aus dem Weg geräumt.«
Einen Moment lang ließ er die Worte einsinken. Er vergewisserte sich, dass Zofia genau hinsah. Es war jetzt wichtig, dass sie – wie sie in der langen Wartezeit vor der Polizeiwache vereinbart hatten – die Gesichtszüge des Verdächtigen las oder seine Aura oder was auch immer. Auf alle Fälle war Rudi einer Menschenkenntnis ausgesetzt, um die sie jede Kripo der Welt beneidet hätte.
»Der junge Steiner«, sagte Leo, »das bist du, Rudi. Denn dein Vater, der alte Steiner, sitzt dort oben in seinem Schloss. Wahrscheinlich fragt er sich gerade, warum er so einen dämlichen Sohn hat.«
Eine Welle der Wut schwappte über Rudi hinweg, sein Gesicht rötete sich. Doch der letzte Vorfall im Dachboden des Mostlers schien bei ihm Spuren hinterlassen zu haben. Es war nicht der Ort für Gewalt. Nicht vor dem Haus seines Vaters. Er zwang sich zur Beherrschung.
»Keine Ahnung, was der alte Krämer da gemeint hat«, sagte er mit einem Schulterzucken. »War der überhaupt noch richtig im Kopf?«
»Absolut. Er hat klarer gedacht als manch Anwesender.«
Rudi zeigte mit dem Finger auf Leo. »Du solltest die Dinge hier nicht herumdrehen. Fakt ist, dass der alte Kloiber gestorben ist, als du den Mostler betreten hast. Ich wiederhole: du!«
»Zufall. Kein Zusammenhang.«
»Soll es auch ein Zufall sein«, sagte Rudi, »dass diese Giftmischerin da eine gute Freundin von dir ist? Wo hattest du

das Gift her, Leo? So was ist nicht so leicht zu kriegen, das kannst du nur von ihr haben.«

Zofia warf ihm einen bösen Blick zu, schwieg aber.

»Deine Argumente sind schwach«, sagte Leo. »Und nur du hattest ein Motiv für den Mord. Gib es einfach zu. Stell dich, dann ist es vorbei. Dann bist du die Last los, die du mit dir herumschleppst. Ich bin sicher, dein Vater kann dir einen guten, teuren Anwalt besorgen.«

Rudi blickte fassungslos zwischen den beiden hin und her. Leo glaubte, dass er kurz davor war, einzubrechen. Seine Starker-Mann-Fassade bröckelte. Wenn er ihn nur noch ein wenig unter Druck setzen könnte, würde er gestehen.

»Warum hast du es getan, Rudi?«, fragte er. »Was wusste Oskar über dich?«

Auf diese Frage hin wich Rudi einen Schritt zurück, als hätte er zwei Schlangen vor sich.

»Ihr seid echt nicht normal. Ich muss mich ja eigentlich nicht rechtfertigen, aber ich sage es euch trotzdem: Ich habe Oskar nicht umgebracht.«

»Kannst du das wiederholen?«

»Ich habe Oskar nicht umgebracht.«

Leo sah hinüber zu Zofia. Sie erwiderte seinen Blick zufrieden. Sie hatte erfahren, was sie wissen wollte.

»Wir danken für die Mitarbeit«, sagte Leo. »Gern kannst du jetzt deinen Papa besuchen.«

Mit einem Mal wurde Rudi klar, dass er sich aus der Reserve hatte locken lassen. Die angestaute Wut, die er nicht in Gewalt kanalisiert hatte, hatte sich ihren Weg in einen Redefluss mit zu vielen Worten gebahnt. Ein wütendes Glitzern trat in seine Augen. Er starrte Zofia an, die mit missbilligender Miene in das Auto stieg. Sie saß schon, die Tür noch offen, als Rudi dicht an die Seite des Wagens herantrat.

»Irgendwann wirst du brennen, Hexe.«

Sie hielt seinem Blick ohne jede Regung stand. »Meinem Hund geht es schon besser, das interessiert dich vielleicht.« Sie holte die blutige Kugel hervor und warf sie ihm vor die

Füße. Dann zog sie die Tür mit einem Ruck zu. Rudi hatte ihr gerade noch ausweichen können, um einen blauen Fleck am Oberschenkel zu vermeiden.

Leo gab Gas, und sie brausten davon. Im Rückspiegel sah er Rudi durch den riesigen Garten hinauf zum Haus hetzen. Es gab ihm einen Stich im Herzen, dass Andrea vorhatte, dort, im Machtbereich der Steiners, ihr Zuhause zu errichten.

»Also«, fragte er, »hast du Rudi genau beobachtet?«

»Ja. Seine Schwingungen waren eindeutig. Ich habe keinen Zweifel.«

Freudig klopfte Leo auf das Lenkrad. »Dann haben wir ihn.«

Erst nach einer Zeit, die ihm unendlich lang erschien, sprach Zofia weiter.

»Er hat es nicht getan.«

30

Die ganze Nacht über spukten Zofias fünf Worte – »Er hat es nicht getan« – in Leos Gehirn und hielten ihn vom Schlafen ab. Er wälzte sich von einer Seite des Gästebettes auf die andere. Suchte nach Erklärungen und fand keine. Längst zweifelte er Zofias Intuition nicht mehr an, sie konnte in Menschen lesen wie in einem Buch. Er gestand sich ein, dass er seinen peinlichen Wunsch, Rudi als Mörder vor der Welt bloßzustellen und ihn so aus dem Weg zu räumen, aufgeben musste.

Am nächsten Morgen, unzureichend ausgeschlafen und mit dunklen Rändern unter den Augen, wurde er von seiner Mutter dazu eingeteilt, Frühstücksomeletten für die Gäste zu zaubern. Er protestierte anfänglich. Immerhin sei er Küchenchef in einem Wiener Spitzenrestaurant gewesen. Wie sei denn das mit dem primitiven Zusammenrühren von Eiern in einer Pfanne zu vereinbaren? Aber Franziska wollte nichts davon hören. Er solle sich nicht so anstellen. Erst als er die Erlaubnis erhielt, auch Zwiebeln, Speck, Paprika, Tomaten und Champignons zu verarbeiten, ließ Leo sich breitschlagen.

Die Omeletten gelangen ausgezeichnet. Die wenigen Gäste an diesem Tag, ein Pärchen aus Wien und eine Familie aus Baden-Württemberg, entwickelten mit einem Mal großen Appetit. Sie schaufelten die goldgelbe Köstlichkeit mit Wonne in sich hinein, wollten immer noch mehr. Es sei das beste Omelette gewesen, das sie je gegessen habe, sagte die Dame aus Stuttgart.

Leo sah sich um – überall zufriedene Gäste. Es machte ihm Spaß, endlich wieder nach seinen Vorstellungen zu kochen. Ein eigenes Restaurant zu führen, in einer tollen Großstadt, London, Paris – wie Langbert –, diese Möglichkeit hatte er schon öfter durchgespielt. Insbesondere nach seinen Erfahrungen im Goldganserl. Es musste befreiend sein, alle wichtigen Entscheidungen selbst treffen zu können. Keinen Chef zu haben.

Vielleicht sollte er aber, statt London oder Paris zu erobern, doch nach Wien zurückkehren und gleich gegenüber vom Goldganserl ein eigenes Lokal eröffnen. Einfach nur damit Pletzky jeden Tag zu ihm hinübersehen musste. Und mitbekam, wie er immer erfolgreicher wurde und …

Franziska trat an Leo heran und riss ihn aus seinem honigsüßen Tagtraum. »Dein Vater wird in wenigen Tagen zurückkommen.«

Leo stellte die Pfanne weg und ließ Wasser zum Einweichen über sie laufen.

»Tatsächlich?« Es hatte beiläufig klingen sollen. Dass es eine frohe, erleichterte Note gehabt hatte, ärgerte ihn.

»Er hat alles erfahren, was er über den Cidre wissen wollte. Und er hat angedeutet, dass er eine Überraschung für uns habe.«

»Eine Überraschung? Was für eine?«

»Weiß nicht. Sonst wäre es ja keine Überraschung.«

»Vermutungen?«

Franziska seufzte. »Wahrscheinlich eröffnet er mir, dass er eine französische Geliebte hat.«

Leo schüttelte unwillig den Kopf. »Fängst du schon wieder mit diesem Unsinn an?«

In dem Moment klingelte sein Handy. Er sah den Namen auf dem Display. »Andrea«.

Sein Herz klopfte schneller. Es verfiel in ein viel zu rasches Tempo, als wollte es der eigenen Verwirrung und allen widersprüchlichen Gefühlen davongaloppieren. Es dauerte, bis er sich dazu durchgerungen hatte, endlich abzuheben.

»Ja?«

»Hallo, Leo.«

Einen Moment, in dem sich quälende Stille breitmachte, glaubte er, Andrea würde wieder auflegen. »Darfst du mit mir sprechen?«, versuchte er seiner Stimme einen leichten, ironischen Klang zu geben.

Sie antwortete nicht gleich, und dann kamen die Sätze gepresst. »Ich würde dich nicht anrufen, wenn ich nicht etwas Wichtiges für dich hätte. Bitte treffen wir uns kurz, an irgendeinem Ort, wo uns keiner sieht.«

Wo uns keiner sieht – das war einfach nur beschämend.

»An welchen geheimen Ort hast du gedacht?«

»Kennst du die Marienstatue noch? Hinter der Schule, den kleinen Weg den Bach entlang?«

Natürlich konnte Leo sich an den von fragilen Gräsern begrenzten Pfad und das fröhliche Plätschern des Baches erinnern. Sie waren dort nach der Schule entlangspaziert, hatten über die Lehrer gelacht, Ideen und Träume ausgetauscht. Oft Hand in Hand.

Die steinerne Marienstatue hatte sich kein bisschen verändert. Immer noch sah die heilige Muttergottes, in einen blauen Umhang gewandet, flehend in den Himmel, die Hände zum Gebet gefaltet. Der Weg zu ihren Füßen machte eine Biegung. So wie wohl auch das Leben der Jungfrau Maria eine neue Richtung eingeschlagen hatte, als sie ohne jede Befleckung schwanger geworden war.

Neben der Statue wartete Andrea. Als Leo die letzten Meter des Fußweges zurückgelegt hatte, bemerkte er, dass sie nervös war. Ihre Finger spielten fahrig mit einem kleinen metallenen Behälter, flach, nicht größer als ein paar Euromünzen.

Sie begrüßte ihn nicht einmal. Offenbar wollte sie dieses Treffen so kurz wie möglich halten.

»Das hier«, sagte sie und hielt ihm den glänzenden silberfarbenen Behälter entgegen, »habe ich heute Morgen beim Wischen im Mostler gefunden.«

Er forschte in ihrem Gesicht, doch sie wich seinem Blick aus. Nach ein paar Momenten voller Bedauern, nicht über ganz andere Dinge sprechen zu können, nahm er den Behälter an sich. Er war glatt, leicht gewölbt, ohne jeden Aufdruck. Er hatte einen Deckel, den Leo ohne Schwierigkeiten öffnen konnte. Im Behälter befand sich eine längliche weiße Tablette.

»Ich dachte«, sagte Andrea, »das könnte für dich interessant sein.«

»Guter Gedanke. Möglicherweise gehörte sie Oskar. Der Most war nicht vergiftet, schließlich haben alle aus derselben Flasche getrunken. Aber jemand könnte seine Medikamente manipuliert haben.«

»Glaubst du immer noch an einen Mord? Rudi war es jedenfalls nicht.«

Leo senkte den Kopf. »Wer weiß.«

»Er war es nicht.«

»Okay, er war es nicht. Zofia glaubt auch, dass dein Schatz zumindest dafür nicht verantwortlich ist.«

Leo machte ein Foto von der Dose und schickte das Bild an Jasmin. »Ist das Oskars fehlende Medikamentendose?«, schrieb er dazu.

Er sah Andrea fragend an. »Wieso ist dieses Ding hier erst jetzt aufgetaucht? Wischt ihr im Mostler so selten den Boden?«

Der Vorwurf war ungerecht, schließlich hatte sie nicht akribisch alles abgesucht. Niemand hatte das getan, es waren ja keine kriminaltechnischen Spezialisten gekommen, da nach wie vor ein natürliches Ableben am Totenschein von Dr. Nonn vermerkt stand. Doch sie überhörte Leos Stichelei, sie wusste wohl, warum er gereizt war.

»Die Dose lag total versteckt. Sie war hinter das letzte Bein der Eckbank gerutscht.«

»Dort, wo Oskar gesessen war?«

Sie nickte.

Aus einem plötzlichen Impuls heraus, den er einfach nicht unterdrücken konnte, legte Leo seine Hand auf Andreas Schulter. Sie wich seinem Blick weiter aus, zugleich schien ihr die Berührung aber angenehm.

»Dürfen wir denn«, fragte er sanft, »wirklich nicht über uns beide reden?«

»Leo. Ich werde heiraten.«

Er meinte, ihren Körper unter seinen Fingern beben zu spüren.

»Glaube bitte nicht, dass da nichts wäre«, fügte sie hinzu, viel leiser, kaum hörbar, ein Hauchen. Aber mehr konnte sie nicht sagen. Sie blickte wieder weg. Sie war an ihr Versprechen gebunden.

Er wollte sie nicht in weitere Konflikte stürzen. Dazu hatte er kein Recht. Er nahm seine Hand von ihr. Sie schien erleichtert darüber. Ihr Lächeln war scheu und flüchtig.

Das Vibrieren seines Handys zeigte eine neue Nachricht an. Er las sie.

»Und?«, fragte Andrea.

»Seine Enkelin schreibt, dass die Dose zumindest genauso wie die von Oskar aussieht. Sie hat ihm das Ding zum Geburtstag geschenkt.«

Eine zweite Nachricht summte, Jasmin hatte noch etwas geschrieben. Leo las und sagte: »Interessant, unten soll eine Blume eingraviert sein.«

Er drehte die Dose um. Er musste suchen, den Boden ins Licht halten, aber dann sah er sie: Die Gravur zeigte eine sehr feine Linienführung, war in ihrer Zartheit jedoch gut zu erkennen. Er fühlte mit dem Finger die Rille nach, die im Metall das Abbild von Blättern, einem Stängel und einer freundlichen Blüte verewigte.

»Das ist sie. Danke, Andrea.«

Er wollte noch etwas sagen, doch er wusste nicht, wie er anfangen sollte. Also steckte er bloß schweigend die Dose ein.

»Heute Abend«, sagte sie, »feiert Rudi im Mostler mit dem Feitelverein seinen Junggesellenabschied. Die werden sicher einiges trinken. Besser, du hältst dich da nicht in der Nähe auf.« Sie schluckte und sah ihn mit einem traurigen Blick an. »Ich möchte nicht, dass dir etwas geschieht.«

Leo schwieg eine Weile.

»Deine Mutter ist bestimmt stolz«, sagte er dann in schneidendem Ton, »dass du in eine Bürgermeisterfamilie einheiratest. Ich habe Heinrich Steiners Haus gesehen, beeindruckend. Und ihr baut gleich daneben …«

Sie blickte betroffen zu Boden. »Stolz? Die Wahrheit ist, dass meine Mutter zwar Rudi mag, aber Heinrich Steiner gar nicht.«

»Tatsächlich?«, spottete Leo. »Dann hat sie ihn als Einzige im Ort nicht gewählt?«

»Ich darf nicht einmal von ihm reden.«

»Was hat sie denn gegen deinen zukünftigen Schwiegervater?«

Sie zuckte mit den Achseln. »Keine Ahnung, sie kennt ihn ja kaum. Irgendetwas passt ihr nicht an ihm, vielleicht sein Auftreten. Er kann herrisch sein. Aber ich weiß, wie man mit ihm umgehen muss.«

Leo wollte von alldem nichts hören. »Kann dir egal sein, wie Heinrich so ist und ob deine Mutter ihn mag. Schließlich heiratest du ja Rudi und nicht ihn.«

Sie schwieg. Er konnte ihr deutlich ansehen, wie unwohl sie sich fühlte. Er hätte sie gern zum Abschied umarmt. Doch stattdessen hob er schweigend die Hand zum Gruß, wie Freunde das tun, drehte sich um und ging den Weg zurück. Allein.

31

»Du kannst das wirklich analysieren?«, fragte Leo.

Er befand sich mit Zofia in demselben Raum, in dem sie Andrea aus ihrem allergischen Schock geholt hatte. Er traute ihr ja einiges zu, aber einen Nachweis zu führen, dass die kleine weiße Tablette am Tisch vor ihnen Gift enthielt, war doch eine Herausforderung.

»Es kommt darauf an«, erklärte Zofia. »Irgendein Gift kann ich nicht nachweisen. Aber wenn diese Tablette eine tödliche Überdosis Digitoxin, das Herzmittel, enthält, dann kann ich das herausfinden.«

»Willst du das etwa auspendeln?« Er stellte sich vor, wie sie mit einem schweren Messingpendel, das mit geheimnisvollen Runen verziert war und an einer silbernen Kette baumelte, böse Schwingungen ortete.

Böse war aber bloß der Blick, den Zofia ihm schickte. »Du nimmst mich schon wieder nicht ernst. Ich spreche von einem echten chemischen Test.«

»Das geht?«

»Ja. Du glaubst, dass ich in einer versponnenen Esoterikwelt lebe. Aber du täuschst dich. Wenn es um Pflanzen geht, habe ich auch die wissenschaftlichen Grundlagen drauf. Ich habe schon einmal gesagt, welches Gewächs Digitoxin enthält, weißt du noch?«

Leo dachte nach. »Du hast erwähnt, dass sie dir den Roten Fingerhut aus dem Garten gestohlen haben. Der enthält solche Digitalis-Dingsda, richtig?«

»Digitalis-Glykoside, vor allem Digitoxin, ja. Und die kann ich nachweisen. Ist eine Methode, die man schon im 19. Jahrhundert kannte.« Sie hob den Zeigefinger. »Pass auf, ist wie ein Kochrezept.«

Sie nahm die Tablette, die auf einem gläsernen Teller am Tisch vor ihnen lag, und brach etwa die Hälfte ab. Sie legte das Stück in eine Steinschale und zerdrückte es mit einem Mörser.

Das gewonnene Pulver ließ sie in eine Keramikschale rieseln. Dazu gab sie aus einer Glasflasche eine kleine Menge einer farblosen, stechenden Flüssigkeit. Leo las das Etikett: »Pyridin«. Leicht entflammbar, wie das Feuer-Icon klarmachte. Das hatte sie nicht selbst hergestellt, das stammte aus einer professionellen Produktion. »Wo hast du das her?«

»Ist nichts Besonderes, bloß ein Lösungsmittel. Ich kenne eine Apothekerin in der Nähe, keine zehn Kilometer von hier. Die ist aufgeschlossen, was Pflanzenheilkunde und meine Person betrifft.« Zofia lächelte. »Sie hat das Pyridin bestellt und mir verkauft. Von ihr kann ich jede Chemikalie haben, die ich brauche, um meine Pflanzen zu untersuchen. Zumindest jede ungefährliche.«

Tatsächlich löste sich die Tablette im Pyridin gut auf und verwandelte sich in der Schale in einen weißen Brei. Beeindruckt beobachtete Leo, wie Zofia mit höchster Konzentration etwas destilliertes Wasser und ein paar Tropfen Natronlauge hinzufügte.

»Jetzt wird es spannend«, sagte sie und griff nach einer anderen Flasche, die auf einem gelben Etikett den Aufdruck »Nitroprussid-Natrium-Lösung« trug. »Falls das vor uns eine normal dosierte Tablette eines Herzmedikaments ist, sehen wir gleich ein schwaches Rosa.«

»Und wenn die Tablette überdosiert wurde? Geht dann hier alles in die Luft?«

Statt einer Antwort ließ Zofia ein paar Tropfen aus der Flasche in die Schale fallen. Der eben noch weiße Brei färbte sich augenblicklich knallrot.

»Das ist kein Rosa«, sagte er. »Das ist roter als jede Ampel.«

Sie starrte in die Schale. »Diese intensive Färbung wird nur bei riesigen Mengen an Digitoxin hervorgerufen. Ich habe das erst einmal so gesehen. Da hatte ich eine Urtinktur aus allen Exemplaren des Roten Fingerhuts, die ich im Garten habe, gemacht.«

»Was passiert, wenn jemand so eine Tablette schluckt?«

»Es ist, als würdest du die gesamte Medikamentenpackung auf einmal einnehmen.«

Er zog die Augenbrauen hoch. »Dr. Nonn hat das ja eindrücklich beschrieben. Das hält das Herz nicht aus.«

Sie ließ sich auf einem Stuhl nieder. »Diese Dosis hat Oskar umgebracht. Er hat wohl für einen Moment Kopfschmerzen gehabt, Sehstörungen, dann ist sein Herz aus dem Takt geraten.«

Es fiel Leo schwer, den Blick vom Rot in der Schale abzuwenden. Es schien ihm wie Blut, Oskars Blut, der auf so eine heimtückische Weise ermordet worden war. Der Plan des Mörders war gerissen, denn selbst bei einer etwaigen Obduktion hätte man nur eine Überdosis von Digitoxin festgestellt. Man hätte vermutet, dass der alte Mann wohl wegen beginnender Vergesslichkeit zu viele von seinen verschriebenen Herztabletten eingenommen hatte. Ein Dosierungsfehler, wie er schon einmal vorkommen konnte.

»Wie schwer ist es, das Digitoxin aus dem Roten Fingerhut zu gewinnen?«, fragte Leo.

»Nicht schwer. Man muss einen Extrakt herstellen. Das heißt die Pflanzen trocknen, mit Wasser aufgießen, warten, bis das Wasser verdampft ist. Den Extrakt presst man mit Bindemittel zusammen – schon hast du ein paar gefälschte Tabletten. Das kann jeder mit etwas Geschick und einer Anleitung aus dem Internet.«

»Wenn Rudi das nicht getan hat«, dachte er laut nach, »wer kommt sonst in Frage? Wer hatte Zugang zu seinen Medikamenten?«

Er sah sie an, und sie wusste, was er dachte.

»Vergiss es«, sagte sie. »Fang nicht wieder mit Jasmin an.«

»Sie war im Haus. Und sie hat geerbt.«

»Sie hatte alles, was sie brauchte, und ihre Freiheit. Und falls du an irgend so einen Missbrauch-Mist denkst: Da war nichts. Sie mochte ihren Großvater, das habe ich deutlich wahrgenommen.« Zofia winkte ab. »Lass dir was Besseres einfallen als ein achtzehnjähriges Mädchen mit dunklen Absichten.«

Leo seufzte. »Wir sind zwar einen Schritt weiter – wir wissen, dass die Tabletten vergiftet waren –, aber nichts passt zusammen.«

»Wir müssen irgendetwas Wichtiges übersehen haben«, sagte sie.

Während er nachdachte, was das sein könnte, fiel ihm ein, dass ihn seine Mutter erwartete. Sie hatte verlangt, dass er ihr half, den Hof perfekt in Schuss zu bringen. Denn morgen wollte Leos Vater zurückkommen. Da sollte der Mosthof so sauber blitzen, dass Joseph keinen Gedanken mehr an Frankreich verschwendete.

32

An diesem Nachmittag musste Leo als Reinigungskraft herhalten. Das hatte er schnell begriffen, als er von der Mutter einen Staubsauger in die Hand gedrückt bekam.

Nachdem er das laut brummende Ding über die Flure und Zimmerböden geführt hatte, half er, die vielen Fenster des Mosthofes zu putzen. Die anspruchsvollen Holzrahmen machten ihm dabei das Leben schwer. Seine Mutter war, was Personal anging, sehr sparsam, vielleicht musste sie das auch sein – auf jeden Fall machte sie diese Arbeiten so gut wie immer selbst. Sie war froh, dass Leo ihr diesmal unter die Arme griff.

Am Abend, nach getaner Arbeit, gönnten sich die beiden eine Auszeit und taten nicht mehr, als den Sonnenuntergang zu betrachten, der die Hügel in rötliches Licht tauchte.

Sie saßen nebeneinander auf einer der Bänke, die entlang der paar langen Tische auf der Terrasse standen. Hier bot der Mosthof gelegentlich eine Brettljause und Most an, aber nicht an allen Tagen. Heute gab es keine Gäste, und so saßen nur sie beide da und tranken selbst gemachten Holundersaft mit Soda. Ein paar Eiswürfel im Getränk erfrischten, das Putzen hatte Leo durstig gemacht.

»Bin ja gespannt, was Joseph zu erzählen hat«, begann er.

Franziska schwieg, sie befürchtete wohl das Schlimmste.

»Freust du dich gar nicht, dass er zurückkommt?«, wollte Leo wissen.

»Eigentlich schon, denn irgendwer muss sich ja um Strom, Heizung und diese Sachen kümmern.«

Er war sich sicher, dass seine Mutter bloß Stärke zeigen wollte. Sie freute sich insgeheim, aber ihr emotionaler Schutzschild hielt sie davon ab, das nach außen zu tragen. Wenn Joseph erst vor ihr stehen würde, würde sie ihn in eine innige Umarmung schließen. Er fragte sich eher, was er selbst tun würde. In letzter Zeit – und da dachte er schon wieder an Andrea – wäre es für ihn auch besser gewesen, er hätte seine Gefühle zurückgehalten.

Er sah auf die Uhr. »Inzwischen dürfte Rudi seinen Junggesellenabschied begonnen haben«, stellte er fest.

»Ach so, das ist heute?«

»Ja, heute feiert er mit seiner ganzen Bande, dass er Andrea heiraten wird.«

Die Mutter sah ihn mitfühlend an, zugleich bemerkte er, dass die Sonne langsam hinter den Hügeln verschwand. Der Mosthof und die Tische begannen in die Dunkelheit hinabzutauchen.

»Du wirst sicher ein anderes Mädchen finden.«

Einerseits rührte es sein Herz, dass sie so etwas sagte, andererseits machte es ihn auch traurig. Er fühlte sich, als wäre sein Liebesleben dermaßen erbärmlich, dass ihn sogar die eigene Mutter trösten musste.

»Der Rudi«, meinte sie, worauf ihm augenblicklich schlecht wurde, »ist gar nicht so schlimm, wie es im ersten Moment scheint. Er muss halt seinen Vater beeindrucken, so war er schon als Kind.«

»Soll das etwa eine Entschuldigung sein?«

»Vielleicht hilft es dir, ein wenig Verständnis für ihn zu entwickeln. Sein Vater hatte wenig Zeit für ihn.«

Leo stöhnte auf. Er trank vom Hollersaft und sagte: »Klar, sein Vater hat sich ja immer um die Politkarriere kümmern müssen. Selbst schuld.«

»Das sagst du so leicht dahin. Aber Heinrich Steiner ist wirklich ein beschäftigter Mann. Er muss ständig Kontakt zu den Menschen im Dorf halten, nur damit sie ihn wählen. Dazu muss er auch die Leute daheim besuchen und sie fragen, wie es ihnen geht.«

»Klingt anstrengend.«

»Er muss zu allen. Den Jungen und den Alten.« Sie nahm einen Schluck Hollersaft. »Den Oskar zum Beispiel hat er auch besucht.«

Leo horchte auf. »Er war bei Oskar? Wann war das?«

»Vor ungefähr drei Wochen, denke ich. Ich bin mit dem Auto Fleisch holen gefahren. Die Straße führt genau an Oskars Haus vorbei. Da habe ich gesehen, dass Heinrich Steiner an der Tür geläutet hat. Oskar hat gleich aufgemacht.«

Leos Augen weiteten sich. Ihm war, als drehte sich der Boden unter seinen Füßen. Die vielen losen Enden des Erlebten, die unzähligen Informationen, Aussagen und Eindrücke wirbelten in ihm herum. Alles schien sich gegenseitig zuzurufen und auszumachen, wohin es gehörte.

Plötzlich waren die Dinge an ihrem Platz. Fest und unverrückbar, und er begriff.

Ganz langsam, noch überwältigt von der Größe der Ereignisse, stand er auf und sagte tonlos: »Ich weiß, was passiert ist.«

Seine Mutter blickte ihn verständnislos an. Doch gerade als er beginnen wollte zu erklären, hörte er Schritte neben sich.

Es war Andrea. Sie wirkte aufgelöst. Mit Tränen in den Augen rief sie Leos Namen.

»Was ist denn los?«, fragte er.

»Es hat einen Unfall gegeben.«

»Unfall?«

»Marie, die Tochter von Jörg Breitenberger aus dem Feitelverein, hat mit ihrer Freundin in der Nähe von Zofias Hof gespielt.«

»Und?«

»Sie hat als Mutprobe von der Engelstrompete gegessen, die Zofia im Garten hat. Ziemlich viel. Von den Blüten. Ihre Freundin hat gemeint, dass man da einen total spannenden Rausch erlebt.«

Leo wusste sofort, was das bedeutete. Er erinnerte sich an Zofias Worte, dass die Blüten besonders giftig waren. Sie konnten in größerer Menge ein Kind wohl töten.

»Wie geht es ihr?«

»Marie musste mit der Rettung abgeholt werden. Oh Gott, sie ist erst sieben Jahre alt.«

Eindringlich hielt Andrea Leo am Arm, so fest, dass es ihn schon fast schmerzte.

»Die Frau vom Jörg ist in die Feier geplatzt und hat ihren Mann informiert«, schluchzte sie. »Es gab eine Riesenaufregung. Alle sind durchgedreht, Jörg natürlich, aber auch Rudi. Sie haben gerufen, dass sie sich an Zofia rächen wollen.«

»Was soll das heißen?«

»Sie haben sich alle gemeinsam aufgemacht, zu Zofias Hof. Total betrunken. Sie haben sich die Fackeln geschnappt.«

»Fackeln?«

»Der Junggesellenabschied war im Gastgarten vor dem Mostler. Meine Mutter hat die Idee gehabt, dort Fackeln zur Beleuchtung anzubringen.«

Leo war besorgt.

»Und nicht nur das«, stieß Andrea aus. »Sie haben auch ihre Jagdgewehre dabei! Leo, du bist der Einzige, der sie aufhalten kann!«

Franziska, die alles mitgehört hatte, schüttelte den Kopf. Die nach unten gezogenen Mundwinkel signalisierten: Ihr Sohn sollte nicht in die Sache reingezogen werden.

»Andrea«, drängte Leo, »geh zurück zum Mostler und sag deiner Mutter, dass sie sofort zu Zofias Hof kommen soll.«

»Erika? Wieso das denn?«

»Vertrau mir einfach.«

Andrea sah ihn fragend an. Doch sie folgte seinen Worten, drehte sich um und wollte schon davoneilen, als er sie noch einmal zurückhielt.

Er holte sein Handy heraus. »Bitte warte. Bevor du gehst, brauche ich die Nummer deines zukünftigen Schwiegervaters.«

»Was willst du denn mit Heinrichs Nummer?«

»Oh, ich möchte ihn anrufen«, antwortete er, als wäre es die selbstverständlichste Sache der Welt.

Sie legte die Stirn in Falten, sagte ihm aber in aller Eile die Nummer an, die sie im Handy gespeichert hatte.

»Danke, los, wir treffen uns dann bei Zofias Hof. Komm mit deiner Mutter so schnell wie möglich.«

Er blickte ihr nach, wie sie zu ihrem Auto rannte. Es war gut, dachte er, während er die Nummer wählte, dass Andrea nicht wusste, warum er den Bürgermeister anrief. Sie würde es früh genug erfahren.

33

Als Leo bei Zofias Hof ankam, war dieser bereits vom Feitelverein umstellt. Die Männer hatten sich mit ihren Fackeln wie hungrige Raubtiere um ein Opfer postiert.

Der Schein der Flammen schnitt durch die Dämmerung und tauchte den Hof in flackerndes Licht.

Er war keine Sekunde zu früh eingetroffen. Einer der Männer, die sich zum Teil vor der Eingangstür des Hofes, aber auch im Garten zusammengerottet hatten, schüttete aus einem Kanister in vollem Schwall Benzin über die Pflanzen. Die stechend riechende Flüssigkeit machte die Heilkräuter und vor allem eine Engelstrompete, in diesem Garten zu Baumgröße angewachsen, nass und glänzend. Leo erkannte Jörg. Während er immer mehr Benzin verschüttete, war sein Gesicht vor Wut und Angst um seine Tochter verzerrt.

Auch die anderen Mitglieder des Feitelvereins waren da. Sie hatten den Weg herauf vom Mostler in überraschend kurzer Zeit zurückgelegt: Rudi, Fritz, Erwin, Klaus, Willi und Peter. Alle hatten sie ihre Jagdgewehre geschultert. Die Männer schwankten von einem Bein auf das andere, bis zur Hemmungslosigkeit betrunken und voller Drang, sich hier und jetzt an Zofia zu rächen. Die kleine, aber entschlossene Armee war zu allem bereit.

Sie drehten die Köpfe, schwenkten ihre Fackeln, als Leo aus dem Auto stieg und sich ihnen näherte.

Leo hatte nur einen Gedanken: Wo war Zofia? Er entdeckte ihr fahl beleuchtetes Gesicht hinter dem Fenster. Sie wirkte entsetzt, ihre großen Augen waren weit aufgerissen.

Rudi trat ihm entgegen und stieß ein »Hau ab!« aus. Der Alkohol in seinem Blut brachte ihn zum Wanken.

Ein Wutschrei gellte durch die abendliche Luft. Jörg wollte die mit Benzin getränkte Engelstrompete anzünden.

»Nein! Tu das nicht!«, rief Leo.

Jörg streckte seine Fackel hoch, während er sich zu Leo drehte: »Das geht dich gar nichts an!«

»Wenn du den Garten anzündest, wird auch das Haus brennen!«

Jörgs Gesicht war nur noch eine Fratze. »Dann brennt es eben! Meine Tochter stirbt! Und schuld ist diese verdammte Hexe mit ihren Giftkräutern!«

Er hielt die Fackel an die Engelstrompete. Sofort loderte eine Stichflamme hoch. Die Hitze schlug ihnen wie eine Faust entgegen.

Es war nur eine Frage der Zeit, bis die Flamme auf die anderen Bäume übergreifen und sich die höllische Hitze bis zum Hof durchfressen würde. Rauch breitete sich aus.

Rudi rammte die Fackel in den Boden und nahm sein Gewehr von der Schulter. »Jetzt sehen wir mal, ob wir da wirklich nicht hineinkönnen.« Mit wenigen Schritten war er an der Tür und hämmerte mit der Faust mehrmals dagegen. Rüttelte so heftig an der Klinke, dass sie abzubrechen drohte.

»Rudi, hör doch auf mit dem Unsinn«, sagte Leo, um einen ruhigen Ton bemüht. »Was willst du tun? Willst du etwa da einbrechen und sie erschießen?«

»Sie soll wissen, dass sie hier in Waidingen nicht erwünscht ist!«

»Sie hat bloß Pflanzen im Garten gezogen!«

»Giftige.«

»Die Kinder haben ihren Grund betreten, dazu hatten sie keine Erlaubnis.«

Das hatte Jörg gehört. Er warf die Fackel weg, wandte sich vom sich ausbreitenden Feuer ab, das er eben noch in einer kranken Faszination betrachtet hatte. Hoch aufgerichtet kam er auf Leo zu und packte ihn am Hemd.

»Meine Tochter ist also selbst schuld daran, dass sie jetzt im Krankenhaus liegt?«

Leo fühlte sich wie in einen Schraubstock gepresst. Es war wie damals als Kind, als Jörg mit dabei war, während ihm körperlich wieder und wieder wehgetan worden war. Sofort versuchte die alte Hilflosigkeit, aus ihrem Versteck zu kriechen und ihn zu quälen.

»Das habe ich doch nicht gesagt!« Er bekam beim Sprechen kaum noch Luft, so brutal drückte Jörg zu. »Ich möchte nur, dass wir uns alle ein wenig beruhigen und nachdenken.«

»Meine Frau ist bei ihr!«, schrie Jörg. »Und sie weiß nicht, ob unsere Tochter durchkommt, verstehst du?« Völlig außer sich rüttelte er Leo, sodass ihm fast die Sinne schwanden.

»Warte!«, sagte Rudi. »Den heben wir uns für später auf!« Er hämmerte mit dem Gewehrkolben gegen die Holztür, während die Flammen hinter ihm immer größer wurden. Von Zofia war nichts zu sehen. Hielt sie sich vom Fenster fern, weil sie Rudi nicht provozieren wollte, oder kauerte sie vor Angst in ihrem Haus, unfähig, sich zu bewegen? Leo wusste es nicht. Auch Amicus, der bei ihr sein musste, verhielt sich still. Zofia hatte ihm wohl das Bellen verboten, um die Männer nicht zusätzlich zu reizen.

In diesem Augenblick strichen Scheinwerfer über das Gebäude. Ein Wagen näherte sich und blieb neben den anderen stehen. Andrea stieg mit ihrer Mutter aus. Als sie die hochlodernden Flammen sah, zückte sie das Handy. »Ich rufe die Feuerwehr«, stieß sie hervor.

Doch Fritz Alberer war mit einem raschen Schritt bei ihr und riss ihr das Handy aus der Hand. »Du wirst hier keinen anrufen. Wir sind mit der Hexe noch nicht fertig.«

Erika hatte nichts von Fritz' Eingreifen bemerkt. Sie war wie in Trance. Ihre Mundwinkel zuckten. Angesichts des Feuers, der Männer und der Gewehre verzog sich ihre Miene rasch zu einer fassungslosen Grimasse.

»Hört auf damit!«, schrie sie in einer Lautstärke und Dringlichkeit, die Leo ihr nicht zugetraut hätte.

Verblüfft ließ Rudi die Faust sinken, mit der er eben gegen die Tür hatte hämmern wollen. Er sah Erika aus geröteten Augen an. »Seit wann setzt du dich denn für die Hexe ein?«

»Ich will nicht, dass ihr ihr irgendetwas antut.« Sie eilte zur Tür, legte ihre Hand schützend auf die Klinke.

Rudi schlug ihren Arm zur Seite. »Überlass das uns.«

Leo, den Jörg aus Überraschung über Erikas Auftauchen losgelassen hatte, atmete durch. »Sie hat einen sehr guten Grund, sich einzumischen.«

Bevor Rudi fragen konnte, was Leo denn damit meine, ertönte eine neue Stimme: »Was ist hier los?«

Es war Heinrich Steiner. Niemand hatte den bulligen Wagen kommen hören, aus dem er gestiegen war und der nun lauernd neben ihm wartete. Der Bürgermeister trug einen Anzug, was er sonst kaum tat. Meist trat er volksnah in einem Hemd auf, das er an den Ärmeln hochkrempelte.

Leo wusste, warum Steiner in edlen grauen Zwirn gekleidet war. Er war, so hatte er am Telefon gesagt, auf dem Weg zu einer Besprechung gewesen. Wohin genau, hatte er selbstverständlich nicht ausgeführt, aber so seriös, wie er aussah, war vermutlich ein Treffen mit politischem Hintergrund in St. Pölten oder Wien angestanden. Das Telefonat war kurz gewesen, Steiner hatte Leo zunächst abwimmeln wollen: keine Zeit. Doch als er erfahren hatte, in welche Richtung Leos Anruf ging, hatte er keine Wahl gehabt.

Nun war Steiner hier, und er wäre bestimmt verdammt gern an einem anderen Ort gewesen. Sein Blick glitt über die betrunkenen Männer des Feitelvereins samt seinem Sohn Rudi, dann zu Erika, Andrea, dem brennenden Garten und den Flammen, die schon auf mehrere Bäume übergegriffen hatten und sich gleich Zofias Hof nehmen würden.

»Was soll das hier, was macht ihr?«, fragte er diesmal direkt an Leo gerichtet, der ihn hergerufen hatte.

»Das kann dir am besten dein Sohn erklären«, sagte Leo und deutete auf Rudi.

Der setzte ein blödes Grinsen auf. »Die Hexe hat die Tochter vom Jörg vergiftet. Jetzt muss sie zahlen.«

Er erwartete wohl, dass sein Vater ihn für sein aggressives Vorgehen loben würde. Doch der stand nur wortlos da.

Als Leo Andrea beobachtete, hoffte er, dass sie sich in diesem Augenblick von Rudi lösen würde. Sie starrte ihren

Verlobten voller Unglauben und Widerwillen an. Schon oft hatte sie irgendwelche Ausreden für sein Verhalten gesucht, aber dass er nun hier, in angetrunkenem Zustand, Zofias Hof abfackeln wollte, musste die letzten Bande brechen.

Sie schüttelte langsam den Kopf, und ihre Augen wurden feucht. Leo war sich nicht sicher, ob Rudi überhaupt irgendetwas davon mitbekam. Zu sehr wurde er von der Welle der Gewalt, der Macht erfüllt und mitgerissen wie auf Drogen.

Da läutete Jörgs Handy. Hektisch fasste er in die Hosentasche und holte es heraus. Die Angst steckte in seinen zitternden Fingern, als er den Anruf entgegennahm. Es konnten nur Neuigkeiten über seine Tochter sein, überbracht von seiner Frau.

»Ja?«

Er hörte, was die aufgeregte weibliche Stimme, die in Fetzen zu den umstehenden Personen drang, ihm zu sagen hatte. Er sackte mit jedem Wort mehr in sich zusammen. Seine Augen wurden matt, und er ließ das Handy sinken.

»Intensivstation. Marie liegt im Koma. Ihr Zustand ist kritisch, meinen die Ärzte.«

Ein paar Sekunden lang starrte er in das Feuer, das sich von der Seite her dem Hof näherte, aber ihn noch nicht erreicht hatte. Dann, als wäre etwas in ihm explodiert, verlor er die Beherrschung über Geist und Körper. Mit dem Ausruf »Ich schicke dich in die Hölle!« griff er nach dem Kanister, rannte zur Hauswand und schüttete Benzin darauf. Schon schwenkte er die Fackel hoch über dem Kopf. Er schien vom Moment berauscht, gleich alles anzuzünden und seine Rache zu bekommen.

Erika schrie auf: »Nein! Kein Feuer! Zofia darf nichts passieren!«

Sie eilte zum Bürgermeister und sah ihn flehend an. »Heinrich, du musst eingreifen, bevor es zu spät ist! Sag Rudi, warum er Zofia nichts tun darf.«

Heinrich Steiner starrte schweigend auf den Boden.

Erika wurde immer aufgebrachter, noch nie hatte Leo sie

so gesehen. Auch Andrea, die wie gelähmt die schrecklichen Vorgänge beobachtet hatte, blickte ihre Mutter beunruhigt an. Leo konnte sich vorstellen, was Andrea dachte: Es passte nicht zu ihrer Mutter, so mit Heinrich zu sprechen, dem sie ja angeblich nichts als Ablehnung entgegenbrachte. Es schien da eine Vertraulichkeit zu geben, von der niemand etwas gewusst hatte.

»Los, Heinrich, sag ihnen alles, oder ich werde es tun.« Erikas Gesicht zeigte wilde Entschlossenheit.

Jörg machte sich bereit, die mit Benzin getränkte Holzwand des Hofes mit der Fackel zu entzünden. Nur noch ein paar Sekunden, und die Front würde in Flammen aufgehen. Das würde Zofia das Haus kosten und sie zudem heraustreiben, mitten in die Arme der Rachesuchenden. In dieser aufgeladenen Stimmung, ohne jede Vernunft und ohne jedes Abwägen von Konsequenzen, war das eine tödliche Gefahr.

»Rudi!«, brüllte der Bürgermeister. »Bring deinen Kollegen zur Vernunft!«

Rudi schaute verwirrt drein. »Wieso sollte ich das tun?«

Der Bürgermeister holte tief Luft, dann schrie er: »Weil Zofia deine Halbschwester ist!«

34

Heinrich Steiners Worte – »Weil Zofia deine Halbschwester ist« – schienen den Hof, den Garten, die Menschen und selbst die brennenden Bäume in Eis getaucht zu haben. Alles war wie erstarrt.

Rudi hatte den Mund leicht geöffnet, die Stirn in Falten gelegt. Es arbeitete in ihm. »Weil Zofia deine Halbschwester ist.« Langsam nur begriff er, und die Erkenntnis fuhr ihm wie ein Messer in den Körper.

»Willst du damit sagen«, stammelte er, »dass du Zofias Vater bist?«

Heinrich war bleich geworden. Er sah seinen Sohn an und nickte.

Wie in Trance griff Rudi Jörg in den Arm. »Tu das weg.« Widerwillig hielt Jörg die Fackel in die andere Richtung, und Rudis Blick wurde völlig leer.

»Du hast jetzt sicher viele Fragen«, sagte Leo kalt, »eine davon lautet, wer Zofias Mutter ist.«

Rudi konnte nicht antworten. Gelähmt, kraftlos, mit hängenden Schultern starrte er auf den Boden.

Leo wandte sich in Erikas Richtung. »Ich weiß, warum du nicht willst, dass dieser Hof brennt. Weil er deiner Tochter gehört.«

Erikas Augen waren mit Tränen gefüllt.

»Ja«, sagte sie leise.

Sie stand nun aufrechter. Befreit. Das Unfassbare war ausgesprochen.

»Es stimmt. Zofia ist meine Tochter.« Sie sah Andrea neben sich an, deren Mund in Unglauben offen stand. »Und deine Halbschwester.«

Für einen Moment war es totenstill. Nur das bedrohliche Knistern des Feuers im Garten und in den Bäumen erfüllte die Luft.

Als Leo wieder zu sprechen begann, wandte er sich an Heinrich, der ihn hasserfüllt anstarrte. »Herr Steiner, als Erika während Ihrer außerehelichen Affäre damals schwanger wurde, mussten Sie das Kind verheimlichen. Sonst hätten Sie in Ihrer erzkonservativen Partei keine Karriere gemacht. Gerade erst Bürgermeister geworden und schon wieder vorbei mit der erfolgreichen Laufbahn.«

»Ich höre mir solche Geschichten nicht an!«, versuchte Heinrich einen Protest, aber niemand ging darauf ein.

»Daher«, sagte Leo in Erikas Richtung, »hast du das Kind auf Zofias Hof zur Welt gebracht. Hausgeburt mit Dr. Nonn, der vermutlich viel Geld für die gefälschten Dokumente erhalten hat.« Er machte eine Pause. »Dana hat Zofia großgezogen. Sie hat nie verraten, dass sie nicht ihre echte Mutter ist.«

Erika guckte in den dunklen Himmel, in den der Rauch des Brandes aufstieg. Die Erinnerungen überwältigten sie fast. »Wie hast du das rausgefunden?«

»Das Foto in Kopenhagen«, sagte Leo. »Du warst im Jahr von Zofias Geburt nicht dort, du weißt, Langberts Kochshow. Du warst nur einmal in Kopenhagen, 1987. Du hast gelogen.«

Sie sah verschämt in die Runde, und Leo sprach gnadenlos weiter: »Als ich erfuhr, dass du sehr gut mit Dana befreundet warst, fand ich das außergewöhnlich. Du hast alle getäuscht. Bestimmt hast du zunächst weite Kleider getragen, um die Schwangerschaft zu verbergen. Und als du 1988 angeblich wieder für einen Monat nach Kopenhagen gefahren bist, hast du dich in Wahrheit auf Zofias Hof versteckt. Kurz vor dem Geburtstermin.«

Erika schluckte, rieb sich wie zur Beruhigung am Oberarm. »Ich war erst siebzehn Jahre alt, Heinrich fast dreißig. Er hat mich gedrängt, das Kind wegzugeben. Oder abzutreiben, aber das wollte ich auf keinen Fall.«

Heinrich Steiner war unfähig, sich zu bewegen, er schien nicht einmal mehr zu atmen.

»Es kommt noch schlimmer«, sagte Leo. »Jahrelang war

das Geheimnis gut gehütet. Aber es gab immer einen, der alles gewusst hat.«

Andrea, die blass und verstört seinen Ausführungen gefolgt war, sagte: »Oskar.«

Leo nickte. »Oskar muss damals bei der Geburt am Hof vorbeigekommen sein. Zur richtigen Zeit am richtigen Ort, hat er im Tagebuch geschrieben. Er kannte die Wahrheit, schwieg aber. Er war Kaufmann. Er wusste, dass diese Information irgendwann bare Münze wert sein würde. Als seine Enkelin Jasmin dann bei der Aufnahmeprüfung für das Medizinstudium durchfiel, brauchte er das Geld, um ihr eine Privatuni finanzieren zu können.«

Er zeigte auf Rudi. »Lange haben wir dich für den Mörder gehalten. Oskar hat in seinem Tagebuch von einem ›jungen Steiner‹ geschrieben. Aber nicht du wurdest erpresst – sondern dein Vater. Für etwas, das er vor fünfunddreißig Jahren getan hatte – zu einer Zeit, als er ein junger Mann gewesen war.«

Jetzt wandte sich Leo an Heinrich. »Oskar wollte viel Geld von Ihnen. Sie mussten ihn aus dem Weg räumen. Als Sie bei ihm im Haus waren – meine Mutter hat Sie gesehen –, haben Sie seine Tabletten vertauscht. Ein angeblicher Besuch auf der Toilette vielleicht, dann ins Bad, den Spiegelschrank aufgemacht. Schon waren die echten Medikamente durch überdosierte Fälschungen ersetzt. Den Roten Fingerhut hatten Sie aus Zofias Garten gestohlen.«

Erika schrie auf. »Heinrich, hast du Oskar umgebracht? Wegen uns?«

Heinrich Steiner starrte leer vor sich hin, während die Flammen hinter ihm sich von Ast zu Ast vorarbeiteten und gierig das Holz verschlangen. Er rührte sich nicht. Für ihn, der immer für seine Karriere und seine Politik gelebt hatte, gab es keinen Ausweg.

Doch dann kam plötzlich Bewegung in ihn. Mit einem unerwartet schnellen Schritt ging er zu Willi Kristan, dem noch nicht einmal achtzehnjährigen Elektrikerlehrling und jüngsten

Mitglied des Feitelvereins. Er entriss dem völlig verblüfften Jungen das Jagdgewehr.

Heinrich legte die Waffe an. Der metallene Lauf zeigte links und rechts durch die Reihen, bedrohte einen nach dem anderen. Keiner wagte mehr, sich zu rühren. Die Hitze verbreitenden Flammen waren das Einzige, das sich noch bewegte.

»Ich lasse mich von euch nicht fertigmachen!«, schrie Heinrich, und seine Stimme hatte einen schaurig krächzenden Ton angenommen. »Niemals.«

Sein Blick aus weit aufgerissenen Augen offenbarte eine Seele am Abgrund. »Einen Steiner kann man nicht erpressen! Das hat auch dieser verdammte alte Krämer erfahren müssen!«

»Legen Sie das Gewehr weg«, sagte Leo eindringlich. Schweiß stand auf seiner Stirn, nicht nur wegen der Hitze. »Das bringt doch alles nichts. Die Wahrheit ist heraus. Es ist vorbei.«

Heinrichs Gesicht wurde zur Grimasse eines Wahnsinnigen. »Das könnte euch so passen. Dass ich in der Zeitung lesen muss, wie ich meine Frau betrogen habe! Mein Kind versteckt! Einen Mitwisser umgebracht! Da mache ich nicht mit!«

»Herr Steiner!«

»Landesrat wollte ich werden!«

Mit den letzten Worten schob Heinrich Steiner den Lauf des Gewehrs tief in seinen aufgerissenen Mund. Bevor irgendjemand reagieren konnte, hatte er abgedrückt. Ein ohrenbetäubendes Krachen erfüllte die Luft, hallte von Hügeln und Häusern wider. Der leblose Körper fiel in sich zusammen.

Als sich das Geräusch des Schusses ins Nichts zurückgezogen hatte – wodurch die Brutalität des Feuers noch deutlicher hervortrat –, dauerte es keine Sekunde, bis Rudi zu Heinrich lief. Er drängte sich durch die anderen Mitglieder des Feitelvereins, die fassungslos waren und stumm mit offenen Mündern glotzten, und stürzte neben seinem Vater zu Boden. Verzweifelt rüttelte er an ihm.

»Papa!«, rief er mit erstickter Stimme. Aber der verdrehte

Körper reagierte nicht. Blut rann aus dem hinteren Teil des Schädels, der in klaffende Wunden aufgebrochen war. »Papa«, sagte Rudi noch einmal. Diesmal leiser. Er umarmte die leblose Gestalt.

In diesem Augenblick erschien Zofia. Vorsichtig kam sie seitlich hinter dem Hof hervor. Sie musste vor den herannahenden Flammen durch eine Tür auf der Rückseite geflüchtet sein. Leo war froh, dass sie sich nicht mehr im Gebäude befand, das jeden Moment Feuer fangen konnte. Im Schein des Brandes, der noch einen weiteren Baum erfasst hatte und dessen gewaltige Hitze jetzt unerträglich wurde, näherte sich Zofia. Sie schritt auf Heinrich und Rudi zu. Ihr Gesicht zeigte, dass sie alles mitgehört hatte.

Sie blieb beim Toten stehen, betrachtete Heinrich lange.

Ihre Lippen wurden zu einem schmalen Strich. Es war noch zu unfassbar, um es zu verstehen. Ihr Vater lag da. Wie bei einem gefangenen Tier wanderten ihre Augen zwischen dem Leichnam und Rudi hin und her.

Schließlich gab sie sich einen Ruck und kniete sich neben ihren Vater. Gegenüber ihr Halbbruder, der sich zitternd und schluchzend über den Toten beugte und keine Sekunde zu ihr hochgesehen hatte. Als bewachte Rudi einen Schatz, den er nicht teilen wollte. Es dauerte sehr lange, bis er den Kopf hob und ihr ins Gesicht sah. Sein Antlitz war von Wut und Trauer gezeichnet. »Glaub nicht, dass du damit davonkommst, du Hexe.«

Zofia erhob sich. Sie ließ ihren Blick nicht von Rudi, der gleich darauf ebenfalls mit unsicheren Beinen aufstand. Seine Augen waren voller Tränen. Seine Stimme war brüchig und getränkt von Hass. »Das ist alles eure Schuld.«

Zofia antwortete leise und traurig: »Vergiss nicht, auch ich habe meinen Vater verloren.«

Rudi machte einen verächtlichen Laut und zeigte auf die Leiche. »Hör doch auf! Du hast ihn nicht einmal gekannt. *Ich* habe ihn verloren, nur ich!«

Er wischte sich über die Stirn. Seine Worte kamen dann

gepresst, bloß noch ein böses Zischen: »Es tut mir leid, dass ich deinen Köter nicht richtig erwischt habe. Eigentlich habe ich auf seinen Kopf gezielt!«

Zofia zögerte nicht. Sie verpasste ihm mit einer schnellen Bewegung eine Ohrfeige.

Rudi ging auf sie los, wollte in Raserei seine Hände um ihren Hals legen. Als Leo das sah, stürzte er hin, um ihr zu helfen. Verblüfft stellte er fest, dass nicht nur er Rudi an den Armen packte. Auch Willi Kristan, der, seit Heinrich ihm das Gewehr entrissen und sich damit das Leben genommen hatte, geschockt dagestanden war, hatte sich auf Rudi geworfen. Gemeinsam hielten sie ihn fest. Ohne die Hilfe des jungen, kräftigen Feitelvereinmitglieds wäre das nicht gelungen.

»Was machst du, Willi, spinnst du?«, schrie Rudi völlig außer sich.

»Wir haben Mist gebaut, das ist doch alles Wahnsinn!«, stieß Willi unter einiger Anstrengung hervor, denn Rudi wehrte sich heftig. Dennoch konnte er sich nicht befreien.

Auf der verzweifelten Suche nach Unterstützung ließ der sich windende Rudi seinen Blick durch die Reihen des Feitelvereins schweifen. Doch keiner kam ihm zu Hilfe. Die Stimmung war gekippt. Es war, als hätte der Jüngste von ihnen, vielleicht der mit dem meisten Mitgefühl, als Erster erkannt, wie furchtbar und unsinnig ihr Tun war. Rudi fand bei seinen Kameraden nichts als betretenes Schweigen.

Noch einmal bäumte Rudi sich auf, und Leo verlor die Kontrolle über ihn. Plötzlich hatte er sich losgerissen. Der ausgebildete Polizist war am Ende zu stark, selbst für zwei. Er hastete zur Fackel, die er zuvor in den Boden gerammt hatte, nahm sie zitternd an sich.

»Du sollst in deinem Leben nicht mehr froh werden!«, stieß er hervor. Er starrte Zofia unversöhnlich an. In weitem Bogen, begleitet von einem fast unmenschlichen Schrei, schleuderte er die Fackel von sich. Das lodernde Wurfgeschoss drehte sich in der Luft und traf schließlich die Holzwand, die Jörg mit Benzin getränkt hatte.

Augenblicklich schoss eine grelle Flamme die Wand hoch, und sie fing an zu brennen.

Während Zofia erstarrt war, einfach nicht mehr reagieren konnte, war es Erika, die aufschrie und dann die Hand vor den Mund presste.

In diesem Moment kam Amicus von hinter dem Hof, wo er wohl auf Zofias Befehl hatte warten müssen, laut bellend zu ihr gelaufen. Jeder konnte sehen: Er musste ihr einfach zur Seite stehen.

Sie hob den Hund hoch, nahm ihn in die Arme, ihr Gesicht war im Schein des Feuers scharf geschnitten. Sie sah hinüber zu ihrem Hof, wo sich die Flammen langsam zum Dach hocharbeiteten. Über das Fell des Tieres hinweg starrte sie ohne jede Regung ins Feuer, jede Emotion war aus ihr gewichen. Ebenso schien Rudi neben ihr erschöpft und leer. Beide hatten sie keine Kraft mehr, um zu kämpfen.

Plötzlich waren laute Sirenen zu vernehmen.

Leo wandte sich um und sah mehrere Wagen der Waidinger Feuerwehr auf den Hof zurasen.

Schon bevor es das Gebäude selbst erwischt hatte, war es nicht unbemerkt geblieben, dass irgendetwas bei der Zaluski brannte. Aber wohl erst als die Flammen so gewaltig geworden waren, dass sie auch das Dorf bedrohten, hatte jemand Hilfe geschickt.

Das rotierende Blaulicht brachte Hoffnung.

35

Es waren lange Stunden, die Leo wie ein vorbeiziehender Traum vorkamen. Aber kein angenehmer Traum, sondern einer von der Sorte, bei dem sich die Eingeweide verkrampfen. Es dauerte in seiner Wahrnehmung ewig, bis der Brand unter Kontrolle gebracht werden konnte.

Die Feuerwehr war noch rechtzeitig gekommen, um ein Übergreifen der Flammen auf das Dach und den Rest des Gebäudes zu verhindern. Der Hof hatte Schaden genommen, die Frontwand war schwarz, doch Rudi hatte es nicht geschafft, Zofia ihr Heim zu nehmen.

Inzwischen waren auch Rettungsdienst und Polizei eingetroffen. Heinrich Steiners Tod wurde festgestellt, die Leiche mitgenommen. Der mitleidslose Vorgang erinnerte Leo in schmerzlicher Weise an den Abtransport von Oskar nur wenige Tage davor.

Die Polizei begann damit, Personalien und Aussagen aufzunehmen. Niemand durfte den Ort des Geschehens verlassen. Stück für Stück rekonstruierten die Beamten, was vorgefallen war. Rudi kannte die Polizisten, die aus St. Pölten gekommen waren. Dennoch stammelte er und fand kaum ein vernünftiges Wort, um das Geschehene zu beschreiben. Als die Beamten begriffen, dass Rudis Vater hier sein Leben gelassen hatte, reagierten sie betroffen. Aber es half nichts, sie mussten insbesondere Rudi befragen, da immer klarer wurde, dass er eine zentrale Verantwortung dafür trug, was mit Zofias Hof geschehen war. Leo war sich sicher: Für Rudi würde es noch ein bitteres Nachspiel geben, wenn von seinen Polizeikollegen später genauer untersucht würde, was er da eigentlich getan hatte.

Die Mitglieder des Feitelvereins waren schockiert, ihre Aussagen gingen wirr durcheinander. Es war ihnen anzusehen, wie gern sie die Zeit zurückgedreht hätten.

Jörg Breitenberger drängte darauf, zu seiner Tochter fahren

zu dürfen. Die Ärzte hatten es nach einigen Stunden intensivmedizinischer Behandlung endlich geschafft, sie aus dem Koma zu holen. Sie war außer Lebensgefahr und bereits auf dem Weg der Besserung, was auch Zofia mit Erleichterung aufnahm. Allerdings waren die Beamten hart und ließen Jörg erst gehen, nachdem er zumindest bruchstückhaft seine Sicht der Dinge erklärt hatte.

Auch die anderen Mitglieder des Feitelvereins machten ihre Aussagen und konnten mit der Auflage gehen, sich für weitere Befragungen zur Verfügung zu halten. Denn die Vorgänge dieser Nacht würden weitere Untersuchungen nach sich ziehen. Es würde zu Anzeigen und Strafen kommen. Leo war kein Jurist, aber Brandstiftung und Bedrohung waren keine geringen Delikte, so viel stand fest. Dennoch nahm sich das alles klein aus gegenüber der Tatsache, dass ein Mensch sich eben das Leben genommen hatte.

Allmählich wurde es ruhiger rund um den Hof.

Leo hätte gern mit Andrea gesprochen, doch sie wich nicht von Rudis Seite. Für Leo war das schwer zu begreifen. Was musste denn noch geschehen, damit sie ihren Verlobten verließ? Dachte sie, dass er gerade jetzt ihre Hilfe brauchte?

Rudi wirkte zerstört, wie jemand, der vor den Trümmern seines Lebens stand. Nachdem er seine wirre Aussage endlich abgeschlossen hatte, stieg er geknickt in Andreas Wagen. Als er am Beifahrersitz saß, schloss Andrea die Tür hinter ihm. Sie drehte sich um und sah zu Leo hinüber. Ihre Stimme war gerade so laut, dass nur er sie hören konnte: »Reden wir morgen. Ich komme zu dir auf den Mosthof.«

Leo wusste nicht, was ihre Worte zu bedeuten hatten. Wollte sie sich entschuldigen, dass sie sich – trotz allem – für Rudi entschieden hatte? Er war sich nicht mehr sicher, ob er es überhaupt wissen wollte. Dennoch nickte er und hob die Hand zum Abschied.

Sie setzte sich ans Steuer, und ihr Wagen verschwand mit Rudi in die Dunkelheit.

Schließlich blieb nur Leo mit Zofia und Erika zurück. Sie nahmen auf Stühlen im Garten Platz. Überall roch es noch nach dem Feuer. Die Heilkräuter und die Engelstrompete hatten sich in schwarze Stummel verwandelt.

Erika und Zofia saßen dicht nebeneinander, in einiger Entfernung Leo, der Amicus auf den Schoß genommen hatte. Er wollte den beiden etwas Raum lassen, immerhin mussten Mutter und Tochter sich jetzt erst mal kennenlernen.

»Wieso hast du mir nie die Wahrheit erzählt?«, begann Zofia.

Erika blickte sie mit großen Augen an. »Ich war damals zu jung. Ich wusste nicht, was richtig ist. Die Verantwortung, ein Kind großzuziehen, hat mir Angst gemacht.«

»Aber die eigene Tochter wegzugeben! Wie konntest du das tun?«

»Heinrich hat unglaublichen Druck gemacht. Er wollte seine Ehe retten und seine politische Karriere. Ich habe nie aufgehört, mich zu schämen. Das hat mich all die Jahre schwach gemacht.«

Ihre Kehle wurde eng. Das schlechte Gewissen, so lange nicht eingeschritten zu sein, geschwiegen zu haben, musste sie beinahe erdrücken.

»Ich weiß, was für ein Mensch Heinrich ist«, sagte Zofia. »Er hatte keine Skrupel, seinen Sohn gegen seine Tochter einzusetzen, um sie zu vertreiben.«

Erika schwieg. Der Schock über Heinrichs Tod, die blutigen Bilder überschwemmten sie, vermutete Leo.

»Warum hat Dana mitgemacht?«, fragte Zofia.

»Sie wollte immer schon ein Kind. Aber sie hatte Pech mit Männern. Die Einsamkeit spielte eine Rolle, sie hatte niemanden außer mich.«

»Hat sie wenigstens finanzielle Unterstützung von Heinrich bekommen?«

»Ihre Arbeit war hart und brachte kaum genug ein, um zu überleben. Sie brauchte Geld, besonders mit einem Kind.«

Zofia dachte nach. »Ich habe mich oft gefragt, wie sie die

Schulden für den Hof abzahlen konnte. Sie hat nie was Konkretes gesagt. Jetzt weiß ich, woher das Geld kam.«

Leo sah, dass es Zofia schwerfiel, all das zu verdauen. Dass Heinrich Steiner Dana Geld gegeben hatte und sie damit großgezogen wurde, machte es nicht leichter. Aber vielleicht musste sie ihrer Mutter auch Verständnis entgegenbringen – als Erntehelferin hatte sie von der Hand in den Mund gelebt.

»Sie hat nicht wegen des Geldes durchgehalten«, sagte Erika. »Sie hat dich geliebt.«

Zofia lächelte schwach. »Ich weiß. Das habe ich immer gespürt.«

»Ich hätte dich ihr nicht gegeben, wenn ich ihr nicht vertraut hätte.«

Die beiden sahen sich lange an.

Schließlich stand Erika auf. Ihre Stimme bebte, als sie Zofia betrachtete und sagte: »Es war so schwer, alles geheim zu halten. Ich habe dich beobachtet. Tausende Male wollte ich zu dir laufen.«

Für einen Moment setzte sie an, Zofia in die Arme zu schließen. Doch sie tat es nicht. Wieder schob sie dieses oberflächliche Lächeln vor, das ihr immer als Schutz gedient hatte.

»Du hast deine Rolle gut gespielt«, sagte Zofia traurig. »Ich habe immer gedacht, du bist eine von denen, die mich nicht mögen.«

»Und jetzt?«

Zofia blickte Erika lange an, bevor sie sprach.

»Wir sind Mutter und Tochter. Aber wir kennen uns nicht.«

»Noch nicht«, sagte Erika. »Und glaub mir, ich hoffe so sehr, dass sich das ändern wird.« Die Tränen begannen zu fließen.

Zofia biss sich auf die Lippen. »Wir brauchen Zeit.«

Erika schwieg, den Blick zu Boden gewandt, eine Ewigkeit. Dann sah sie hoch und strich ihrem fremden Kind über den Arm. »Ja, die brauchen wir.« Nur unter Mühe konnte sie sich losreißen. Doch schließlich drehte sie sich um und ging.

Leo hoffte, dass die beiden auf dem Weg waren, zueinanderzufinden. Sie hatten viel aufzuholen, ein ganzes Leben, das sie nebeneinander geführt hatten, statt es gemeinsam zu verbringen.

»Wirst du ihr verzeihen können?«, fragte Leo Zofia, als Erika aus ihrem Blickfeld verschwunden war.

Zofia atmete tief durch. »Ich weiß es nicht.« Nach einer Pause fügte sie hinzu: »Die meisten Menschen sind Opfer ihrer Umstände.«

Da hatte sie recht, dachte Leo. Erika war damals zu schwach gewesen, mit siebzehn. Später war die Lüge zu groß geworden, um sie aufzudecken.

»Es tut mir sehr leid«, sagte er, »dass du deinen Vater verloren hast.«

Sie starrte in die Ferne.

In diesem Moment kamen ihm seine Worte selbst maßlos unzureichend vor. Eben hatte sie Grauenhaftes erlebt. Der Schuss, das Bild des toten Vaters mussten sich für immer in ihre Seele gegraben haben.

Als sie sprach, klang ihre Stimme brüchig. »Ich hatte nur für wenige Minuten einen Vater. Und dann war es auch noch Heinrich Steiner. Wie sarkastisch kann das Leben sein?«

Leo sah sie an und schwieg. Nach dem Abklingen ihres Schmerzes – wohl erst nach einiger Zeit – würde sie erkennen: Alles in ihrem Leben hatte sich verändert. Sie war von einer Außenseiterin ins gesellschaftliche Interesse von Waidingen gerückt. Die Tochter des tragisch verstorbenen Bürgermeisters. Die Geschichte würde sie zur prominentesten Einwohnerin des Ortes machen. Auch das Bauprojekt, das da hinter verschlossenen Türen verhandelt worden war, würde hinterfragt werden. Bald würden sich die Artikel und Berichte über diesen Fall überschlagen. Siegfried Wundschuh würde ihn mit Fragen bombardieren.

»Ich glaube, unsere Ermittlungen werden viel Staub aufwirbeln.«

Sie nickte ernst. »Wer hätte das gedacht: Ein Koch und eine Kräuterhexe klären gemeinsam einen Mordfall auf.«

»Habe ich doch immer gesagt: Wir sind die Soko Waidingen.«

»Ja, Soko Waidingen. Das hast du gesagt.«

Er hielt die Hand hoch. Zofia zögerte einen Moment, der Geste zu folgen, doch dann schlug sie ein. Das Leben musste weitergehen.

»Magst du einen Kräutertee? Etwas Beruhigendes?«, fragte sie. Mit einem Blick zum Hof fügte sie hinzu: »Die Küche ist heil geblieben.«

»Unbedingt. Aber warte noch!«

Die verblüffte Zofia zurücklassend, lief Leo zu seinem Auto. Er öffnete den Kofferraum und kam nur Augenblicke später mit einem Mostschober auf einem schönen Papierteller zurück. Er reichte ihn ihr.

»Der hier ist für dich. Leider nicht optimal gekühlt.«

Zofia lächelte. »Danke. Mostschober und Kräutertee«, sagte sie, »das passt zusammen.«

36

Kurz nach Mitternacht, nach einigen Tassen Tee, einem Mostschober und sehr persönlichen Gesprächen über das Geschehene, verließ Leo Zofia.

Beim Mosthof wartete bereits seine Mutter auf ihn. Sie hatte schon mehrere Anrufe erhalten, in denen die Buschtrommeln des Dorfes sie über die unfassbaren Vorgänge informiert hatten. Sie war hellwach, aufgeregt, an Schlaf war nicht zu denken.

Der Morgen kam rasch. Die Sonne war noch nicht sehr hoch gestiegen, als Andrea ihn aufsuchte. Sie war nervös, und Leo meinte zu erkennen, dass auch sie nicht geschlafen hatte.

Als er mit ihr am Balkon seines ehemaligen Zimmers stand, der einen einzigartigen Blick über die Schönheit des morgendlichen Mostviertels bot, war Franziska bereits aus dem Haus. Sie musste Joseph vom Bahnhof abholen. Er war mit dem Zug aus Frankreich angekommen, und bald würde Leo wissen, was der Vater als Überraschung mitbringen wollte.

Leo sah Andrea erwartungsvoll an. »Was möchtest du mir sagen?«

Sie schwieg lange. Fand sie nicht die richtigen Worte? Er hätte sie beruhigen können – er hatte sich damit abgefunden, sie verloren zu haben.

Dann, statt einer Antwort, nahm sie seinen Kopf in ihre zarten Hände. Sie begann Leo leidenschaftlich zu küssen, und sobald er begriffen hatte, was gerade Wunderbares geschah, erwiderte er ihren Kuss ohne jedes Zögern. Er drückte ihren schlanken Körper an sich. Ihre Lippen wollten gar nicht mehr voneinander lassen. Ein Sturm des Glücks entfaltete sich in ihm. Das Gefühl war warm und weich – und er erkannte es wieder. Sie waren beide die Jugendlichen, die sich zum ersten Mal geküsst hatten und das Unglaubliche nicht hatten fassen können.

Nach diesem langen Kuss lächelten sie sich an.

»Ich habe mir das sehr gewünscht, weißt du das?«, sagte Leo und legte seine Stirn an die ihre.

»Ich mir auch.«

Einen Moment verweilten sie so, dann konnte er die offensichtliche Frage nicht mehr unterdrücken. »Und Rudi?«

»Ich habe mit ihm Schluss gemacht.«

Leos Herz tat einen freudigen Satz.

»Es wurde mir jetzt klar«, sagte Andrea, »dass er sich nicht ändern wird. Was er bei Zofias Hof getan hat, dieser Terror, damit kann ich nicht leben.«

»Er war immer eine Marionette seines Vaters.«

Sie seufzte. »Ja. Ich habe es eigentlich schon lange gewusst.«

Es musste schwer für sie sein, sich einzugestehen, dass sie immer nur die Nummer zwei in Rudis Leben gewesen war. Die Anerkennung des Vaters war das gewesen, was Rudi am meisten hatte gewinnen wollen.

»Er tut mir leid«, sagte Leo.

»Mir auch. Darum bin ich gestern zunächst mit ihm mit. Ich konnte ihn nicht alleine lassen. Er wird noch lange brauchen, bis er darüber hinweg ist.«

Den Vater unter diesen Umständen zu verlieren ist kaum zu verkraften, dachte Leo. Zugleich sagte ihm ein bohrendes Gefühl, dass Rudis irrationaler Hass nicht bei Zofia stoppte. Er würde weitere Schuldige für den Suizid suchen. Wer hatte alles aufgedeckt? Den Vater in den Tod getrieben? Wer hatte ihm die Verlobte weggenommen?

Er, Leo, war es gewesen.

Sobald es Rudi besser ging, würde seine Rache Leo treffen. Doch daran wollte er jetzt nicht denken, nicht, wenn er Andrea im Arm hielt.

»Bleibst du länger?«, fragte sie. »Ich meine, in Waidingen? Vielleicht für immer?« Ihr hoffnungsfrohes Gesicht zeigte, dass sie sich das sehr gut vorstellen konnte.

Leo hatte sich diese Frage selbst schon gestellt. Bisher hatte er keine Antwort darauf gefunden. Vor Kurzem noch hatte er gedacht, er wolle nichts wie weg aus dieser Gegend. Doch vieles hatte sich verändert. Der Ort, die Menschen hatten begonnen, ihn zu interessieren. Ein wenig fühlte er sich sogar schon daheim, stellte er mit einiger Überraschung fest.

»Ich bin mir nicht sicher. Wovon soll ich leben?«

Das konnte sie nicht beantworten, doch sie verpasste ihm einen spielerischen Stoß gegen die Schulter: »Von Luft und Liebe natürlich.«

Leo lächelte.

Andrea gab ihm nochmals einen zärtlichen Kuss, dann sagte sie: »Ich muss gehen. Im Mostler ist die Hölle los. Um meinen Vater mache ich mir Sorgen.«

»Wie hat er die Geschichte um deine Halbschwester aufgenommen?«

»Rate mal.«

»Er hat zu trinken begonnen?«

»Genau. Ich frage mich, was wir mit ihm anfangen sollen. Es wird immer schlimmer mit dem Alkohol. Jetzt hat er einen weiteren Vorwand zum Saufen.«

»Er wird sich damit abfinden müssen, dass seine Frau noch eine Tochter hat. Schließlich war die Geschichte mit Heinrich vor seiner Zeit, sie hat ihn also nicht betrogen.«

»Ja, das ist wahr. Aber du kennst ja Bernd ein wenig. Er sucht die Schuld für seinen Grant immer bei anderen. Und jeder Anlass ist gut genug, um ein Glas zu heben.« Sie zuckte mit den Schultern. Dann sah sie Leo voller Bedauern an. »Jetzt muss ich aber wirklich los.«

Sie umarmte ihn. Nachdem er sie hinuntergeleitet hatte, küssten sie sich erneut innig. Leo sah ihr noch lange nach, als ihr Wagen verschwunden war.

Kaum war das Auto weg, tauchte ein anderes auf der Hügelstraße auf. Es kam in raschem Tempo auf ihn und den Mosthof zu. Der VW Kombi seiner Mutter. Leo wusste, dass auch sein Vater in dem Wagen saß. Sein Herz, das eben erst bei Andreas Küssen gerast war und sich nun beruhigt hatte, schlug wieder schneller.

Was würde Joseph zu berichten haben? Wie würde seine Mutter sich verhalten?

Als sie ausstiegen, betrachtete Leo seinen Vater. Er war keiner, der auf den ersten Blick beeindruckte. Mittelgroß, wohlgenährt, doch nicht dick. Er war nie elegant gewesen, aber auch nicht schäbig. Kleidung war ihm einfach nicht so wichtig, er trug eine Stoffhose in einem unauffälligem Braun, ein weites, bequemes Hemd in Blau. Seine Augen waren das Außergewöhnlichste an ihm. Denn sie hatten ein waches Leuchten, eine Form von Energie strahlte aus ihnen. Sie signalisierten, dass man einen Mann vor sich hatte, der die Dinge gern und mutig umsetzte.

Er holte eine Ledertasche aus dem Kofferraum, schulterte sie lässig und stand auch schon vor Leo.

»Hallo, mein lieber Sohn«, sagte er mit einem breiten Grinsen. »Deine Mutter hat mir alles erzählt – Glückwunsch, du Meisterdetektiv.«

»Hallo, Papa«, antwortete Leo. Er fühlte sich etwas überfordert. Joseph tat so, als wäre er nie weg gewesen. Als hätte er es nicht verabsäumt, sich regelmäßig zu melden. Sollte er seinen Vater jetzt gleich in die Arme schließen? Hatte er das verdient?

Franziska daneben jedenfalls schien noch nicht versöhnt. Hatte es während der Autofahrt bereits einen wilden Streit gegeben? Hatte sie ihrem Mann alles an den Kopf geworfen, was sich an Wut aufgestaut hatte? Vermutlich. Die aufgeregten Flecken an ihrem Hals deuteten auf einen heftigen Wortwechsel hin. Einen, der Joseph wohl wesentlich weniger berührt hatte, denn er wirkte recht entspannt.

»Wir haben uns ja schon einige Gedanken gemacht«, sagte Leo, »was du so getrieben hast in Frankreich.«

Das Wort »getrieben« hatte er absichtlich gewählt, und ein kurzer Seitenblick zu Franziska machte klar, dass sie die Spitze in der Bemerkung sehr wohl verstanden hatte.

»Die Reise war toll«, sagte Joseph unbekümmert. »Ich habe so viel gelernt über den Cidre!«

»Du hast von einer Überraschung gesprochen«, sagte Leo.

»Ja genau.«

»Aber ich weiß schon, was es ist«, behauptete Leo und verschränkte die Arme.

Franziska mischte sich ein. »Jedenfalls keine Geliebte, schwört er.«

Joseph verdrehte die Augen. »Fang bitte nicht wieder damit an. Das hatten wir ja schon ausführlich besprochen.«

»Wenn du fünf Minuten Autofahrt als ausführlich bezeichnest, hast du ein gestörtes Zeitgefühl«, schimpfte Franziska. »Wir sind mit dem Thema noch lange nicht durch.«

Mit einem Kopfschütteln wandte sich Joseph wieder Leo zu. »Nein, meine Überraschung hat mit einer neuen Idee für den Mosthof zu tun.«

»Ich weiß.«

»Du weißt? Lass mal hören, was du vermutest.«

Leo holte Luft, um der Bombe mehr Sprengkraft zu verleihen. Dann: »Du willst Birnen-Schaumwein produzieren. Einen Mostviertel-Cidre.«

Der Vater schaute ihn spöttisch lächelnd an. »Das auch. Aber das ist nicht einmal ein Zehntel meines Plans.«

»Und die restlichen neunzig Prozent?«, fragte Leo. Ein wenig erstaunte es ihn, dass er Joseph nicht vollständig durchschaut hatte.

»Leo«, sagte Franziska, »dein Vater will den Mosthof in ein edles Landgasthaus verwandeln.«

»Richtig«, sagte Joseph. »Und zwar eines mit erstklassigem Essen. Mit Speisen, die alle auf Mostprodukten basieren. Dafür brauchen wir einen genialen Koch.«

Er sah Leo erwartungsvoll an. Es dauerte ein wenig, bis dieser verstanden hatte. »Du meinst mich? Du möchtest, dass ich Koch hier im Mosthof werde?«

»Du wirst diesen Hof nicht wiedererkennen«, sagte sein Vater, und seine Augen strahlten. »Der ganze Mief kommt raus. Keine Gästebetten, sondern nur erstklassiges Essen in verschiedenen Stuben, auf mehreren Etagen.«

Dazu sagte Leo erst mal nichts. Dieser Vorschlag kam unerwartet. Hilfesuchend sah er zu seiner Mutter. Sie zuckte mit den Schultern. »So schlecht ist die Idee nicht. Etwas muss sich hier ändern.«

»Leo«, sagte Joseph. »Ich bitte dich inständig, der Küchenchef des neuen Mosthofes zu werden.«

Prüfend sah Leo seinen Vater an.

»Ich verspreche dir alle Freiheiten«, fuhr dieser enthusiastisch fort. »Du bist ein Profi – in Küchenangelegenheiten rede ich dir nicht drein. Du kannst einkaufen, was du willst. Du setzt auf die Karte, was dir gefällt. Du bekommst Personal.«

»Könnt ihr euch so einen Umbau überhaupt leisten?«

»Ja, wir haben genug angespart.«

Das klang glaubwürdig, nie hatten seine Eltern viel ausgegeben, und viele Jahre lang war das alte Konzept des Mosthofes gut gelaufen.

Die Mutter sah Leo mit einem Lächeln an. »Ich würde mich freuen, wenn du hierbleibst.«

Bei den wichtigen Abzweigungen im Leben sollte man auf sein Bauchgefühl hören, dachte Leo. Er hatte nicht mehr gern in Wien gelebt, die Stadt hatte ihn gestresst. Dass er keine Entscheidungen im Goldganserl treffen durfte, hatte im Grunde den Ausschlag gegeben, hierherzukommen.

Es wartete eine Aufgabe, die ihm Freiheit ließ und Erfüllung versprach. War es nicht einen Versuch wert?

Doch entscheidend, alles überstrahlend war der eine Gedanke: näher bei Andrea zu sein. Er wollte sie so oft wie möglich sehen. Und sie würde ihn brauchen. Rudi würde Schwierigkeiten bereiten. Er war verletzt und gefährlich.

Als sein Vater Leo mit den Worten »Wirst du es machen?« die Hand hinstreckte, dachte er einfach nicht mehr nach.

Er nahm die Hand, schüttelte sie. Die Mutter ließ einen kleinen Ausruf des Entzückens vernehmen.

Leo sah zurück zum Mosthof und fühlte sich daheim. Angekommen und sehr neugierig, was die nächsten Monate bringen würden.

Danksagung

Bücher sind immer Teamwork. Daher danke ich allen herzlich, die mich bei der Entstehung von »Most und Mord« tatkräftig unterstützt haben! Allen voran danke ich meiner wunderbaren Agentin Anna Mechler. Genauso geht mein Dank an das gesamte Team des Emons Verlags und an meine aufmerksame Lektorin Christiane Geldmacher. Sie alle haben einen unverzichtbaren Beitrag zur erfolgreichen Veröffentlichung dieses Werkes geleistet.